KB097031

당신이 글을 쓰면 좋겠습니다

당신이 글을 쓰면 좋겠습니다

나와
당신을
돌보는
글쓰기 수업

홍승은

어크로스

"승은 씨에게
쓰는 일은
어떤 의미인가요?"

어느 북토크에서 글을 쓰는 이유가 무엇이냐는 질문을 받았다. 나는 입체적으로 존재하고 싶어서 글을 쓴다고 답했다. '승은 씨에게 쓰는 일은 어떤 의미인가요?' 이후에도 같은 질문이 반복되었고, 내 대답에도 점점 살이 붙었다. "서사가 부재한 곳에 정보만 남아요. 나에 대해서는 내가 가장 잘 말할 수 있기 때문에 글을 써요. 하나의 정보로 존재가 납작해지지 않도록, 제가 자유롭기 위해서요."

여성, 이혼 가정, 탈학교 청소년, 전문대 출신, 프리랜서, 월세살이, 임신중단 수술, 비혼주의자. 나를 이루는 몇 가지 정보가 마치 나의 전부인 듯 판단하는 사람을 만나기는 쉬웠다. "부모님이 이혼해서 어떡해. 그래서 비혼주의자구나." "사고 쳐서 고등학교를 그만뒀구나." "임신중절이라니, 여자애가 몸 관리 제대로 안 하고." "천생 여자네, 여자여자해." 혹은 "보기보다 여자답지 못하네."

손쉬운 판단은 귀를 통해 몸으로 성큼 들어온다. 편견을 지속해서 덧입는 사람은 자신이 편견 자체가 되어버리기도 한다. 부모님이 이혼했던 열여섯, 나는 엄마의 빈자리 앞에서 눈물 흘렸지만, 엄마가 폭력적인 아빠를 벗어나 자유롭게 살길 바라기도 했다. "엄마가 니들 두고 집 나갔는데, 엄마한테 화도 안 나냐?" 그 시절 아빠와 친척들은 다그치듯 물었다. 헷갈렸다. 엄마를 이해하는 내가 잘못된 걸까. 그때부터 내 속에는 조금씩 엄마에 대한 원망이 자라났다. 나를 불쌍하게 바라보는 타인의 시선에 익숙해질 무렵, 나는 부모님의 이혼을 부끄러워하고 있었다. 여자는 조신해야 한다는 가르침은 내 안의 욕망을 죽였고, 자신의 성적 경험을 털어놓아서는 안 된다는 사회의 주술은 나를 침묵하게 했다.

20여 년을 타인의 시선에 맞춰 살아온 나에게 오랜 편견을 벗겨내는 일은 온몸에 덕지덕지 붙은 때를 벗기는 일과 같았다. 글을 쓰고, 읽고, 다시 쓰며 내게 입혀진 말들을 벗었다. 사회와 사람에 대해 새로운 관점을 제시하는 책을 발견하면 밤을 새우며 파고들었고, 나와 비슷한 경험을 한 작가의 글을 읽으며 위로

당신이 글을 쓰면 좋겠습니다

받았다. 책에 내 경험을 셀로판지 대듯 겹치면서 편견에 왜곡되었던 내 경험과 감정을 재해석하고, 글로 썼다.

서툴고 성근 글이었지만, 글을 쓸 때마다 주위 환경이 재배치되었다. 이혼이 불행한 게 아니라 정상가족 이데올로기가 견고한 사회가 불행하다는 것, 여자의 도리를 따라야 하는 게 아니라 성별 이분법과 그에 따른 차별과 배제가 부조리하다는 것을 알게 되었다. 외면했던 나의 입체적인 면도 생생하게 살아났다. 나는 학교 밖 청소년이었기에 일찍이 제도권 밖에서 살아갈 다양한 방식을 모색할 수 있었고, 정상 궤도라고 불리는 것을 이탈했기에 차별에 민감하게 반응하는 감각을 기를 수 있었다. 나는 이혼한 집 딸, 전문대 출신, 성적으로 문란한 여자라는 몇 가지 단어로 간편하게 설명되는 존재가 아니었다. 밀크티와 공포영화, 비 오는 날, 동물, 따뜻한 대화, 침대에서 뒹굴뒹굴하며 책 읽는 걸 좋아하고, 뭔가 이뤄야 한다는 강박 때문에 자주 우울하고, 주기적으로 모든 걸 내려놓고 도망가고 싶어 하는, 규정할 수 없는 복잡한 무엇이었다. 쓰는 과정을 통해 나는 배웠다. 사람은 몇 가지 키워드로 고정되지 않고 끊임없이 변화하는 불확실한 존재라는 사실을.

글들의 역사

돌이켜보면 처음부터 나를 입체적으로 드러내기 위해 글을 써온 건 아니었다. 초등학생 때 썼던 일기장에는 하루 일과와 그날의 교훈이 빽빽하게 적혀 있다. 부모님께 효도하기, 선생님 말씀 잘 듣기, 친구와 사이좋게 지내기. 선생님과 부모님의 지도로 쓴 글이다. 친구와 다툰 일, 선생님에게 부당하게 맞은 일, 부모님이 싸우던 밤에 느꼈던 감정은 적지 못했다. 나에겐 무척 중요한 사건이었지만, 아무도 내가 그런 글을 쓰기를 원하지 않았다. 한 번은 학교에서 시 창작 과제가 주어져서 인터넷으로 검색한 시를 비슷하게 적어 제출한 적이 있다. '안개'라는 제목의 시였는데, 나는 그 시로 우수상을 탔다. 그때의 내 세계는 모방한 글이 솔직한 글보다 환영받는 세계였다.

어린 시절 나의 글쓰기는 딸로서, 여자로서, 학생으로서의 본분을 되새기고 다짐하는 과정이었다. 어떤 글은 존재를 입체적으로 증명하지만, 어떤 글은 존재를 납작하게 만든다. 글을 쓰는 사람에게도, 읽는 사람에게도 그렇다. 글쓰기에서 가치판단이 적용되는 기준이 있다면 바로 이 부분이어야 한다고 생각한다. 사회의 고정관념을 재생산하는 글, 고유한 개개인을 하나의 덩어리로 뭉개는 글은 위험하다. 나의 첫 글쓰기는 위험했다.

열다섯 살에 부모님이 이혼한 뒤, 집은 더 이상 안전한 공간이 아니었다. 언제 날아올지 모르는 아빠의 서늘한 욕설이 두려워 화장실을 갈 때도 살금살금 걸었다. 나는 집에서 최대한 몸을 웅크리며 사는 법을 터득했다. 그때의 나를 버티게 해주었던 건 작은 일탈과 일기였다. 학교에서 아픈 척 조퇴하기, 말없이 결석하기, 몰래 애인 만나기는 나를 숨 쉬게 하는 작은 위안이었다. 그래도 밤이 되면 갈 곳이 없어 집에 들어와야 했다. 밤마다 책상 앞에 앉아 글을 썼다. 학교가 싫고, 가족이 밉고, 모든 게 막막하게 느껴졌던 그때, 나의 분노와 허기를 설명할 언어가 없었기에 일기장은 욕으로 가득 찼다. 중학교 1학년부터 고등학교를 자퇴하고 대학에 들어가기까지 5년 동안 열 권의 일기장을 썼다. 비록 거친 욕으로 가득한 일기장이지만, 쓰는 동안 나는 버틸 수 있었다.

대학에 간 뒤, 내 부대낌을 설명해주었던 최초의 언어는 마르크스주의였다. 저명한 사회학자와 인문학자가 사회문제를 진단한 책을 읽으며 사회 구조를 공부했다. 나를 비롯해 주위 사람들의 삶이 버거운 이유가 자본주의 때문이라고 믿었고, 거시적인 문제를 해결하면 우리의 삶도 바뀔 거라고 생각했다. 각종 대자보와 소식지를 썼다. 그때 내 글은 확신에 차 있었다. 국가를 비판하고, 재벌을 비판하고, 교육을 비판했다. 끊임없이 위의 것, 권력을 비판했다. 하지만 내가 외치는 '정의'와 내 삶에는 간극이 있었다. 몇 년간 사회운동을 하던 사이 나는 농촌연대활동에서 만난 이장님에게 성추행 당했고, 당시 만나던 운동권 애인에게 데이트 폭력을 당했다. 사회운동을 하면서도 여성이라는 이유로 끊임없이 차별적인 언어(네가 여자라 감정적이라 그래, 여자들은 끈기가 약해)에 노출됐다. 나에게는 내가 경험한 폭력을 표현할 언어가 없었다.

'진보적' 언어로 해결되지 않는 부대낌이 독이 되어 몸에 쌓였다. 쌓일 대로 쌓여서 폭발하기 직전, 나는 페미니즘을 만났다. 서른을 앞둔 무렵이었다. 개인적인 것이 가장 정치적이라는 명제로 처음 다가온 페미니즘은 외면했던 나의 감각을 긍정하게 해주었다. 설명하기 힘들었던 소외감을 설명할 수 있는 언어를 주었다. 그때 깨달았다. 나는 '대의'를 위해 글을 써왔지만, 정작 내 몸과 가족·학교·주위의 일상적인 폭력에 침묵해왔다는 사실을.

나도 말합니다

다시 글을 쓰기 시작했다. 기존과는 다른 글이었다. '필자는'으로 시작하는 추상적이고 당위적인 쓰기의 습관을 버리고, 구체적인 경험을 재해석하며 기록했다. 감히 쓸 엄두도 못 냈던 가정 폭력, 데이트 폭력, ○○ 내 성폭력, 임신중단 수술과 섹슈얼리티의 욕망을 썼다. 페미니즘의 언어는 몸에 밴 수치심을 의심하고, 에두르지 않고 솔직하게 글을 쓸 수 있도록 도왔다. 망설여질 때마다 수치는 나의 것이 아니며, 내 문제는 절대 사소하지 않다는 말을 곱씹었다.

내가 사회문제를 거론하며 글을 쓸 때는 '개념녀'라고 칭찬하던 사람들이 내 개인적인 이야기에는 달리 반응했다. 소위 '진보마초'들은 왜 대의가 아닌 사소한 일을 말하느냐고 비난했고, 가족과 주위 사람들은 수치스럽게 그런 글을 쓰느냐며 말렸다. 격렬한 반응과 달리, 나는 어떤 순간보다 자유롭고 충만했다. 낯선 사람으로부터 고맙다는 메시지를 받기도 했다. 자신도 비슷한 경험이 있는데 미처 말하지 못했다는 진심이 담긴 메시지였다. 보이지 않는 일상적인 폭력을 적극적으로 드러내겠다는 생각으로 페미니즘 에세이 《당신이 계속 불편하면 좋겠습니다》를 출간했다. 책 앞머리에 나는 글을 쓰며 느낀 세상의 반응을 이렇게 묘사했다. "내 경험을 말했을 뿐인데, 세상이 딸꾹질했다."

만약 한 여성이 자신의 삶에 대해 진실을 털어놓는다면, 아마도 세상은 터져버릴 것이라고 뮤리엘 루카이저는 말했다. 몇년 전부터 이어진 #○○_내_성폭력과 #MeToo운동은 루카이저가 묘사한 상황을 그대로 보여준다. 말 그대로 세상이 터질 듯 들썩이고 있다. 페미니즘이 사회적 화두로 떠오르자, 여성과 소수자의 목소리가 담긴 책이 꾸준히 출간되고 있다. 신기한 점은 대부분 책의 앞머리에서 "나도 이제 말한다"는 다짐을 볼 수 있다는 점이다. 기존 주류 작가(남성, 비장애인, 수도권, 고학력, 이성애자)의 글에서는 흔히 보이지 않는 서두이다. 이는 그간 말과 글을 누가 독점해왔는지 보여준다.

미투운동에 대해 누군가 쓴 글을 보았다. 그는 여자들이 천재라고 했다. 어떻게 몇 년 전 대화 내용과 강간 상황을 정확하게 묘사하느냐며 피해자의 증언을 의심하고 조롱했다. 그의 말에 따르면 나도 천재다. 내가 기억하는 최초의 불쾌한 신체 접촉은 초등학교 5학년 담임선생님의 터치였다. 50대 중반이었던 선생님은 내 귓불과 목덜미를 자주 만졌고, 뒤로 물러나라며 가슴을 만지기도 했다. "승은이 널 어떻게 하면 좋니"라고 말하던 쌍꺼풀 짙은 눈을 기억한다. 중학교 2학년 때 노래방에 갔다가 술에 취한 30대 남성에게 화장실에서 강간당할 뻔했던 적도 있다. 내가 소리를 지르자 옆 칸에 있는 친구가 달려왔고, 얼굴이 붉어진 그는 내 옷을 벗기려다가 "쳇, 좋은 친구 둬서 좋겠네?"라고 말하며 유유히 화장실을 빠져나갔다. 나는 그의 동그란 얼굴과 검은 정장, 푸른색 넥타이를 기억한다. 아마 당시 선생님과 술에 취한 남성은 기억 못 하겠지만 나에게는 10년, 20년이 지나도 잊히지 않는 기억이다.

적어도 성폭력에서 '때린 놈은 발 뻗고 못 잔다'는 말은 거짓이다. 때린 놈은 편하게 자지만, 맞은 사람은 모든 화살을 자신에게 돌리며 밤을 지새운다. 내가 그를 믿지 않았더라면, 내가 더 강하게 거부했더라면, 내가 밤늦게 돌아가지 않았다면……. 말해지지 못한 상처는 보이지 않는 곳에서 곪다가 어느 작은 계기로 무너지기도 하고, 불현듯 터져 나오기도 한다. 언제나 긍정적이고 행복하기만을 요구하는 사회에서 상처와 슬픔, 절망을 말하기는 어렵다. 말하는 순간, 자신이 불행한 존재로만 보일까 두렵기도 하다. 그러나 글은 존재를 고정하지 않는다. 상처와 고통을 정직하게 직시하고 글을 쓰고 나면, 그다음을 살아갈 힘을 갖게 된다고 나는 믿는다. 특히 입 없이 몸만 있었던 여성이 글을 쓰는 행위는 '여성은 성기가 아니라 인간이다'라는 권리 선언과도 같다. 지금도 소수자의 말하기는 계속되고 있다. 더는 상처받은 사람이 침묵하는 일이 없도록, 나도 목소리들 사이에서 말을 보탠다.

불확실하게, 더 조심스럽게

나는 글쓰기와 페미니즘이 밀접하게 연결되어 있다고 생각한다. 페미니즘은 사소하다고 여겼던 문제가 결코 사소하지 않음을 알려준다. 오히려 정치적인 것과 개인적인 것을 나누는 기준을 의심하며, 그 기준이 가장 정치적이라고 말한다. 몇몇 지식인만의 전유물이었던 글을 일상 속에서 의미를 길러내는 모든 사람에게 돌려준다. 자신이 경험한 일이 사소하지 않다는 것을 아는 사람은 말할 용기를 가질 수 있다. 나혜석과 엘렌 식수는 여성이 글쓰기를 정치적 운동으로 삼아야 한다고 말했다. 기록되지 않으면 없던 일이 되어버리고 마니까. 누군가 말하기 전, 마치 성폭력이 없었다는 듯 고요했던 사회처럼.

페미니즘은 성별 이분법에 의문을 던진다. 성별뿐 아니라 모든 이분법, 단순화, 집단화를 거부한다. 사회의 통념과 관습에 의문을 제기하며, 새로운 해석의 여지를 준다. 글을 통해 구체적인 개인의 서사가 말해질 때, 빈곤·성별·장애·인종에 대한 단순한 인식과 차별을 깰 수 있다.

손쉬운 판단으로 인해 불쾌했던 기억은 비단 나만의 경험은 아닐 것이다. 특정 지역 출신이라서, 딸, 엄마, 며느리라서, 나이와 장애, 질병 때문에. 많은 사람이 관습적인 편견에 부딪히며 일상을 살아간다. 타인을 처음 볼 때 사람들은 제일 먼저 상대의 외모와 성별, 나이, 직업을 구별한다. 그래야 대하기가 '편하기' 때문이다. 외모로 장애 유무를 가늠하고, 나이로 상대에게 말하는 법을 구분하고, 학교나 직업으로 능력을 짐짓 평가하고, 학과로 관심사를 가늠한다.

당신이 글을 쓰면 좋겠습니다

사회는 끝없이 편견을 생산한다. 미디어에서 비치는 장애인은 불쌍한 존재이고, 정상 가족이 아닌 다른 형태의 가족은 불행하다. 세상에는 남성과 여성만이 존재하며, 여성 대부분은 '김치녀'이고 소수만이 '개념녀'이다. 이토록 좁고 허술한 기준을 비웃기 위해서 나는 글을 쓴다. 담배를 피우는 여성도 있고, 엄마가 아닌 여성도 있고, 모성은 자연스러운 게 아니며, 남성도 여성도 아닌 성별이 존재하고, 정상 가족이 아니어도 끈끈한 관계가 가능하다는 사실을 보이기 위해서.

더불어 내 안에 자리 잡은 편견을 깨기 위해 나는 읽는다. 내가 사랑하는 작가 해릴린 루소는 뇌병변 장애인 페미니스트다. 해릴린은 학생들을 가르치고, 운전도 직접 하고, 그림도 그리고, 섹스도 한다. 그런 해릴린이 가장 많이 듣는 말은 장애가 있는데도 성공하다니 대단하다는 말이다. 해릴린은 그 말을 거부한다. 오죽하면 "나를 대단하다고 하지 마라"고 자기 책 제목을 지었다. 그는 장애는 자신을 이루는 수많은 요소 중 하나일 뿐이라며 장애만 돌출해서 자신을 보지 말라고 경고한다. 해릴린을 보면서 나는 장애인을 바라보던 내 모종의 죄책감이나 동정심이 잘못된 감정임을 깨달았다. 누군가 무턱대고 불쌍하게 여기는 것만큼 당사자를 비참하게 만드는 일은 없다. 다만 우리는 상대의 세계를 공감하고 상상하며 타인의 삶에 다가갈 수 있을 뿐이다.

그런 점에서 해릴린 루소의 《나를 대단하다고 하지 마라》는 내가 겪지 못한 세계를 경험하게 한 좋은 책이었다.

내 세계를 타인에게 보이는 일, 타인의 세계를 간접적으로 경험하는 일. 타인과 나 사이에서 일어나는 일에 고개 돌리지 않는 일. 나에게 읽고 쓰는 과정은 내가 더 나은 사람이 되기 위한 구체적인 수단이었다. 아직 나에게도 깨지 못한 편견이 많고, 사회에도 깨지지 않은 침묵이 많다. 강요된 평화가 아닌 정직한 불화를 위해, 나는 앞으로도 계속 쓰는 사람이고 싶다.

차 례

2부 타인과 연결될 때 문장은 단단해진다

3부 매혹적인 글쓰기를 위한 안내

당신의 이야기를 들려주세요

몇 해 전 가을, 갈대숲이 보이는 포항의 한 카페에서 달을 만났다. 달은 나를 보자마자 수줍게 손을 내밀며 악수를 청했다. 달과 나는 나란히 아메리카노를 주문하고 창가 쪽 테이블에 마주 앉았다.

"승은 님의 책 《당신이 계속 불편하면 좋겠습니다》 마지막 장에서 이 문장을 봤어요. '더 듣고 싶다. 내가 아직 듣지 못하고, 알지 못하는 세계에 대해.' 책을 덮고서, 이 사람에게는 내 얘기를 할 수 있겠구나 싶은 마음이 드는 거예요. 그래서 갑작스럽게 연락하게 되었어요. 나와 주셔서 감사해요."

달은 조심스럽게 자신의 이야기를 시작했다. 애인 외에 다른 사람에게 성적 지향을 털어놓는 건 내가 처음이라던 달은 현재 만나는 애인과의 연애 고민, 가족과 학교생활에 대한 고민을 들려주었다. 기독교 집안에서 자랐고, 지금도 기독교 대학에 속해 있는 달은 한 번도 주위 사람에게 이런 모습을 밝힌 적이 없다고 했다. 그 믿음이 고마워서, 나는 시간 가는 줄 모르고 달의 세계에 가만히 귀 기울였다.

첫 책을 내고 3년이 지났다. 책을 내면 내 이야기를 더 많이 하게 될 줄 알았는데, 오히려 타인의 이야기를 들을 일이 더 많았다. 용기 내서 나에게 이야기를 들려준 사람들은 비슷한 질문을 품고 있었다. "저 이대로 괜찮을까요?" 그럼 나는 내가 들었던 가장 든든한 문장으로 답하곤 했다. "당신의 존재는 세상 어떤 도덕과 규율보다 고유해요. 나는 당신의 존재를 믿어요." 내가 찍은 마침표를 쉼표로 만들어 자기 이야기를 이어가는 사람들 앞에서, '목소리가 목소리를 부른다'는 문장의 무게를 실감했다.

타인의 고유하고 내밀한 서사를 들을 때마다 고마운 마음만큼 아쉬움이 쌓였다. 왜 이 이야기의 수신자는 나로 그쳐야 할까. 왜 우리 중 어떤 사람은, 어떤 관계는, 어떤 모습은 숨기고 몰래 꺼내보아야 할 금기로 여겨질까. 나는 그의 서사를 듣는 청중이 나로 그치지 않으면 좋겠다고 바랐다.

처음부터 나는 '함께 쓰는 사람'이었다. 경험을 해석하기 위

당신이 글을 쓰면 좋겠습니다

해 처음 펜을 들었던 순간부터 지금까지, 한 번도 나는 홀로 글을 쓰고 있다고 생각한 적이 없다. 내 글은 언제나 타인의 품속에서 자랐다. 20대 후반에 운영하던 인문학카페에서 글쓰기 모임을 만들어 여섯 명의 동료들과 매주 글을 쓰고 나눴다. 우리는 함께 마감을 정했고, 기꺼이 서로의 작가이자 독자가 되었다. 가까워서 잘 안다고 자부했던 사람이 내가 알지 못한 서사를 하나둘 글로 꺼낼 때마다 나는 내 좁은 상상력을 실감하곤 했다. 여섯 명 중에 누구도 같은 서사를 가진 사람은 없었고, 같은 문체를 가진 사람도 없었다. 각자의 고유성만큼 삶을 풀어내는 방식도 고유했다. 그 무렵부터 나에게 쓰는 일은 '함께 쓰다', '나는 너를 모른다'와 같은 말이 되었다. 글쓰기에 정답이 없는 것처럼, 삶에도 정답이 없으니 모임 이름은 '불확실한 글쓰기'로 정했다.

뭐든 써보자고 시작한 글쓰기 모임이 수업의 형태로 바뀌게 된 건, 글을 쓰고 싶어서 들썩들썩하는 누군가에게 도움이 되는 방식을 고민하면서부터였다. 방대한 서사 중에 어디서부터 시작해야 하는지 머뭇거리는 사람들에게 내가 글을 써왔던 경험을 공유했다. 빈 종이 앞에서 헤맸던 내 혼란의 시간이 하나의 길잡이가 되길 바랐다. 나에게 글쓰기 수업은 누군가 자기 이야기로 쑥 들어갈 수 있게 돕는 사랑의 방식이었다. 차마 하지 못했던 내밀한 말을 쓰고 읽으면서 용기를 키워나가는 일. 서로의 글과 삶을 돌보는 시간. 나를 쓰는 사람으로 만든 집필 공동체의 품을 나누고 싶었다. 춘천에 살 때는 인문학카페 36.5°에서, 포항에 살 때는 달팽이책방에서, 고양에 머물 때는 신촌의 이후북스에서 글쓰기 수업을 이어갔다.

책이 나온 뒤에는 전국의 작은 도서관, 책방, 여성단체, 시민단체, 대학 소모임, 교원 노조 등 여러 단체와 공간을 다니며 수업을 진행했다. 일회성 강연이어도, 시간이 허락하면 짧게라도 사람들이 직접 써보는 시간을 가졌다. 강동구의 여성주의 단체에 글쓰기 강연을 간 날이었다. 강연을 일찍 끝낸 뒤에 함께 15분 글쓰기를 해보자고 제안했다. 사람들 앞에는 종이와 펜이 놓였다. "이제 15분 동안 시간을 잴 테니, 어떤 이야기라도 마음껏 쓰시면 돼요." 타이머를 누르자 서른 명이 일제히 집중해서 자기 이야기에 빠져들었다. 쓱싹쓱싹 펜을 움직이는 모습을 천천히 바라보는데, 내 눈에 들어온 사람이 있었다. 왼손에 아기를 안고, 오른손으로 글을 쓰던 사람. 종이에서 눈을 떼지 않고 열심히 펜을 굴리던 그의 모습이 아직도 눈앞에 아른거린다.

그때부터 '글을 쓴다'는 문장이 다르게 다가왔다. '글을 쓰기 위해서는 물리적인 시간과 공간이 필요하다.' 버지니아 울프가 《자기만의 방》에서 여성의 글쓰기에 대해 오래 머물렀던 질문.

글을 쓸 수 있는 환경을 그토록 강조했던 이유를 알 것 같았다. '나는 글을 쓴다'는 문장에는 '나는 글을 쓸 시간과 공간을 확보할 수 있다'는 다짐과 개개인이 처한 조건이 담겨 있었다.

수업을 진행할수록 '쓴다'는 동사는 또 다른 동사로 이어졌다. '나는 A를 쓰면서 내가 B, C, D가 될 수 있음을 안다. 나는 A를 쓰면서 내가 미처 닿지 못한 미지의 세계로 끌려갈 수 있음을 안다. 나는 글을 통해 새로운 친구를 만난다. 나는 내가 쓸 수 있는 사람이라는 걸 믿는다. 나는 말할 수 있는 사람이다.'

글쓰기 수업 마지막 날이면, 수업 후기이자 간증 같은 말이 이어진다. 6주 동안 일주일에 한 편씩 마감이 주어지면서 일상에 글쓰기 하나가 추가된 동료들은 앉으나 서나 글에 대한 생각이 가득한 시간을 보냈다고 말한다. 사소하게 지나쳤던 일도 곰곰이 생각하게 되고, 속상하면 들었던 술잔 대신 이제는 펜을 든다고 했다. 새싹은 영화관 아르바이트생으로 일하며 진상 손님을 만날 때마다 이런 생각을 하면서 버텼다고 고백했다. "내가 당신을 써버리겠어!" 당신을 쏴버리겠어가 아닌 써버리겠다는 말이 어딘지 통쾌해서 그 자리에 있던 모두가 박수 치며 웃었다.

매번 아산에서 서울까지 네 시간을 왕복해서 모임에 참여했던 태연은 후기에 이런 말을 남겼다. "나는 글을 자주 쓰는 편은 아니었다. 꼭 써야 하는 경우가 아니라면 최대한 피하는 부류였다고나 할까. 이유는 잘 못 하니까. 글쓰기라는 건 타고난 재능이 있는 사람들만의 영역이고, 재능이 없는 나 같은 사람은 평생 글쓰기와는 그 어떤 인연도 없을 거라고 생각했다. 보통 사람은 다가갈 수 없는 금단의 성지. 이게 내가 글쓰기에 대해 가지고 있던 생각이었다.

그러나 이번 모임을 거치면서 생각이 조금 바뀌었다. '아, 재능이 없는 사람들도 글을 쓸 수 있겠구나.' 타고난 작가로 별세계에 산다고 생각했던 사람들도 좋은 글을 쓰기 위해 끊임없이 노력하는 것을 보며, 글쓰기의 재능이란 하늘에서 뚝 떨어지는 것이 아니라는 걸 배웠다. 어쩌면 나처럼 재능 없는 사람도 포기만 하지 않으면 언젠가는 좋은 글을 쓸 수도 있겠구나 하는 건방진 생각이 들었다. 이번 모임을 통해 글맛을 알았다. 대단한 글이 아니더라도 그저 글을 쓴다는 행위가 즐겁다. 좋은 순간보다 나쁜 순간들이 더 많아 일상을 그저 흘려보내는 것에 급급했던 내가, 이제는 태블릿과 키보드를 곁에 두고 생각날 때마다 글을 쓴다. 매 순간을 놓치지 않고 기록한다. 화가 날 때는 화를 내고, 기쁠 때는 기뻐한다. 글을 통해서 감정을 배운다."

태연에게 '쓰다'는 이런 의미였다. '순간을 기록하며 내 일상과 감각에 권위를 준다. 글을 통해 감정을 배운다. 나는 쓰는 사람이다.'

나에게 이 책을 쓰는 마음은 '당신의 이야기를 들려주세요' 와 같은 말이었다. 타인의 이야기를 통과하면서 차곡차곡 쌓아 온 바람을 담아《당신이 글을 쓰면 좋겠습니다》를 집필하게 되었다.

　동기는 이상적이었지만, 현실의 잣대는 자주 내 발목을 잡고 늘어졌다. 나는 특별히 글 쓰는 법을 배운 적도 없고, 대학에서 글을 전공한 것도 아니고, 어느 언론사에 소속되어 본 적도 없다. 단행본 한 권과 공저 두 권, 몇 번의 연재 경험이 전부인 4년 차 집필 노동자인 내 위치에서 글쓰기 안내서를 집필할 수 있을까? 처음 글쓰기 에세이를 출간 계약하던 날부터 의심은 시작됐다. 출판사에서 출판사 대표와 편집자를 마주하고 원고의 방향을 이야기 나눈 뒤에 계약서에 사인했다. 웃으며 인사를 하고 문밖으로 나서자마자 이상하게 눈물이 또르르 흘렀다. 벅차서 흐르는 눈물이 아니었다. 내 자격에 대한 의심, 스멀스멀 올라오는 두려움에 압도되어 흘린 눈물이었다.

　원고를 쓰면서도 매번 헤맸다. 하루는 집필노동자로 살아가는 내가 나와서 글쓰기의 어려움과 프리랜서의 열악한 환경을 성토했고, 하루는 글쓰기 수업을 진행하는 내가 나와 글쓰기에 필요한 작은 팁을 공유했다. 나처럼 쓰기 전부터 겁내는 동료를 토닥이기 위해 글을 썼고, 글을 공유하기 망설이는 동료를 토닥이기 위해서도 썼다. 겁먹은 나를 내가 토닥이고 싶어서 쓴 글도 있다. 유일하게 놓지 않았던 건, '당신이 쓰면 좋겠다'는 마음과 글 쓰는 사람의 자격을 허물고 싶다는 마음이었다. 내 안에 자리한 세상의 기준을 허물기 위해, 나는 지지 않고 쓰고 싶었다.

어떤 일에 대해 질문할 수 없고 말할 수 없다면, 그 일은 존재하지 않는 일이 된다. 질문할 수 있음과 없음의 경계, 말할 수 있음과 없음의 경계. 얼핏 평범해 보이는 경계는 언제나 정치적이다. 쓸 수 있는 사람과 쓰지 못하는 사람, 이 경계 역시 정치적이다. 경계 앞에서 멈칫할 때마다 나는 오드리 로드의 말을 곱씹었다.

성장 과정에서 우리는 언제나 두려움이라는 난관을 마주하게 됩니다. 가시화에 대한 두려움, 가혹한 시선과 비판에 대한 두려움, 고통이나 죽음에 대한 두려움 말입니다. 하지만 정작 우리는 죽음을 제외한 이 모든 두려움을 이미 침묵하며 지나왔습니다.

여성들이 내 말 좀 들어 달라고 울부짖는 곳에서, 우리는 이들의 언어를 적극적으로 찾아내 함께 읽고 서로 나누며, 그 말이 우리 삶과 어떤 관련이 있는지 살펴야 할 책임이 있습니다.

-오드리 로드, 《시스터 아웃사이더》 중에서

당신이 글을 쓰면 좋겠습니다

여성이 글을 쓰기 위해서는 500파운드의 돈과 자기만의 방이 있어야 한다고 버지니아 울프는 말했다. 그 '방'의 개념은 자신의 이야기를 편견 없이 듣고 지지해줄 관계망이기도 하다. 쓰는 행위는 곧 읽히는 행위이고, 특히 사회적 약자와 소수자의 글쓰기는 누구에게 읽히느냐에, 첫 독자가 누구냐에 지속 가능성이 연결되어 있다. 내가 처음 글을 쓰기 시작했을 때 기꺼이 읽어주고 따뜻한 지지를 보내주던 집필 공동체가 없었다면, 아마 나는 꾸준히 글을 쓰지 못했을 것이다. 쓰더라도 일기장에 고이 간직해 놓았을지도 모른다.

독서는 책을 읽기 전의 나로 돌아갈 수 없는 하나의 사건이다. 한 사람의 시선과 삶의 단편을 기록한 책을 통과할 때마다 나는 읽기 전의 나로 돌아갈 수 없었다. 지난 시간이 재배치되었고, 상처를 응시할 수 있었고, 외면했던 감각을 믿게 되기도 했다. 그런 의미에서 책은 관념의 집약체가 아니라 하나의 실재하는 공간이다.

나에게 '읽다'는 '경험하다'와 같은 말이었다. 내가 마련한 이 책이 당신에게 작은 자유를 선물하는 하나의 경험이 되길 바란다. 함께 쓰고 읽은 시간을 기록한 이 공간이 당신의 이야기를 꺼내도 안전한 그곳이길 바란다. 이제 내 글의 마침표를 열고, 당신의 이야기를 시작할 시간이다.

1부

나를
나로 살게 하는
글쓰기

©boram kim

: 문체와 감정에 관하여

●

　담백하고 여유로운 사람이 되고 싶었다. 온화한 미소, 차분
한 말투, 기복 없는 단단한 중심을 가진 사람이. 하지만 내 중심
추는 작은 바람에도 땅과 하늘을 왕복할 정도로 가볍고 얄팍하
다. 쓰고 싶은 글도 마찬가지였다. 고통 앞에서도 의연하고 유머
가 가미된 문장을 쓰고 싶었는데, 내 문장은 왜 이리 끈적하고
질척거리는지. 쓰고 싶은 문장과 쓰게 되는 문장의 거리는, 되고
싶은 나와 지금의 나 사이의 거리처럼 아득하다. 문체도 옷장에
서 옷을 고르듯 간단하게 선택할 수 있다면 어떨까 상상하곤 했
지만, 정작 옷장을 살펴봐도 비슷한 색과 모양의 옷만 가득하니
애초에 문체라는 것도 딱 나만큼의 한정된 범위에서 고를 수밖

에 없나 싶다.

특히 가족에 관해 쓸 때면 여유가 사라졌다. 미워도 다정한 한 편의 시트콤처럼 풀어내고 싶은 욕심과 달리 현재진행형인 고통은 소화되지 않고 자꾸 가슴에 얹혔다. 노래로 경연하는 어느 예능 프로그램에서 '듣는 사람이 따라갈 수 있도록 감정을 조절해야 해요. 가수가 먼저 울면 관객은 어리둥절해져요. 노래는 혼자만의 독백이 아니잖아요'라는 얘기를 들었다. 나는 그 말에 공감하면서 먼저 울어버린 내 문장들을 떠올렸다. 수업에서도 자주 눈물 젖은 문장을 본다. 글을 읽기 전부터 붉어진 눈시울을 본다. 사람들은 이미 먼저 운 걸 알고 있었다. 자신이 감정적으로 거리를 두지 못하고 썼다며 미리 고백하곤 했으니까. 나는 그 고백이 그렇게 쓸 수밖에 다른 도리가 없었다는 얘기로 들렸다.

초등학교 3학년 때였다. 무슨 일 때문인지 기억은 안 나지만 서러워서 엉엉 우는 내 주위에 친구들이 하나둘 몰려왔다. 다들 안절부절못하며 울지 말라고 다독이는데, 한 친구가 말했다. "일단 놔둬. 울고 싶을 땐 그냥 울어야 돼. 울면 괜찮아질 거야." 왜 나를 위로해주지 않는 거야? 원망했지만, 그 친구 말대로 펑펑 울고 나니까 정말 속이 개운해졌다. 그날부터 나는 누구에게나 꼭 흘려야 하는 눈물이 있을지도 모르겠다고 생각했다. 그리고 어쩌면, 누구에게나 꼭 써내야 하는 문장이 있을지도 모른다. 그

당신이 글을 쓰면 좋겠습니다

렇게밖에 쓸 수 없는 문장 말이다.

　재이는 여섯 달 동안 엄마 이야기를 쓰면서 매번 울었다. 폭력적인 아빠와 이혼하고 다른 사람과 만나면서 다시 맞고 사는 엄마에 대한 연민, 분노, 책임감이 뒤엉켜 재이의 글은 눈물 속에서 길을 잃었다. 어느 시기가 지나고부터 재이는 엄마에 관한 글을 전보다 담담하게 쓰게 되었다. 한바탕 쏟아내고 나니, 뒤엉킨 감정 너머의 이야기를 쓸 수 있게 되었다고 했다. 글은 재이를 소용돌이 정 가운데, 고요한 그곳으로 데려다주었다.

　소용돌이 속에서 휘청거리는 사람에게 감정을 배제하고 쓰라는 말은 쉬워서 잔인하다. 문장에 감정이 뒤섞일 때는 강박적으로 거리를 두기보단 쏟아지는 글을 가만히 풀어내며 감정 역시 풀어지도록 내버려두는 게 나았다. 몇 번을 혼자 곱씹으면서 쓰고 나면, 그 일과 나 사이에 거리가 생겨 비로소 다르게 쓸 수 있는 여유가 생긴다.

　나를 인터뷰하는 마음으로 쓰는 방식도 도움이 된다. 먼저 감정을 드러내지 않기. '행복하다, 기쁘다, 슬프다, 절망스럽다, 아프다, 끔찍하다'와 같은 표현을 의도적으로 덜 쓰고, 어떤 상황 속에 있는 나를 또 다른 내가 관찰하며 인터뷰하는 것, 내가 어떤 상황에 놓여 있었는지 장면과 전개에 집중하면 담담하게 메시지를 나눌 수 있다. 아픔을 통해 내가 전달하고자 하는 이야기, 기뺨을 통해 내가 전달하고자 하는 이야기에 집중하는 것이다.

하지만 글을 쓴다고 모든 고통이 깔끔하게 정리되진 않는다. 어떤 고통은 무뎌지지 않고 덧나기도 하고, 쓰면서 다시 한 번 나를 무너뜨리기도 했다. 그럴 때면 아픔을 흘려보내거나 거리를 두기보다 감정에 깊이 젖는 방법을 택했다. 나에겐 그 통로가 시였다. 나보다 먼저 죽고, 먼저 우는 언어. 시는 건조기와 같아서 내 모든 아픔을 휘저어 털어주었다. 그러고 나면 나는 어느새 가벼워져 있었다. 시인의 언어가 슬픔을 조건 없이 흡수했기 때문이다.

바람난 에미가 도망치고 애비가 땅을 치고 울고

애비가 섰다판에서 날을 새고
그 애비의 아이가
애비를 찾아 섰다판 방문을 두드리고

본드 마신 누이가 찢어진 속옷을 뒤집어 입고
지하상가 쓰레기장 옆에서
면도날로 팔목을 긋고

세 살 난 막내가 절룩, 절룩 자라가고

에미 애비와 누이의 일들을 거침없이 이해하고

오늘, 밤마다 도시가 하나씩 함몰되고, 나는

등불에서

등심지를 싹둑, 싹둑 잘라내고

-이연주, 〈가족사진〉 중에서

    차라리 고유한 상처라면 다르게 표현이라도 될 텐데, 너무 흔한 상처는 흔한 말로밖에 표현이 안 된다. 모든 게 심각하고 모든 게 막장이며 제목부터 끝까지 뻔하디뻔한 이야기. 그 상황에서 내가 쓰는 문장은 "아비의 낯가죽을 발발이 찢고, 어미의 뼈를 산채로 바르고, 내 죽은 얼굴에 오줌을 싸고, 내 죽은 얼굴에 칼질하는 문장"(김언희)일 수밖에 없다. 그럼에도 자꾸 다른 문체를 바라는 나에게, 자꾸 묻게 되는 것이다. 어떻게, 지금, 내가, 쿨해질 수 있겠냐고.

    소설가 임솔아 작가의 인터뷰를 읽었다. 첫 책《최선의 삶》이 나오고 나눈 인터뷰였다. "제 글이, 그리고 제 속내가 세련되지를 못해요. 예전에는 세련되고 '쿨'한 글을 쓰는 사람들을 부러워했어요. 통통 튀고 가볍고, 재치 있고, 밝고 명랑한 그런 거. 그런 사람들은 꼭 풋사과처럼 보였어요. 나는 물컹물컹한 감 같은데. 곶감 같은 거요."

작가의 솔직한 고백이 이렇게 묻는 것 같았다. '왜 이런 나면 안 되나요?' 어쩌면 우리는 지금의 최선을 쓰는 중 아닐까. 글을 통해 내 아픔과 너의 아픔, 세상의 아픔이 연결될 때, 나는 다시금 고통의 소용돌이 안쪽으로 한 뼘 더 들어와 있겠지. 그때 나는 먼저 울지 않고도 시원해질 수 있겠지. 그래도 나는 잊지 않고, 소용돌이에 휩쓸리며 죽을힘으로 쓴 글들을 소중하게 어루만지고 싶다.

글과 삶을
위탁하지 않기

: 내 서사의 편집권을 지킬 것

●

"그가 머리에 손을 올리고 괜찮다고 말하면, 다들 괜찮아져요." 마더피스 타로를 배울 때, 선생님은 인도에서 경험한 명상 문화를 들려줬다. 인도의 한 지역에 유독 명상하는 사람들이 몰리는데, 그 이유가 어떤 사람을 만나기 위해서라고 한다. '그'가 사람들의 머리 위에 손을 얹으면 깨달음과 평화가 찾아온다고 믿기 때문이다. 선생님은 그 문화를 되짚으며 이런 말을 덧붙였다. "특히 여성들이 그를 많이 찾아요. 많은 여성이 '아버지'의 권위와 말씀을 찾고자 해요. 스스로는 마음의 평화와 깨우침을 얻지 못한다고 믿는 거죠." 몇 년 전에 들었지만, 이후에도 그 이야기가 오랫동안 마음에 남았다. 형태만 다를 뿐 나도 '그'를 좇는 여정을 반복했기 때문이다.

　한때 나는 김난도 교수 같은 흔들리는 청춘들의 멘토를 존경했고, 사회문제를 정확하게 지적하는 정치평론가를 쫓아다녔다. 방황하는 나에게 깨달음을 줄 '아버지'를 만나고 싶었다. 이런 욕구는 글을 쓸 때도 마찬가지였다. 아무리 써도 내 글은 한없이 부족하게 느껴져서 누군가 내 글에 손을 얹으면 모든 게 달라질 거라고 여겼다. 지금도 비슷한 욕망이 있다. 저명한 작가가 글쓰기 수업을 개설한다는 소식을 들으면 마음이 흔들린다. 수업을 들으면 글이 훨씬 늘지 않을까. 흔들리는 내 삶을 잡아주진 않을까.

　처음 내가 글쓰기 수업을 찾은 건 이십 대 후반이었다. 춘천한 대학의 평생교육원에서 개설한 시 창작 과정에 참여했다. 선생님은 오래전 등단해서 많은 시집을 출간한 육십 대 시인이었다. 첫 수업에서는 각자 쓴 시를 낭독했다. 나는 〈청춘 정육점〉이라는 제목의 시를 낭독했다. 제목처럼 내용도 우울한 시였다. 시인은 내 시가 너무 어둡다며 밝고 긍정적으로 써보라고 조언했다. 시를 배워본 적이 없었기에 지적받을 각오는 하고 있었지만, 선생님의 조언은 이해되지 않았다. 내가 좋아하는 최승자 시인과 고정희, 진은영 시인은 죽음과 피, 어둠을 이야기하는데, 왜밝아야 하지? 참지 못하고 나는 질문했다. "왜 시는 꼭 밝아야 하죠? 다른 부분이면 몰라도 어두운 걸 쓰지 말라는 조언은 이해하기 어려워요." 시인은 내가 아직 어려서 치기에 이런 글을 쓰는 거라고 답했다. 수업에 참여한 다른 사람들은 유칼립투스와 푸른 초원, 노스탤지어를 은유하며 시를 썼다. 시인은 그런 시가 등단하기 좋다며 입이 마르게 칭찬했다. 수업은 등단에 초점이 맞춰져 있었고, 먼저 등단한 시인의 말은 곧 절대 권력이었다. 나는 채 두 번을 채우지 못하고 시 수업을 그만두었다.

다음은 인문학 카페에서 진행한 글쓰기 수업이다. 수업을 기획하면서 지역의 한 소설가에게 지도를 부탁했다. 모집 공고를 올리자마자 순식간에 열다섯 명이 모였다. 작가는 사람들이 써 온 글을 그 자리에서 읽고 바로 피드백하는 식으로 수업을 진행했다. 글의 종류는 다양했다. 소설, 시, 에세이. 작가는 사이다 발언으로 자주 웃음을 줬고, 그만큼 사람들을 얼어붙게 했다. "너는 너무 겉멋이 들었다." "이건 소설이 아니야." "이걸 시라고 할 수 있어? ○○아(옆 사람), 말해봐. 이상하지 않니?" 이유도 근거도 알 수 없는 비난만 이어졌다. 차츰 글을 쓰지 않는 사람들이 늘어갔다. 매회 참여하는 사람들도 적어져서 나중에는 반 이상이 모임에서 이탈했다. 어느 순간, 내가 그만두었던 시 창작 수업이 떠올랐다. 처음 모였을 때 글을 쓰고 싶다며 반짝이던 사람들의 빈자리를 보며 무언가 잘못됐다는 생각이 들었다.

마지막으로 찾은 곳은 평소 존경하던 에세이스트의 글쓰기 수업이었다. 그곳에서 나는 잘 쓰는 법 이전에 내 글이 누구에게 도움이 될지 질문하는 태도가 중요하다는 사실을 배웠다. 무엇보다 작가님이 다양한 삶의 결을 포용할 수 있는 사람이었기에 믿음이 갔다. 그러나 합평 시간은 달랐다. 스무 명이 넘는 타인 앞에서 날것의 상처를 꺼내기는 쉽지 않은 일이었다. 나는 두 번째 시간에 글을 발표하게 되었고, 무슨 글을 쓸지 고민하다가 어릴 적 가정폭력 경험을 털어놨다. 낭독하는 동안 그날의 장면이 생생하게 떠올랐고, 왠지 수치스러운 기분마저 들어서 떨리는 목소리로 겨우 글을 낭독했다. 발표가 끝나자 한 사람이 따지듯 물었다. "왜 이렇게 가족에 대해 건조하게 쓴 거죠? 가족을 바라보는 시선도, 글도 너무 건조하네요." 감상에 빠지지 않고 담담하게 쓰고 싶었다고 말하고 싶었는데, 이미 발가벗겨진 상태였기에 입이 떨어지지 않았다. 옆에 있던 다른 동료가 "저는 글이 좋은데요. 너무 감정에 깊이 빠지지 않고 담담하게 적어서 저는 공감하기 좋았어요"라고 말해주었지만, 이미 내 눈에서는 눈물이 뚝뚝 떨어지고 있었다.

글을 쓰려면 악평에 굴하지 말아야 한다는 말에는 공감하지만, 내용에 대한 공감 없이 글을 지적하는 태도는 나에게 상처 이상의 어떤 배움도 남기지 않았다. 작가님도 불편했는지 "가정

폭력 피해자들이 자신의 경험을 글로 표현하는 게 얼마나 어려운 일인데요. 정말 어려워요"라고 말하다가 끝내 눈물을 보였다. 글쓰기를 배우는 자리에서는 쓰는 방식에 집중할 수밖에 없다는 것을 알면서도 나는 상처받았다. 한참 고민하다가 멀어서 가기 힘들다는 핑계로 수업에 나가지 않았다. 작가님께 사정을 털어놓고 수업을 그만두었던 날, 내가 너무 나약하게 느껴져 밤이 지나 새벽이 되도록 잠들지 못했다. 이 정도의 비판도 견디지 못하면서 무슨 표현을 하며 산다고. 나는 글을 쓸 수 없는 사람이라고 생각했다.

내 푸념을 들어준 건 곁에 있던 인문학카페 동료들이었다. 동료들은 모든 사람이 강할 필요가 없으며, 약한 사람이기에 느낄 수 있는 감각으로 꾸준히 글을 써야 한다고 나를 격려했다. 차라리 우리끼리 글 모임을 만들자는 제안이 나왔다. 고민하다가 '불확실한 글쓰기'라는 이름으로 모임을 만들었다. 모임을 시작할 때면, 사람들의 얼굴에서 글을 쓰고 싶은 마음과 망설이는 마음이 가장 먼저 눈에 들어왔다. 그 떨림에 공감하기에 나는 내 역할을 분명히 하려고 노력했다. 나는 글을 평가하는 사람이 아니라 글을 쓰면서 도움이 됐던 방식과 어려웠던 점을 공유하며 함께 쓰고 함께 읽는 사람이라고. '말하고자 하는 바가 정확한가, 고정관념을 재생산하는 글은 아닌가, 자신의 고유한 이야기가 들어갔는가'와 같은 큰 줄기와 '주어와 동사가 연결되는가, 접속사와 조사·관용어가 과하진 않은가, 급하게 마무리 맺진 않았는가'와 같은 기본적인 쓰기의 법칙을 공유했다. 이후에는 각자가 꾸준히 쓰는 만큼 글은 늘었다.

사람마다 글을 판단하는 기준은 다르다. 누군가는 주제 의식이 뚜렷한 글이 잘 쓴 글이라고 말하고, 누군가는 주제 의식이 직접 드러나지 않아야 좋은 글이라고 말한다. 이전의 글쓰기 수업에서 혹독한 평가를 받았던 내 글이 편집자 눈에는 '좋은 글'로 읽혀서, 지난 단행본에 그 글을 넣을지 말지 실랑이를 벌이기도 했다. 그래서 모임을 진행할 때마다 합평 방식에 대해 미리 당부한다. 우리는 쉽게 판단하는 데 익숙해져 있으니 지금은 판단을 유보한 채 상대의 글에 감응하며 글을 읽자고. 내가 더 감응할 수 있도록 상대가 어떤 부분을 보충해줬으면 좋겠는지 조심스럽게 말하는 연습을 하자고. 이러한 자세는 누군가의 글과 삶을 존중하는 방식일 뿐 아니라, 타인을 대하는 기본적인 태도를 익히는 과정이라고도 생각한다. 인터넷 댓글 문화가 그렇듯 글의 흠결을 잡는 일은 비교적 간단하고, '깔'거리는 어느 글에서도 찾을 수 있으니까.

어쩌면 내가 글 수업을 찾아다녔던 이유는 내 삶을 봐주고 괜찮다고 말해줄 사람을 찾기 위해서였는지 모른다. 그런 동기

당신이 글을 쓰면 좋겠습니다

가 나쁜 건 아니지만, 섣부르게 상대에게 권위를 주는 행동은 위험했다. 글이 '짓는' 게 아니라 살아내며 '쓰는' 행위라면 시야가 좁거나 무례한 사람에게 권위를 줄 경우, 글뿐 아니라 삶이 막히는 위험에 처할 수 있다. 만약 내가 시 수업을 비판 없이 수용했다면 상처와 고통에 대해 털어놓을 수 없었을 테고, 내 글이 형편없다는 말에 갇혔다면 꾸준히 글을 쓰지 못했을 것이다. 나르시시즘에 빠진 글은 위험하지만, 소수자나 사회적 약자에게는 '자기 뽕'보다 과한 '자기부정'이 글쓰기에 더 큰 방해물이 될 수 있다. 여성을 비롯한 소수자는 어릴 때부터 자기부정과 자기혐오를 배우니까.

여성학자 정희진의 말처럼, 고통 자체도 상처이지만 고통을 말하는 것은 그보다 더 큰 상처다. 그래서 말한다는 것은 단순히 묘사하는 행위가 아니라, 개입하고 헌신하는 실천이다. 그러니 오랫동안 실천해나가기 위해 긴 호흡으로 글을 써나갈 수 있는 여건을 마련해야 한다. 내가 계속 글을 쓰기 위해 필요했던 건 내 글을 함께 읽고, 말하고자 하는 바를 정확하게 전달하기 위해서 어떤 부분을 보충할지, 내 사유가 어떤 부분에서 막혀 있는지 알려줄 안전한 관계망이었다. 관계망을 만들기 위해서는 나부터 잘 듣는 사람이 되어야 했다. 그다음이 내 이야기 쓰기다.

한동안 안전한 관계망 속에서 쓰기의 근육을 단련하면 어느

새 누군가의 피드백이 없어도 내가 쓴 글의 부족한 점이 보인다. 은유 작가는 자기가 쓴 글의 아쉬운 점이 보일 때가 글이 느는 순간이라고 했다. 나는 그때가 자신이 스스로에게 권위를 부여하는 순간이라고 해석한다. 나를 믿을 수 있다면, 계속 글을 끌고 갈 힘이 생긴다. 글쓰기가 추구할 방향은 있어도 답은 없다. 시중에 알려진 쓰기의 기술을 참고하되, 섣부르게 누군가에게 내 서사의 편집권을 위탁해선 안 된다. 내 삶을 가장 잘 알고 가장 잘 드러낼 수 있는 사람은 나 자신이므로.

당신이 글을 쓰면 좋겠습니다

나는 다만
노래 부르고 싶었을 뿐

: '작가'의 기준에 주눅 들지 않기

●

"아까 보니까 합평하시는 것 같던데. 글 쓰는 모임인가요?"

"네. 오늘이 마지막 날이라 못다 한 발표를 술집에서 했네요. 여기 처음 와봤는데, 책도 많고 분위기가 정말 좋아요. 잘 찾아온 것 같아요."

"어쩐지. 제 애인도 글 쓰는 사람이거든요. 저는 연극을 하고요."

"와 그렇구나, 반가워요. 혹시 애인은 어떤 글을 쓰시나요?"

방금까지도 신나게 대화하던 사람이 갑자기 뜸을 들인다. 잠시 후 그가 나지막하게 말했다.

"아, 등단한 건 아니에요. 글쓰기를 좋아해서 쭉 쓰고 있어요.

곧 출판사랑 계약해서 책이 나올 예정이고요."

급격한 온도 변화에 내가 잘못한 게 있나 싶어 대화를 곱씹어보았다. 어떤 글을 쓰는지 알고 싶다는 내 말이 등단한 사람인지, 책을 출간한 사람인지 자격을 확인하는 말로 들렸을까. 그의 대답이 한동안 마음에 걸렸다. 등단이나 출간이 뭐라고 사람을 위축시킬까. 글 쓰는 사람은 등단한 사람, 책을 출간한 사람과 같은 말일까.

작가가 되겠다고 구체적으로 소망한 적이 없었기 때문인지 등단은 나에게 사법고시 정도로 먼 나라 이야기였다. 그런 내게 등단을 실감하게 한 사람은 아빠였다. 아빠는 꽤 오랜 시간 수업을 다니며 시를 배우고 썼다. 엄마의 증언에 따르면 아빠는 어린 시절부터 옆구리에 책을 끼고 사는 사람이었고, 글쓰기에도 부쩍 관심이 많았다고 한다. 그런 아빠가 시를 본격적으로 쓰기 시작한 건 이혼 직후였다. 아내와 두 딸이 자신의 뜻대로 따라주지 않는 데서 오는 생의 갑갑함과 이혼 이후 자신을 돌아볼 시간이 늘어서 시를 쓰기 시작한 게 아니었을까, 나는 막연하게 짐작할 뿐이었다.

네 식구가 함께 살던 오래전, 매년 신춘문예 공모 기간이 되면 집안은 분주했다. 아빠가 정성스럽게 쓴 시를 정성스럽게 고르는 임무가 나와 동생에게 주어졌기 때문이다. 아빠는 수십 편의 시를 인쇄해서 우리 앞에 펼쳐놓고, 순위를 매겨 각 시가 왜 좋은지 알려달라고 했다. 아빠의 시는 주로 자연과 그리움에 관한 시였다. 난해한 언어로 이루어진 시를 쉽게 이해할 수는 없었지만, 더듬더듬 읽으면서 그중에 가장 마음에 닿는 몇 편을 골라서 아빠에게 건넸다. 그럼 아빠는 눈을 반짝이며 "이 시가 좋아? 왜 좋아? 정말 좋아? 다른 것보다 좋아?"라고 물었다. 정확하게 평가를 내려야 질문 시간이 짧아진다는 걸 알았던 나는 최대한 단호하게 말했다. "그게 제일 좋아. 다른 것보다 눈에 띄어. 감정이 느껴져." 아빠는 흐뭇한 눈빛으로 시를 몇 번이고 읽고 또 읽다가 최종 시를 선정했다. 그렇게 집에서 1차 합격한 시는 1년에 몇 차례 우편을 통해 심사장으로 보내졌는데, 아쉽게도 별다른 기별이 오진 않았다.

　나는 군복 입은 아빠가 시를 쓰는 모습도 신기했지만, 세상과 타인에 큰 관심 없고 무뚝뚝해보이던 아빠가 무언가를 열렬히 사랑하는 모습이 반가웠다. 하지만 내가 느끼기에 아빠는 시만큼 시인에 대한 동경을 가진 사람이었다. 진짜 시인이 되기 위해서는 신춘문예에 당선되어야 하며, 모름지기 작가란 최고 전문가들에게 시적 열망과 재능을 확인받은 사람이어야 했다. 아빠가 시를 사랑하게 되어 다행이라는 안도와 별개로, 나는 아빠로 인해 등단이라는 시스템에 회의를 느끼게 되었다. 아빠의 시

(혹은 시인) 사랑이 종종 이상한 방향으로 미끄러졌기 때문이다.

어느 가을, 농사짓는 둘째 삼촌과 아빠와 함께 나란히 시골 길을 걷고 있었다. 대화 도중 시에 대한 이야기가 나오자 아빠는 어김없이 시란 무엇인지 장황하게 설명하기 시작했다. 아빠의 말을 듣던 삼촌이 늘 갖고 다니던 낡은 노트를 펼쳐서 보여주며 자신도 요즘 시를 쓴다고 했다. 노트 안에는 손 글씨가 빼곡했다. 햇살, 구름, 나물, 벼, 농부 같은 시골 풍경과 그것을 소중히 여기는 삼촌의 마음이 담겨 있었다. 한참 시를 감상하는 내 귀에 묘한 소리가 들렸으니, 바로 아빠의 웃음소리였다. 삼촌의 시를 내 어깨 너머로 본 아빠는 히죽히죽 웃고 있었다. 그 웃음이 기분 나빴지만, 왜 웃는지는 묻지 않았다. 그때 나는 아빠가 혹시라도 "이건 시가 아니에요, 형님"이라고 할까 봐 얼마나 마음 졸였는지 모른다.

"이건 글이 아니야. 넌 글의 기본도 모르면서 작가라고 하니?" 내 글의 최대 '악플러'인 아빠는 글을 볼 때마다 문학적 가치가 없다는 소리를 덧붙인다. "네가 쓰는 글은 글도 아니고, 수준도 한참 모자라. 공부 좀 해라, 공부 좀." 아빠의 눈에 나는 등단한 작가도 아니고, 어쩌다 책을 냈지만 내 글은 엉터리이다. 일상을 가감 없이 쓰는 내 글은 수준 낮은 삼류라는 말도 서슴없다. 나는 아빠가 등단하지 않았다고 아빠의 시가 거짓이라거나

당신이 글을 쓰면 좋겠습니다

아빠가 시인이 아니라고 생각하지 않는데, 아빠는 내 글과 나를 간단하게 부정한다.

첫 책이 나오고 1년 정도 지났을 때, 아빠가 애인 우주와 통화하다가 했던 말.

"승은이 걔 글 좀 제대로 공부하고 쓰라고 해. 페미니즘인가 뭔가, 그런 거 써서 누가 읽어?"

"아버님, 승은 씨 글 좋아요. 자기 경험을 해석해서 쓰는 게 얼마나 어려운데요."

"아이고, 됐다 그래. 뭐가 잘 써. 등단한 작가들 책 좀 읽으라고 해."

"아버님, 승은 씨가 얼마나 열심히 공부하는데요. 그리고 만약 글이 안 좋았으면 책이 그렇게 팔렸겠어요? 그래도 이 분야에서는 꽤 주목받는 책이에요."

"뭐, 꼴랑 몇 쇄 더 찍었다고? 공지영 봐라. 공지영은 백 쇄도 더 찍어."

공지영 작가와 비교하는 대목에서는 나와 우주 모두 웃음이 빵 터졌지만, 나는 아빠의 말이 서글펐다. 아빠가 나에게 하는 비난이 왠지 아빠 자신에게 향한다고 느꼈기 때문이다. 아빠에게 시란, 글이란 무엇일까. 종일 허리 숙여 땅을 고르고 작물을 키우는 삼촌이 일과를 마치고 흙이 밴 손으로 펜을 잡는 순간,

종일 군복 입고 땡볕에서 훈련하다가 그을린 손으로 시를 쓰기 위해 책상 앞에 앉는 아빠의 순간이 너무 쉽게 평가절하되는 것만 같아서 속상했다. 그래서 나에게 등단 시스템은 글 쓰는 사람을 쓰는 사람이 아니게 만드는 잔인한 관문으로 느껴진다.

출간도 마찬가지다. 아빠의 뜬금없는 공지영 작가 책 판매 부수 언급처럼, 출간한다고 작가의 자격이 주어지는 것도 아니다. 얼마나 많은 언론의 주목을 받는가, 판매와 리뷰 수, 출판사의 인지도 등에 따라 저자의 급이 나뉜다. 책이 있으면 진짜 작가 없으면 가짜 작가, 책이 잘 팔리면 좋은 작가 덜 팔리면 별로인 작가, 알려진 출판사에서 책을 내면 유명 작가 아니면 무명작가일까.

내가 좋아하는 작은 책방에는 기성 출판사 책과 독립 출판책이 반반씩 있다. 무수하게 많은 사람이 자신의 이야기를 직접 엮어서 한 권의 책을 만든다. 글쓰기 수업에는 쓰는 일에 허기진 사람들이 찾아온다. 매일 꾸준히 쓰고, 글을 통해 자신과 주위를 돌보는 사람들에게 일방적으로 '작가님'이라는 호칭을 들으면 왠지 그 공간의 가장 구석을 찾아 숨어버리고 싶다. '내가 과연 작가가 맞나, 나는 아직 멀었는데'와 같은 고민 탓이다. 그런 순간이면 나도 아직 작가가 되려면 특별한 자격을 갖춰야 한다는 암묵적인 믿음에 연연하는 건 아닌가 싶어진다. 내가 작가의 자격을 갖춘 사람인가에 대한 의구심이 등단 콤플렉스와 크게 다르지 않을 거라는 생각, 어쩌면 나부터 '작가'라는 말 속에 다양한 위계들을 설정해놓았을지 모른다는 생각에 한숨이 푹푹 나온다. 책을 계약할 때부터 누구에게 어떤 이야기를 전달하고 싶은지, 나는 어떤 부분에서 자유롭고 싶은지보다 어떤 글을 써야 잘 팔릴지, 안 팔리면 어떻게 하지를 걱정하는 나. 이대로 괜찮을까.

삶은 최전방이다

나는 싸우고 싶지 않았다

삶이 너무 촘촘해서 삶에 질식할 것 같은

그 모든 격렬한 문장 속에서

목덜미를 풀어헤치고 나는 다만 노래 부르고 싶었을 뿐,

포효하고 싶었을 뿐.

- 고은강, 〈고양이의 노래5〉 중에서

글 쓰는 사람, 작가란 무엇일까. 등단한 작가의 시구에서 나는 등단 너머 자유의 힌트를 얻는다. 시인의 포효처럼, 나는 싸우고 싶지 않다. 경쟁심에, 또는 자격을 확인받으려고 글을 쓰는

사람이고 싶지 않다. 작가라는 기준에 갇혀 글쓰기가 내 삶을 질식시키고 있지는 않은지 돌아본다. 모든 격렬한 문장 속에서 목덜미를 풀어헤치고 다만 노래 부르는 사람이 작가라면, 그 기준에서라면, 나와 아빠 그리고 꾸준히 쓰는 모든 이가 작가가 아니면 무엇일까. 옷깃을 풀고, 사람들과 어깨동무하고, 소리를 꽥꽥 지르며 자유롭게 춤추는 모습을 상상해본다. 춤추듯 글을 쓰며 함께 자유하는 모습을.

• 후일담

이 글을 쓰고 몇 달 뒤, 아빠가 뜬금없이 말했다. "나 시 수업 이제 안 나가려고. 자꾸 형식만 배우고, 그동안 내가 아닌 것만 써왔던 것 같아. 꾸미지 않고 자연스럽게 내 이야기를 하고 싶어졌어." 그리곤 나탈리 골드버그의 《뼛속까지 내려가서 써라》라는 책을 나에게 선물했다. 손때와 밑줄과 별표로 가득한, 집중해서 읽은 흔적이 고스란히 남은 책이었다. 책장을 넘기다가 유독 밑줄이 깊게 그어진 페이지에서 눈길이 멈췄다. 아빠는 이 문단을 책의 여백에 필사까지 했다.

"글쓰기를 배운답시고 쓸데없이 대가들과 문화 강의를 좇아 철새처럼 옮겨 다니는 사람. 하지만 진실은 아주 간단하다. 글쓰기는 글쓰기만을 통해서 배울 수 있다. 자신의 바깥에서는 어떤 배움의

당신이 글을 쓰면 좋겠습니다

길도 없다. 공교육이 저지르는 가장 끔찍한 잘못은 타고난 시인이자 소설가인 어린 학생들에게서 그들의 문학을 빼앗는 것이다. 학교에서의 문학 수업은 문학작품을 문학에 대해서만 말을 늘어놓게 한다. 살아 숨 쉬는 시인의 생명력보다 은유법과 상징법을 찾아 낱낱이 해부해버리고 만다.”

: 고정관념을 질문하자

**질문에 대답하는 더 나은 방식 찾기. 질문을 다시 질문하는 방식,
그리하여 어떤 존재를 늘 질문으로 만드는 세상을 향해 우리가 질문하게 된다.**
-사라 아메드

●

살다 보면 예측하지 못한 웅덩이에 뚝 떨어지는 순간이 있다. 나에게는 절대 나타나지 않을 것 같던 깊고 아득한 웅덩이. 그게 A에겐 이혼이었다. A는 갈색 곱슬머리가 잘 어울리는 통통 튀는 매력의 소유자로, 언제나 밝은 에너지로 수업에 활기를 주었다. 그러던 A가 어느 날 금방 울 것 같은 표정으로 말했다. "사실 저 이혼했어요. 저는 제가 이혼할 줄은 상상도 못했어요. 그런데 말이 웃기네요. 살다 보면 이혼도 하고 그런 거지. 왜 내 인생에 이혼은 없다고 믿었을까. 요즘 계속 흔들려요. 남들한테 이혼했다는 말을 굳이 할 필요는 없지만, 숨기게 돼요. 다른 사람들이 어떻게 볼지 느껴지니까. 떳떳해지고 싶은데 자꾸 움츠러들어요."

A와 같은 상황에 놓인 사람을 만나기는 어렵지 않다. 이혼하고 싶지만 자식에게 피해가 갈까 망설이는 사람, '엄마'가 아닌 삶이 막막해 마음을 텅 비운 채 사는 사람, 남편과 별거 중이지만 차마 이혼할 엄두가 안 난다는 사람까지, 조금만 주위를 둘러봐도 다양한 사연을 접할 수 있다. 내가 만난 사연 속 주인공들은 이혼 자체보다 '내가 이혼을?'이라는 놀라움에 한 번 주춤하고, 이혼 이후 자기와 자녀에게 붙을 사회적 꼬리표에 한 번 더 주춤했다. 흔들린다고 고백하는 수많은 A의 모습은 15년 전 이혼했던 내 엄마의 모습과 닮았다. 엄마는 아직도 당시의 이혼 선택 때문에 나와 동생에게 미안해한다.

　어느 5월, 〈주간경향〉에는 '가정의 달에 생각하는 가정'이라는 제목의 칼럼이 실렸다. "아직 동양적인 정신과 삶은 우리에게 가장 유효한 나침반이다. 이 기준으로 본다면 가정은 우리가 지켜야 할 최후의 보루이다. 이 가정의 근본은 부모와 자식이다. 부모는 자식을 자애롭게 대해야 한다. 공경까지는 아니더라도 자식은 부모를 잘 모시고 따라야 한다." 필자가 말하는 동양적인 정신과 삶이라는 개념은 추상적이기만 하고, 우리에게 가장 유효한 나침반이라는 섣부른 선언도 불편하다. 한부모 가구, 비혼 가구, 비출산 가구, 이혼 가구 등 다양한 형태의 가정이 늘어나는 시대에 가정의 근본이 부모와 자식이라는 말부터 걸리지만,

이 글의 화룡점정은 다음 문장이었다. "사람을 알아보려면 먼저 가정생활이 어떤지를 살펴보면 된다." 나는 이 글 앞에서 다시금 고개 숙일 수많은 A가 떠올랐다.

얼마 전 수원의 한 여성회 강연에서 이혼에 관한 조금 다른 이야기를 들었다. 손을 번쩍 들고 자기 이야기를 들려준 B는 50대 중반이고, 어릴 적 꿈은 현모양처였으며, 20년 넘게 맏며느리 역할을 톡톡히 하면서 두 딸을 키웠다. 딸의 권유로 6개월 전부터 여성회에서 활동하면서 B는 오랜 결혼 생활을 의심하게 되었다. 최근에는 적극적으로 이혼을 고민하게 되었는데, 어떤 책에서 읽은 한 문장 때문이라고 했다. "'착한 여자는 천국에 가지만, 못된 여자는 어디든 간다.' 저는 이 문장을 읽고서 홀가분해졌어요. 내가 왜 현모양처라는 이루지 못할, 이룰 필요도 없는 꿈을 꿨는지……(웃음) 책에서 그 문장을 읽는데, 글이 저를 탁 치더라고요. 그래, 한 번 사는 인생 왜 이렇게 살아야 하지. 지금이라도 미루지 말아야지 싶어요."

B의 말에 작가 리베카 솔닛의 말이 겹친다. "우리는 모두 이미지와 이야기의 세계에 살고 있고, 대부분은 이런저런 이야기에 상처받으며 살아간다. 운이 좋으면, 우리를 받아주고 축복해주는 다른 이야기를 찾거나 더 나은 이야기를 만들어간다."

어떤 글은 존재의 목을 조르고, 어떤 글은 존재를 자유롭게

　　　　　　　　당신이 글을 쓰면 좋겠습니다

한다. 편견을 재생산하지 않고 자기 이야기를 써내려 가는 건 어떻게 가능할까. 나를 나로 살게 하는 글은 어떻게 쓸 수 있을까.

마흔인데요, 라고 답하자 그중 한 분이 "거봐, 내가 애기 엄마일 거라고 했잖아"라고 한다. […] 나는 나이를 얘기했는데, 왜 애기 엄마라고 받아들일까? 마흔이면 당연히 결혼했을 거라고 생각하는구나. 결혼은 했지만 아이는 없다고 더 자세하게 신상을 밝혀야 하나? "결혼한 지 얼마 안 되었어요"라고 하면 왜 결혼이 늦었는지도 물어볼까? 그 일로 사람들은 나를 새로 이사 온 아줌마, 애기 엄마로 인식하고 있다는 걸 새삼 깨달았다. 사람들은 여성/남성, 비혼/기혼, 나이 같은 기준으로 나를 평면적으로 보고 있다는 것을.

수영장에서 나눈 대화가 마음에 걸렸던 O는 상대의 말을 곱씹으며 질문을 잇는다. 가슴에 걸린 한마디를 중심으로 질문을 이어갔을 뿐인데, 일상적인 고정관념을 드러내는 글이 되었다.

영화를 보는 두 시간만큼은 자퇴생, 놈팽이, 방황하는 청소년에서 벗어나 있는 그대로의 삶을 체험하게 되었다. 게다가 영화는 내게 시선의 권력을 획득하게 해주었다. 늘 나는 나를 해명해야 했고, 질문하는 사람들의 대상이 되었고, 그런 나를 남들은 해석하기 바빴다. 반대로 영화는 내가 해석하고 스스로 의미를 만들 수 있는 매체였다.

D는 학교 밖 청소년이었던 과거를 떠올리며, 타인에게 해명을 요구받았던 시간들을 기록했다. 학교를 그만두고 한동안 영화에 폭 빠졌던 D는 당시 자기가 마음껏 질문을 던지고 해석할 수 있는 유일한 탈출구가 영화였다고 털어놓았다. D의 글에도 질문은 흐른다. 왜 소수자는 쏟아지는 시선과 질문의 대상이 되는 걸까.

좋은 글에는 정답이 아니라 좋은 질문이 담겨 있다. 가령, '부모님이 날 위해 희생했는데도 난 왜 부모님께 잘하지 못할까?'에서 질문이 멈추면, 결론은 내가 부모님에게 더 잘해야 한다는 방향으로 연결된다. 여기에 '왜 자식은 꼭 부모를 존경하고 부모와 친하게 지내야 하지?'라고 물으면 효와 가족에 대한 고정관념을 흔드는 글로 연결되고, 더불어 자기만의 기준으로 가족을 재정의할 계기가 마련되기도 한다. '왜 부모님의 모습에 나는 죄책감을 느낄까, 내가 느끼는 죄책감은 당연한 걸까'라고 질문이 이어지면 죄책감을 유발하는 시스템, 사회 속 가족의 역할, 내가 가족 안에서 감내할 수 있는 범위를 고민하면서 감정에 잠식되지 않고 현상의 이면에 다가갈 수 있다.

질문을 던지다보면 자연스레 새로운 의미를 정의하기도 한다. 많은 경우, 가족에 관한 글의 말미에는 각자가 생각하는 다양한 '가족론'이 등장한다. 애정과 통제를 아슬아슬하게 넘나들던 부모와의 긴장된 관계에서 벗어나 어떤 관계가 자신을 살아 있게 만드는지 구분할 수 있게 되었다는 사람이 있고, 피 한 방울 안 섞인 사람들과 평등한 관계를 만들면서 가족의 의미를 다시 생각하게 되었다는 사람이 있다.

글쓰기는 단지 지난 시간을 기록하는 활동이 아니라 경험을 기반으로 끈질긴 사유와 해석을 이어가는 과정이다. 기존의 관념을 비틀어 존재를 자유하는 언어를 구사하고, 경험을 다각도로 해석할 때, 내가 쓴 글은 단지 개인적인 이야기에 그치지 않는다. 답이라고 여겨졌던 상식에 글쓰기를 통해 질문을 던지면, 그 질문은 파장을 일으켜 누군가의 실제 삶에 자유를 선물할 수 있다. "착한 여자는 천국에 가지만, 못된 여자는 어디든 간다"라는, B가 꽃잎을 어루만지듯 읊었던 한 문장처럼.

글쓰기는 단지 지난 시간을
기록하는 활동이 아니라
경험을 기반으로 끈질긴 사유와
해석을 이어가는 과정이다.
기존의 관념을 비틀고
경험을 다각도로 해석할 때,
내 글은 개인적인 이야기에
그치지 않는다.

: 강요된 불합리를 의심하고 재배치하기

글쓰기가 나에게 금기였기 때문에, 쓴다.
-엘렌 식수

●

나에게 첫 키스는 설렘보다 위로였다. 열여섯, 가을, 생일, 아파트 벤치, 저녁. 아빠에게 욕먹고 집을 뛰쳐나와 눈물 콧물 범벅되어 벤치에 앉아 있는데, 동네 친구였던 문어와 마주쳤다. "무슨 일이야?" 묻는 문어에게 우는 모습을 보이기 싫어서 얼굴을 피하다가 어느 순간 얼굴을 마주하게 되었다. 연한 입술과 숨결이 느껴졌다. 포근하게 감싸는 감촉이 눈물겹도록 위로가 되었다.

첫 키스를 한 다음 날, 설레는 마음으로 친한 친구에게 지난밤 일을 말했다. 친구는 나를 경멸하는 눈빛으로 바라보며 말했다. "으, 더러워." 친구의 눈빛에 위축되어 따지지 못하고 입을 다물었다. 당시 학교에는 하루가 멀다고 새로운 소문이 돌았다. 옆 반 누가 누구와 키스했고, 누구는 사귀는 오빠와 섹스했다는 소문. 그럴 때마다 웅성거림 속에서 꼭 빠지지 않았던 말이 있었다. '더러워.' '걸레 같아.' 그 말들 속에서 나는 침묵을 배웠다. 키스는 분명 나에게 위로였는데, 이제는 위협이 되었다.

그날 이후에도 나는 줄곧 타인과 스킨십을 나눴지만, 겉으로 티 내지 않았다. 덕분에 웃지 못할 에피소드도 생겼다. 가까운 친구들과만 공유하는 내 부끄러운 역사 중 하나는 '식염수 눈물 쇼'이다. 열여덟 살에 만난 S와 키스하던 날, 나는 그에게 첫 키스인 것처럼 보이기 위해 고개를 돌려 재빨리 식염수를 눈에 뿌렸다. 식염수를 머금은 촉촉한 눈으로 S를 바라보며 무언의 메시지를 보냈다. '나는 네가 처음이야.' 그는 나를 사랑스럽게 바라보았고, 그 눈빛에 나는 안심했다. 다행이다, 첫 키스가 아닌 걸 들키지 않았구나. S에게 첫 키스가 아니라는 걸 숨기려 했던 나의 지질한 행동은 내숭보다는 생존을 위한 몸부림에 가까웠다. 사랑하는 사람과의 짜릿한 입맞춤을 포기하고 싶지도 않았고, 걸레로 낙인찍히고 싶지도 않았으니까. 그 뒤로 나는 여러 상대와 '첫' 키스를 했고, 나아가 몇 번의 '첫' 섹스를 했다.

침묵은 욕망의 그림자였다. 나는 욕망과 함께 침묵하는 법을 배웠다. 침묵만이 나를 지키는 방식이라고 믿었기 때문이다. 믿

당신이 글을 쓰면 좋겠습니다

음이 그토록 쉽게 나를 배신할 줄은 몰랐지만 말이다. 식염수 눈물쇼의 주인공이었던 S는 나와 헤어지고도 몇 달 동안 다시 만나자고 매달렸다. 그 모습을 안쓰럽게 여긴 그의 친구는 내가 다른 사람과 스킨십했던 '과거'를 그에게 알렸다. 그 말을 들은 그는 오밤중에 나에게 문자를 보냈다. "너 정말 실망이다. 그렇게 순진한 척하더니. 진짜 그런 앤 줄 몰랐다." 문자를 확인한 밤, 나는 숨이 막히도록 이불을 뒤집어썼다. 수치심이 붉게 차오르니 눈물도 나오지 않았다. 그에게 순진한 척했던 내 모습이 창피했고, 학교에 소문이 어떻게 퍼질지 두려워 몸이 꼬였다.

　몇 번 비슷한 경험을 반복하면서 거짓말이 지겨워졌다. 마침 처녀보다 '경험 있는 여자'가 쿨하다는 둥 새로운 담론이 퍼지는 중이기도 했다. 굳이 내 경험을 숨기지 말자고 다짐했다. 솔직하기로 한 뒤로 내가 괜찮았느냐 하면 그건 또 아니었다. 만날 때는 간도 쓸개도 내줄 것처럼 따뜻하던 상대가 갑자기 휙 돌아서서 모욕을 주기도 했고, 솔직하게 과거를 말하라 해서 말했더니 술에 취해 "말하란다고 그걸 말하느냐"며 탓하던 사람도 있었다. 상대는 내 과거에 상처받았다고 말했고, 그 말에 나는 더 상처받았다. 상처는 수치심으로 번졌다. 말할 수 있는 것과 말하지 못하는 것 사이에서 내 몸은 아슬아슬하게 존재했다.

　'적당히' 말하려고 노력했던 나를 끝내 말하는 사람으로 만든 이들은 한때 깊이 신뢰했던 사람들이었다. 한 사람은 남성 중심 사회에서 이탈된 사람이었다. 경쟁 위주의 학교 문화에 적응하지 못해 자퇴하고, 군대에서는 관심 병사였고, 남성 사회의 마초적 문화에 적응하기 싫어서 자기만의 사업을 하는 그의 모습은 나에게 깊은 신뢰감을 주었다. 말과 삶이 일치하는 그의 모습이 든든했다. 그는 나에게 섹슈얼리티의 금기가 문제라고 말해주곤 했다. 어릴 적 만났던 교회 전도사가 혼전 순결을 지키지 않으면 더러운 몸이 되는 거라며 자신을 쳐다봤는데, 그 눈이 무서워서 아직까지 기억에 남는다고 했다. 그와 나는 서로의 아픈 기억을 꺼내고 쓰다듬었다. 그는 나를 다독이면서 자신이 만난 사람 중에 내가 세상에서 가장 아름다운 사람이라고 말하곤 했다.

"나 성병 검사 받아봐야겠어." 처음 크게 다툰 날, 그가 나에게 한 말이다. 이어지는 말은 가관이었다. "너 이제 인터뷰 같은 거 하지 마. 역겨워." "너는 평생 벌받으면서 살 거야. 죄를 짓고 있으니까. 똑똑히 기억해둬." 언제나 다정하게 말하던 그, 감미로운 글로 나를 감동시켰던 그, 남성중심적인 문화가 싫다던 그, 교회 전도사의 눈빛이 무서웠다는 그는 전도사의 얼굴로 나를 벌하고 있었다.

그날 나는 꿈을 꾸었다. 집 현관문이 살짝 열려 있었다. 살짝 열린 현관문 틈으로 그의 얼굴이 보였다. 그의 눈동자는 온통 흰

당신이 글을 쓰면 좋겠습니다

자였고, 검은자가 점처럼 작게 찍혀 있었다. 그는 나를 보며 무표정한 얼굴로 물었다. "승은아, 칼 어디 있어?" 겁에 질려 꿈에서 깨어났을 때, 온몸은 식은땀으로 젖어 있었다. 혹시라도 그가 찾아올까 봐 몇 주 동안 다른 지역으로 피신했다. 그의 말처럼 한동안 나는 글을 쓰지도, 인터뷰를 하지도 않았다. 내가 역겹다는 생각이 지워지지 않았다.

그즈음 동생 승희가 임신중단수술을 받았다. 승희의 전 애인은 내가 신뢰했던 또 다른 사람이다. 소수자 문제를 연구하려는 학생이었고, 사회의 모든 금기를 비판하며 함께 술잔을 기울이던 사이였다. 그는 승희의 수술이 끝나고 채 이 주일도 되지 않아 잠적했다. 매일 밤 울며 소식을 기다리던 승희가 이 일을 공론화하겠다고 말하고서야 그는 열흘 만에 자기 엄마와 함께 춘천에 나타났다. 그의 엄마는 내 엄마에게 애들이 자꾸 사적인 이야기를 SNS에 올리면 남들이 뭐라고 생각하겠느냐고 걱정하며, 돈을 주겠다고 했다. 엄마는 돈 따위 필요 없다고 거절하면서 자기 엄마 뒤에 숨은 그에게 말했다. "너 사람이 어쩌면 그러니. 승희가 수술하고 한 달 사이에 십 킬로가 빠졌어. 그래도 만났던 사이인데. 어떻게 그러니……." 그는 끝까지 제대로 사과하지 않았고, 오히려 승희를 협박하는 지경에 이르렀다. 협박의 근거는 단순했다. '너, 순결한 여자 아니잖아. 문란한 창녀잖아. 그러니

까 내가 도망친 거야.'

환멸감에 스트레스가 머리끝까지 차올랐다. 그때 나는 처음으로 내 섹슈얼리티의 역사를 쓰겠다고 마음먹었다. 더럽다는 말, 몸을 막 굴렸으니 평생 벌받을 거라는 말, 입 닥치고 살라는 말, 공공연하게 사적인 일을 떠들지 말라는 말, 더러운 창녀니까 당할 만하다는 말. 그 말들 때문에 나는 입을 떼기로 마음먹었다. 말하는 고통보다 말하지 않는 고통이 더 클 때 사람은 말하게 된다. 나는 내 몸의 역사를 훑어보기 시작했다.

내 몸의 역사를 떠올리니 다시 태어나는 느낌이 들 정도로 이야깃거리가 많았다. 외할머니는 갓난아기였던 나를 보면서 "쟤는 보지가 크다. 도화살이 있을지 몰라. 몸 간수 잘해야 해"라고 말했다. 처음 엄마에게 그 얘기를 전해 들었을 때, 나는 내 몸이 참을 수 없이 징그럽게 느껴졌다. 초등학교 4학년부터 몸에 변화가 시작되었는데, 남자 애들이 지나가면서 일부러 치마를 들추거나 가슴과 엉덩이를 만지고 도망갈 때 느꼈던 감정도 비슷했다. 그때부터 몸을 가리려고 큰 티셔츠를 입고 어깨를 꾸부정하게 하고 다녔다. 생리를 처음 시작했던 날도, 생리가 바지에 새서 시내버스에서 급하게 내리느라 학교에 빠졌던 날도 그랬다. 아빠가 종종 내뱉던 "걸레 같은 년"이라는 욕을 들을 때, 친구에게 "더럽다"는 말을 들었을 때, 심지어 내가 아닌 타인이 '걸

당신이 글을 쓰면 좋겠습니다

레'라고 불릴 때도 나는 그게 언제든 내가 될 수 있다는 생각에 두려웠다. 의자에 몸을 문지르다가 우연히 오르가슴을 느꼈을 때나 첫 섹스를 한 다음에도, 쾌락의 끝엔 항상 어떤 감정이 기다리고 있었다. 내 욕망과 상관없이 상대에게 맞추고 섹스가 끝난 뒤 헛헛함을 느낄 때도, 섹스 후 곧바로 잠들거나 씻으러 가는 상대의 뒷모습을 볼 때도, 허락 없이 내 몸을 침범하려고 했던 그 수많은 마주침 속에서도 나는 여지없이 같은 감정을 느꼈다.

그것은 쪽팔림이나 부끄러움, 창피함이나 수줍음도 아니고 죄책감도 아닌, 수치심이었다. 몸문화연구소의 임지연 교수는 죄책감이 부분적인 행위에 대해 부끄러움을 느끼는 감정이라면, 수치심은 전면적으로 자아를 문제시하는 감정이라고 한다. 내 몸을 관통하는 감정이 '수치심'이라는 사실을 글을 쓰면서 알게 되었다. 여성학자 임옥희는 감정 그 자체에 선악이 실려 있다기보다 그 감정을 정치적으로 어떻게 배치하느냐에 따라 선과 악으로 다르게 받아들여진다고 했다. 특히 수치심은 젠더에 따라 다르게 배치되고 구성되며, 수치심이 여성의 얼굴로 귀환함으로써 여성 자체가 수치스러운 존재가 된다는 것이다. 나는 여성이라서 수치심을 부여받은 게 아니라, 수치심을 부여받음으로써 여성으로 호명되었다. 보석, 보물, 순결한 백색, 오물, 마녀,

걸레라는 공존할 수 없는 엉망진창의 상징을 버겁게 끌어안으면서.

《사람, 장소, 환대》의 저자 김현경은 '더럽다'는 말은 죽일 수도 길들일 수도 없는 타자에 대한 두려움을 담고 있다고 말한다. 그 말은 상대의 존재를 부정함과 동시에, 그러한 부정이 굳이 필요했음을 인정함으로써 그의 주체성을 역설적으로 인정한다는 것이다. 더불어 이 사회에서 '깨끗한 여자'는 사회에 드러나지 않는 여자, 즉 타인과 기존 사회 질서에 의해 주어진 자기 자리, 이른바 본분을 지키고 침묵하는 여자다. 그렇다면 더럽다는 비난이 오히려 내 존재에 대한 인정은 아닌가? 변태 호모를 뜻하던, 비난 같던 '퀴어'라는 단어를 성소수자가 스스로 자신들을 가리키는 용어로 재점유한 것처럼, 더럽다는 말을 새롭게 점유할 수는 없을까.

태어나면서부터 자연스럽게 "그래. 나 더럽다, 어쩔래?"라고 말할 수 있는 사람은 없다. 태어나는 순간 남자와 여자라는 단 두 개의 젠더로 구분하고, 젠더에 따라 수치를 부여하는 사회에서는 더욱 그렇다. 그러고 보면 내가 '식염수 눈물쇼'를 타인에게 말할 수 있게 된 것도 얼마 되지 않았다. 키스 경험조차 숨겼던 내가 이제 더럽다는 말을 들어도 아무렇지 않게 지나칠 수 있게 되었다. 그게 어떻게 가능했는지 하나의 이유만으로 설명하

당신이 글을 쓰면 좋겠습니다

긴 어렵다. 확실한 건 내가 열렬한 페미니스트이거나 특별히 용감한 사람이기 때문은 아니라는 점이다. 나를 부정할 때 느꼈던 수치심과 억울함보다 지금 느끼는 감정이 더 견딜 만하고 자유롭기 때문에 나는 나를 인정하고 드러낼 수 있다.

내 몸을 긍정하는 과정은 읽고 쓰기와 밀접하게 연결되어 있었다. 내게 강요된 불합리한 감정을 의심하고 재배치하면서 글을 쓸 때, 기억 속 경험은 완전히 새로운 모습으로 바뀌었다. 경험은 하나의 단면만을 가지고 있지 않았다. 수치스럽게 여겼던 경험이 사랑이기도 했고, 사랑이라고 믿었던 경험이 폭력이기도 했다. 나는 안다. 내 몸과 감정을 세심하게 돌볼 때, 경험은 지워버리고 싶은 과거가 아니라 지금의 나를 만든 토대가 된다는 사실을. 이제 나는 첫 키스의 기억을 위협이 아닌 위로라고 말할 수 있다.

참은 줄 모르고
참은 말들

: 용기인 줄 모르는 용기 내기

들리지 않는 것, 말하지 않는 것, 보이지 않는 것이 더 많은 말을 한다.
문장에서 가장 중요한 순간은 결정적인 한마디에서 나오는 것이 아니라
어떤 단어를 입에 담지 않는 침묵에서 나온다.
-찰스 백스터 《서브텍스트 읽기》 중에서

●

노란 전구 두 알이면 빛이 꽉 차는 작은 책방에 낯선 사람들이 옹기종기 둘러앉았다. 신촌의 작은 책방에서 북토크를 하던 밤, 1미터도 안 되는 거리에서 사람들과 마주보고 앉아 있으려니 쑥스러운 표정을 숨길 수 없었다. 간단하게 내 소개를 하고 물었다. "혹시 이곳에 어떻게 오게 됐는지 소개해주실 수 있을까요?" 왜 이곳에 왔고, 자신은 어떤 사람인지 들려달라는 부탁에 처음엔 당황한 표정을 짓던 사람들이 조심스럽게 입을 뗐다. 내 글에 공감해서 마음이 동한 사람, 아직 책은 안 읽었지만 관심 있는 주제라 찾아온 사람, 친구 따라온 사람. 사람 수만큼 다양한 소개가 이어졌다.

당신이 글을 쓰면 좋겠습니다

세 번째 줄로 바통이 넘어갔을 때 갑자기 이야기가 끊겼다. 얼마간 침묵이 흘렀지만, 재촉하는 사람은 없었다. 때론 침묵이 더 많은 말을 하고 있다는 사실을 모두 마음으로 아는 것만 같았다. 적막에 가만히 귀 기울이는데, 고개를 숙이고 숨을 고르던 그가 입을 뗐다. "저에게는 뱉을 수도 삼킬 수도 없는 이야기가 있어요. 평생 그걸 목구멍에 건 채 살 거라고 생각했어요. 그런데 이제 그 얘기를 뱉을 수 있게 되었어요." 울음을 삼키는 목소리를 듣자마자 나는 내가 이 순간을 평생 잊지 못하리라는 걸 알았다. 그날 이후 나에게 쓰기는 '삼킬 수도 뱉을 수도 없는 말을 토해내는 것'과 같은 말이 되었다.

글쓰기 수업을 하다 보면 종종 같은 고백을 듣는다. "저 정말 어디에서 이런 얘기 한 번도 해본 적 없어요. 그래서 너무 떨리는데, 꼭 한 번 쓰고 싶었어요." "제가 이런 글을 쓰게 될 줄 몰랐어요." 스스로 놀라며 말을 꺼내는 동료들의 글에는 오래 품은 고통의 흔적이 남아 있다. 사랑하던 사람에게 맞으면서도 사랑이라 믿고 싶었던 간절함, 가장 존경하던 사람을 성폭력 가해자로 법정에 세우기까지의 혼란, '아름다운' 몸이 아니라는 이유로 겪었던 폭력의 경험, 아버지의 자살을 목격했지만 남은 빚과 자신의 생에 대한 걱정으로 애도하지 못했던 지난 시간.

나에게도 비슷한 순간이 있었다. 내가 절대 할 수 없다고 믿었던 말을 한 날. 아빠의 폭력과 엄마의 알코올중독, 가족이 박살 났던 어린 시절의 경험을 글로 뱉어낸 날, 나는 슬픔이 내 몸에서 쑥 빠져나간 느낌이 들었다. 목에 걸려 있던 가시가 눈앞에 드러났고 형체가 만져졌다. 이런 생각을 했던 것 같다. '어, 별것 아니네? 직면하면 더 고통스러울 거라 생각했는데 아무렇지 않잖아.' 오래도록 힘들게 참아왔는데 말하고 난 후의 일상이 너무나도 평온해서 왠지 억울하기까지 했다.

내 경험상 목에 걸린 상처를 뱉어내는 글쓰기는 처음이 어렵지, 다음은 비교적 수월했다. 언젠가 그런 이야기를 들었다. 용기 있는 사람이 용기 있는 행동을 하는 게 아니라 무심코 한 행동이 용기 있는 행동으로 여겨지면 그 뒤로 용기의 내공이 쌓인다고. 나도 비슷했다. 소심한 내가 쓸 수 없을 것 같았던 글을 썼고, 내가 쓴 글이 다시 내게 용기를 주었다. 뱉는 만큼 나는 가벼워졌다. 그렇게 용기가 일으킨 연쇄 작용으로 계속 글을 쓰다가 문득 정신을 차리니 어느새 나는 가정폭력, 데이트폭력, 임신중단수술, 섹스, 자위를 비롯한 다양한 경험과 욕망을 당당하게 드러내는 사람이 되어 있었다.

덕분에 주위의 걱정은 끊임없이 따라왔다. 보수적인 사회에서 사적인 부분을 털어놓으면 위험하지 않겠느냐는 진심 어린 염려였다. 나는 궁금하다. 쓰기 전의 나는 안전했나? 정말 무사

당신이 글을 쓰면 좋겠습니다

했었나? 나는 사람들의 걱정이 내가 쓴 글이 아니라 글 속의 현실로 향하길 바랐다. 차마 뱉지 못하고 묻어놓았던 시간을 함께 애도하길 바랐다. 특수한 이야기가 아닌, 세계에 이미 보편적으로 존재하는 폭력에 대한 이야기로 읽히길 바랐다. 그랬기에 계속 쓸 용기가 축적되었는지 모른다. 피해자로 고정되지 않고 폭력을 증언하는 사람이 되고 싶어서. 내 몫의 실천을 하고 있다는 믿음으로.

물론 글을 쓴다고 고통이 말끔하게 사라지는 건 아니다. 오히려 선명하게 다가와 괴로운 순간도 있었다. 하지만 고통을 말했을 때와 말하기 전의 상태가 똑같다고 할 수는 없다. 여성주의 연구활동가 권김현영은 씹지 않고 그냥 삼켜서 목 안에 걸려 있는 느낌을 내사(introjection)로 설명한다. 내사는 외부의 대상을 비판 없이 내면에 수용하는 심리적 행위다. 소화되지 않는 이물감이 목 안에 남아 있을 때 사실상 심리적 뇌사 상태, 소위 여성적 우울증이라고 불리는 증상의 기저 원인이 된다고 한다. 그런 점에서 자신이 무얼 참고 있는지 아는 사람보다 참고 있다는 사실조차 모르는 사람이 더 위태롭다. 내가 무엇을 참고 있는지 모르는 상태로 자기를 갉아먹게 되니까.

고통을 스스로 언어화하지 못할 때 속이 썩는다는 말은 정확하다. 고통의 원인인 모든 부정의가 오로지 나라는 존재로 수렴

되기 때문이다. 경험을 꺼내 읽고 해석하는 일은 혼자 속 썩이며 참는 일보다 나에게는 참을 만한 고통이었다. 그런 면에서 글쓰기는 내 이야기가 단지 사적인 일이 아니라는 것, 사소하지 않다는 것, 내가 경험한 고통이 이 세계에 존재하는 폭력과 긴밀하게 연결되어 있다는 걸 각성하는 수단이기도 했다.

글을 쓴 지 반년 만에 목에 걸린 말을 털어낸 재나를 기억한다. 재나는 〈내 마음속의 방〉이라는 글에서 아버지의 자살을 목격하고 외면해왔던 상처를 솔직하게 드러냈다. 글의 말미에서 재나는 고백했다.

도대체 무엇이 나에게 이런 많은 일들을 일어나게 하는지. 정말 나이기 때문에 이런 일들을 몰고 다니는 것인지. 아이들 아빠와의 별거도 결국에는 내가 잘못되어 있어서 그렇게 되어버린 것은 아닌지. 자꾸 나를 의심하고 나의 존재를 부정하게 된다. 아니라고, 나를 지지하고 사랑하는 사람들이 '넌 괜찮다고, 너라서 다행이라고, 너라서 이겨낼 수 있다고' 하는데도 나는, 한 번씩 그 자책감과 수치심의 구덩이에 빠져든다.

이제 시작이다. 이 이야기를 하고 싶어서 나에 대한 글을 쓰고 싶었다. 그동안 외면했던 아버지의 죽음을 글로 쓰기 위해 3월부터 글쓰기 모임을 시작한 거 같다. 비록 서툴고 많이 부족하더라

당신이 글을 쓰면 좋겠습니다

도 내가 아버지의 죽음에 대한 글을 쓸 수 있다면 이제 다른 것들에 대한 글도 외면하지 않고 쓸 수 있을 거라고 생각했다. 나에게도 보여주지 못했던 이 사실을 글로 쓸 수 있게 되었다.

어렵게 뱉어진 글을 읽을 때마다 나는 이 글이 얼마나 오래 목구멍에 걸려 있었을지 가늠하고, 글을 뱉은 사람이 느낄 자유로움을 상상하며 그가 들려줄 다음 이야기를 기다리게 된다. 쓰기에 필요한 기본적인 도구가 노트북이나 노트, 펜이라면 쓰기에 필요한 기본적인 마음은 용기인 줄 모르는 용기가 아닐까. 내 숨을 막는 말, 한 번쯤 꼭 꺼내야만 하는 말, 누구보다 내가 먼저 이해하고 싶어 어렵게 꺼낸 말. 쓰는 만큼 가벼워지는 각자의 순간을 응원하는 마음으로, 나도 다시 용기를 내본다.

: 절대적 피해자나 악인이 없는 글쓰기

**절대로 잊히지 않기에 영원히 피해자로 고정될지 모르는 위험에 맞서,
살아 있는 존재이기 위하여 우리는 쓰고, 또 읽는다.**
-전희경

●

첫 책이 나오고 나눈 첫 인터뷰를 찾아보았다. 그날 인터뷰어 지현은 노란 프리지어를 들고 나타났다. 달콤한 프리지어 향기를 맡으며 인사를 주고받은 우리는 각자 맥주 한 캔을 들고 마주 앉았다. 지현은 나처럼 자기 서사를 쓰는 사람이었다. 그가 물었다. "자신의 이야기를 한다는 것에는 용기도 필요하지만, 또 자기 자신이 글쓰기의 대상이라는 점에서 느끼는 어려움도 있었을 거라 짐작돼요. 승은 씨께는 어떤 어려움이 있었나요?"

"이 책을 쓰며 가장 조심스러웠던 점은 저 자신을 피해자화하는 문제였어요. 저라는 사람의 정체성은 하나로 고정되어 있지 않고 다양하게 교차하잖아요. 관계 또한 마찬가지고요. 데이

트폭력도 권력 구조에서 일어나는 일은 맞지만, 그렇다고 일상적으로 나눴던 모든 일이 폭력 하나로만 수렴되는 것은 아니었어요. 사건과 관계는 복합적이니까요. 단편적인 캐릭터를 만들어내는 것보다 복잡한 과정을 기록해야 한다는 필요성을 알고 있어도, 아직 제 글 실력으로는 이런 문제들을 풀어가기가 쉽지 않아요. 제 책에서 아버지와 전 애인은 무조건 나쁜 사람, 나는 피해자라는 식으로 간단하게 서술한 부분에 대해 여전히 고민인 지점이 많아요. 단순하지 않은 감정과 구조를 어떻게 풀어낼 수 있을지가 최근 저의 화두예요.

저 또한 불확실하고 불확정적인 존재이고, 스스로에 대해 고민하는 순간도 여전히 많아요. 요즘에는 내가 모순적인 부분이 있음을 받아들이려 노력해요. 내가 완벽한 인간이라고 믿는 순간 스스로 함정에 빠질 수 있다고 생각하거든요. 우리는 다 나약한 존재고, 흔들릴 수밖에 없잖아요. 나 자신의 모순점을 받아들이는 자세도 글쓰기를 위해 필요했습니다."

인터뷰를 하고 몇 년이 지났지만, 내 이야기를 쓸 때마다 멈칫하는 지점은 같다. 피해를 어떻게 언어화할 수 있을까. 가해자를 지목하는 방식이 아닌 구조를 짚는 글은 어떻게 가능할까. 내 경험을 피해 서사의 전형으로 보이지 않게 하기 위해서 어떤 태도가 필요할까.

언젠가 북토크에서 이런 말을 들었다. "책을 보고 우울한 사람인 줄 알았는데 잘 웃어서 다행이에요." 내 글이 어떻게 읽혔길래 내가 웃어서 다행이라는 말을 듣게 되었는지 내내 곱씹었다. 글을 쓸 때, 특히 피해 경험을 쓸 때 가장 망설이게 되는 부분이다. 한 사람의 다채로운 서사 중에는 당연히 고통이 있고, 그 경험을 외면하고 글을 쓰기란 쉽지 않다. 그런데 작은 디테일만 놓쳐도 나는 세상에서 가장 불쌍한 피해자가 되고 상대는 천하에 둘도 없는 악인이 된다. 그 사실을 알고 있지만, 화가 나거나 감정이 걷잡을 수 없이 올라올 때면 나도 모르게 분노의 화살을 상대에게 돌려버린다. 억울한 일을 기록할 때면 사람들이 공감해주었으면 하는 바람에 더욱 상황을 극적으로 묘사하는 나를 발견한다.

특히 성폭력과 관련된 문제일 때면 검열이 작동했다. 내가 충분히 피해자 자격을 갖췄다고 증명해야 남들이 그나마 들어줄 거라는 믿음. 순수한, 순결한, 힘들고, 고립되고, 아픈 피해자만이 피해자로 인정받을 수 있다는 무의식 때문이었다. 노무사로 일하는 여름에게 비슷한 고충을 들었다. 한 번은 간호조무사의 노동 분쟁 사건을 맡았는데, 배심원들을 설득하기 위해 일부러 몇 가지 연극적 요소를 가미했다는 것이다. 복장과 화장은 수수하게, 표정은 순수하게, 말투는 차분하게. 마치 정치적인 목적

당신이 글을 쓰면 좋겠습니다

은 전혀 없이 그저 순수하게 일하고 싶은 노동자라는 인식을 주기 위해 연극이 필요했다는 것이다. 젊은 여성에게는 그런 모습이 더 요구된다고 했다. 페미니스트인 여름은 당당한 젊은 여성 노조원의 모습을 보여주고 싶었지만, 당장 싸움에서 이기기 위해 어쩔 수 없이 순수성을 강조해야 했던 딜레마를 털어놓았다. 우습게도 그렇게 했을 때 발언에 힘이 생긴다고 말이다.

철저히 피해자로만 남아야 그나마 권리를 보장받을 수 있는 것. 여성학자이자 평화학자 정희진의 말처럼, 가부장제는 피해자성을 가진 여성에게 일종의 '권력'을 수여한다. '피해자다움'을 운운하는 문화 자체가 문제라는 걸 알면서도 전략적으로 '피해자다움'을 드러내야만 소수자가 간신히 발언권을 행사할 수 있다. 피할 수 없는 딜레마다. 피해만이 유일한 자원이 될 때, 피해자로 고정된 위치에서만 발화할 수 있을 때, 구조는 지워지고 개인만 남는다. 피해를 기록하는 일은 가해자를 지목해 그를 처벌하는 데서 그치는 게 아니라 누가 어떤 상황에서 왜 그런 선택을 하는지, 그 상황을 둘러싼 구조는 어디에서 기인했는지 성찰하고 질문하는 일인데도 말이다.

어떻게 한 사람을 피해자나 악인으로 가두지 않고 구조를 짚을 수 있을까. 글쓰기 수업에서 나는 첫 글감으로 가족 혹은 가까운 관계를 써보자고 제안한다. 가뜩이나 자기 이야기를 쓰기도 어려운데, 처음부터 내밀한 관계에 대해 풀어내야 하는 부담에 볼멘소리를 듣기도 여러 번이었다. 내가 가까운 관계를 첫 주제로 잡는 가장 큰 이유는 그것이 나와 타인을 복잡한 존재로 상상하는 데 적합한 글감이라는 생각 때문이다. 특히 가족에 대해 글을 쓰기 어려운 이유는 가까이에서 지켜보면서 상대의 다양한 모습을 봐왔고, 이미 상대를 이해하고 받아들이게 된 부분이 있기 때문이다. 애정과 증오의 집합체, 찐득찐득한 가족 관계를 쓸 때면 쉽게 누구 하나를 원망하며 쓰기 어렵다. 그럴 때 글쓴이는 고통과 폭력이 발생하게 된 구조를 찾고 그것에 관해 질문하게 된다. 물론 세상에 나쁜 가족 구성원은 분명히 존재하며, 불균형하게 한쪽에게만 이해를 요구해선 안 된다. 다만 오래 접촉해왔던 존재에 대해 쓰는 일이 타인을 기록하고 인간에 대한 이해를 넓히는 데 주는 가르침이 있다고 생각한다.

비슷한 맥락에서 요즘 수업에서 자주 듣는 고민이 있다. "제가 성폭력 경험 때문에 힘들다고 이야기하면 혹시라도 '피해자다움'을 요구하는 전형적인 피해 서사에 힘을 실어줄까 두려워요. 피해자는 역시 인생이 흔들릴 만큼 힘들어야 한다는 식의 고정관념에 제 글이 쓰일까 봐요." 사회가 요구하는 '피해자다움'은 이런 방식으로 입을 막기도 한다. 그럴 때면 개별적 맥락을 살펴보자고 말한다. 가령, 같은 임신중단수술 경험이라고 해도 각자가 마주한 상황과 무게는 다르다. 순결 교육을 받아 온 A는 순결을 지키지 못했다는 죄책감에 무너졌다. 기혼인 B는 아이를 낳은 이후 네 번의 수술을 받아 수술 자체에는 덤덤했지만, 피임을 거부하는 남편과의 섹스를 피하게 되었다. C는 임신 사실을 알게 된 애인이 무책임하게 도망간 상황에 분노했고, 내 경우에는 낙태죄 때문에 안전이 보장되지 않는 병원에서 수술해야 하는 상황이 두려웠다(2019년 4월 11일, 낙태죄에 대해 헌법재판소가 헌법불합치 결정을 내렸다 – 편집자 주). 다른 피해도 마찬가지다. 각자가 느끼는 피해의 맥락과 결은 무수하게 다양하며, 그 차이를 살려 세밀하게 이야기한다면 오히려 전형적인 피해 서사를 허무는 글이 될 수 있다.

아동 성폭력 피해 경험을 기록한 《꽃을 던지고 싶다》의 너울 작가 역시 같은 고민을 토로한다.

"내 글을 통해 독자들이 모든 생존자가 엄청난 고통에서 헤어나지 못한다는 편견을 갖게 되지 않을까, 걱정되었습니다. 성폭력 경험이 모든 이들에게 똑같은 영향을 미치는 것은 아닙니다. 각자가 처한 환경, 문화, 주변의 지지 여부에 따라 크게 달라집니다. 그러니 이 이야기는 그저 나 한 사람의 이야기로 읽어주시기를 바랍니다."

이어서 그는 영원히 피해자로 고정될 위험에도 불구하고 글을 쓰는 이유를 단호하게 말한다.

　"다른 사람들이 함부로 나를 판단하지 않도록 하기 위해, 불쌍한 여자로 동정받는 것을 거부하기 위해, 그래서 나는 오늘도 기록한다."

　우리는 오늘도 기록하며 적극적으로 내가 되어간다. 타인의 글을 읽으며 적극적으로 각자가 자기 자신이 되는 과정을 지지하면서.

　　　　　　　　　　　　　　　당신이 글을 쓰면 좋겠습니다

사랑해서 침묵하는
당신에게

: 내 이야기를 사랑해줄 사람 만나기

●

"만약 당신이 아빠와 계속 한 집에서 살았다면 지금처럼 솔직한 글을 쓸 수 있었을까요? 만약 전 애인과 계속 만났다면요?"

누군가 나에게 묻는다면, 나는 이렇게 답할 것 같다. "글쎄요. 쓰긴 썼을 것 같은데 지금처럼 자유롭게 쓸 수 있었을지 모르겠어요. 아직도 아빠는 집안 창피한 얘기 쓰지 말고 고상한 글 좀 쓰라고 새벽에 뜬금없는 메시지를 보내곤 해요. 제 전 애인도 아마 비슷했을 거라고 생각해요. 나를 딸, 여자 친구 역할에 맞추고 싶어했던 사람들에게 가감 없이 쓰는 제 글은 위협적으로 느껴졌겠죠. 그 압박에 못 이겨서 쓸 생각조차 못했을 수도 있고……. 쓰더라도 몰래 쓰거나 가명으로 쓰지 않았을까 싶어요."

나와 가까운 사람이 내 이야기를 궁금해하지 않는다면, 되레 그 이야기를 거부하거나 경멸한다면 어떨까. 글쓰기 워크숍에서 자주 듣는 말이 있다. "혹시라도 가족들이 볼까 봐 몰래 인쇄하느라 힘들었어요." "남편이 알면 정말 큰일 나요. 몰래 새벽에 일어나서 썼어요." 가까운 관계에게 이야기를 외면당하는 모습은 낯설지 않다. 지난겨울 만난 J도 비슷한 상황이었다. J는 자신의 경험을 소중하게 여기는 사람이었다. J에게는 사랑이 평생의 화두였고, 그래서 지난 사랑을 정리하는 글을 꼭 쓰고 싶어했다. 하지만 그의 남편은 연애 때부터 J에게 절대 과거를 말하지 말라고 신신당부하던 사람이었다. 그와 함께한 몇 년 동안 J는 마치 과거 없이 둥둥 떠다니는 느낌이라고 했다. 그 느낌을 견딜수 없어 워크숍에 찾아온 J는 남편 몰래 글을 썼다. 혹시라도 남편이 볼까 봐 불안했던 탓인지 J의 글은 자주 실체 없이 공기 중으로 흩어지곤 했다. J만이 이해할 수 있는 미로 같은 언어였지만, 그만큼 간절함이 느껴져서 나는 그 글을 오랜 시간을 들여 읽었다.

J의 마음에 공감할 수 있었던 건 나에게도 몰래 글을 써야 했던 날들이 있었기 때문이다. 나를 사랑한다는 이유로 침묵하길 원했던 사람들. 20대 초반, 3년 동안 만난 애인은 내가 글을 보여주면 자주 놀렸다. "왜 이렇게 사회 비판적이야?" "글이 오글

당신이 글을 쓰면 좋겠습니다

거려." 깔깔 웃는 그의 웃음소리가 듣기 싫어서 애써 쓴 글을 지운 적도 여러 번이었다. 그는 사회에 비판적인 내 성향이 피터팬 콤플렉스에서 비롯된 거라며, 현실감각을 키워야 한다고 조언하곤 했다. 항상 나를 가르치려 들던 그에게 내 글과 글에 담긴 고민이 진지하게 닿을 리 없었다. 그는 데이트와 이벤트에 능한 사람이었지만, 그가 원하는 낭만적인 사랑 각본에 생각하고 글 쓰는 애인의 자리는 없었다. 정확하게 말하면 그가 생각하는 '여자 친구'의 자질에는 불편하고 위험한 생각하기, 라는 항목은 없었다.

또 다른 애인, K는 "나는 소유욕이 많아"라고 당당하게 말하는 사람이었다. 연애하기 전부터 그는 자기 앞에서 절대 과거에 관한 얘기는 꺼내지 않으면 좋겠다고 당부했다. 첫 스킨십 날, 내가 부끄러움을 타지 않았다는 이유로 서운해했고 내가 무슨 영화를 봤다고 하면 누구와 봤냐고 물으면서 토라졌다. 내 예전 연애의 흔적이 조금이라도 발견되면 바로 눈빛이 바뀌었다. 불같이 화내는 그의 앞에서 나는 내 과거가 차라리 없어졌으면 하고 바랐다. K는 자신과 만나지 않았던 내 시간은 소유할 수 없으니 차라리 공백이길 바라는 사람이었다. 그와 만나는 동안 나는 한 조각 기억조차 몰래 꺼내보아야 했다.

몇 번의 연애를 거쳐 만난 지금의 애인 우주. 우주는 내 기억

저편의 이야기를 끌어오는 마법사다. '승은 씨의 경험은 듣는 것만으로도 재미있어요.' '더 듣고 싶어요.' '승은 씨의 경험은 고유해요.' '특별해요.' 내 경험과 감각을 소중하게 여기는 우주와 함께할 때면 나는 과거를 부정하지 않는, 과거로부터 이어진 연속적인 존재가 될 수 있었다. 우주는 나도 잊고 있던 기억의 세밀한 부분을 꺼낼 수 있도록 도와주었다. 감추고 싶었던 수치스러운 기억도, 내가 무엇을 원하는지도, 그 일은 나에게 어떤 의미였는지도, 나는 어떤 사람인지도 알밤 까먹듯 맛있게, 또 가볍게 이야기할 수 있었다. 나의 이야기를 사랑하는 그 덕분에 나는 더 자유로울 수 있었고, 그만큼 가볍게 글을 쓸 수 있었다.

가까운 사람이 내 이야기를 듣고 싶어하지 않을 때, 내 이야기를 격렬하게 거부할 때 우리는 어떻게 솔직할 수 있을까. 내 이야기를 들어줄 사람이 꼭 가족이거나 연인일 필요는 없다는 걸 알면서도 사랑하는 만큼 이해받고 싶은 마음을 억누르고 몰래 글을 쓰는 모습은 쓸쓸하다. 그 관계가 '다른' 생각 자체를 막아버리진 않을지 걱정되기도 한다. 각자의 고유한 자국을 존중할 수 있다면 우리는 서로에게 세상에 하나뿐인 이야기를 들려주는 이야기꾼이 될 수 있을 텐데.

'저기요, 그럼 가족이나 연인을 바꾸지 못하면 못 쓸 거라는 건가요? 너무 잔인한데요.'

아니요. 저는 다만 눈치 보며 써야 하는 현실이 속상할 뿐, 그렇다고 쓰지 못한다고 생각하지 않아요. 제가 좋아하는 작가들, 함께 글을 쓰는 많은 사람은 가족이나 연인의 압박에도 불구하고 꾸준히 글을 써왔어요. 누군가는 익명으로, 누군가는 허구의 세계를 만들어서 이야기를 쓰기도 하죠. 가부장적인 사고방식을 가진 사람들은 단지 글쓰기뿐 아니라 규범에서 벗어난 생각을 갖는 것만으로 못마땅해하잖아요. 앞서 말씀드렸지만, 저는 여전히 아빠에게 욕을 먹으면서도 쓰거든요. 그럴 수 있었던 이유는 물리적으로 떨어져서 덜 위협적인 것도 있지만, 아빠의 미끄러진 애정보다 제 판단을 신뢰했기 때문이에요. 아빠와 이전 애인들은 제 감정과 과거를 부정하면서도 저를 사랑한다고 말했지만, 이제는 그 말을 믿지 않아요.

저는 우주로 대표되는 사람들, 제 이야기를 존중해주는 사람이 세상에 꽤 많다는 걸 알아버렸어요. 문학평론가 신형철은 말했어요. "아마도 나는 네가 될 수 없겠지만, 그러나 시도해도 실패할 그 일을 계속 시도하지 않는다면, 내가 당신을 사랑한다는 말이 도대체 무슨 의미를 가질 수 있나." 설사 가족이나 연인이라는 이름표를 달고 있다고 해도 그가 내 경험과 상처와 감각을 존중하지 않는다면, 그는 정말 나를 사랑하는 걸까요? 저는 실패할지언정 자신의 세계를 깨고 내 세계로 기꺼이 확장하는 사랑을 원해요.

'대체 그런 사람은 어떻게 만날 수 있나요?'

글쓰기 워크숍에서요(머쓱한 웃음). 지속적으로 글을 쓰기 위해서는 내 이야기를 사랑해줄 사람을 만나야 한다는 생각은 변함없어요. 다만 그 한 명이 꼭 가족이나 연인일 필요가 없다는 걸 이제는 알아요. 아까 J를 잠깐 언급했었죠? 언제나 미로 같은 글을 쓰던 J가 처음으로 구체적으로 자신의 몸과 마음에 남은 사랑의 흔적을 표현했던 밤을 기억해요. 글을 읽으며 J는 상기되었고, 꼭 하고 싶었던 말을 이제야 글로 털어놓아 시원하다고 말했어요. 그 모습이 자유롭고 행복해 보여서 저는 앞으로도 J에게 이런 순간이 지속되길 바랐어요. 마지막 시간에 J는 고백했어요. 자신의 이야기를 들어주는 사람들이 있다는 사실을 알게 된 것만으로도 계속 쓸 수 있을 것 같다고요.

저는 당신이 새벽에 몰래 눈치 보며 글을 쓸지언정, 포기하지 않고 쓰길 바라요. 만약 주위에 함께 쓸 사람이 없어도 절망하지 말아요. 그런 사람을 어떻게 만날 수 있느냐고 물었죠? 아이러니하게도 글을 통해서, 내가 쓴 글이 타인들에게 가닿고 읽히는 과정을 통해서 인연을 만날 수 있어요. 내 이야기를 정확하게 사랑해주는 사람을요. 지금 당신이 제 글을 읽고 있는 것처럼요. 리베카 솔닛의 말을 빌려 마지막 말을 대신할게요.

당신이 글을 쓰면 좋겠습니다

읽기와 쓰기의 고독이 지닌 깊이가 나를 반대편에서, 예상치 못했던 방식으로 다른 사람들과 이어지게 했다.

너는 지금까지 한 번도 본 적이 없는 사람들에게서 사랑받을 거야.

-리베카 솔닛,《멀고도 가까운》중에서

각자의 고유한 자국을
존중할 수 있다면
우리는 서로에게
세상에 하나뿐인 이야기를
들려주는 이야기꾼이
될 수 있을 텐데.

나를 망칠 수 있는
유일한 사람

: 악평·악플에 대처하는 법

그러나 이제는 알고 있다. 그곳이 세상의 전부가 아니라는 것을.
나를 믿어주지 않는 사람들은 어디에나 있고, 그들은 나를 망칠 수 없다는 것도.

-박민정 〈A코에게 보낸 유서〉 중에서

●

만약 '누가 누가 제일 소심하나' 경연대회가 있다면 순위권 안에 들 자신이 있을 만큼 나는 소심하다. 그런 내가 글을 쓰면서 대범하다는 소리를 듣게 되었다. 어떻게 자신을 숨김없이 내보일 수 있느냐고, 모르는 사람에게 오해받거나 욕먹기 싫어서 쓰고 공유하는 일이 두려운데 어떻게 용기 낼 수 있느냐는 질문도 듣게 되었다. 솔직히 고백하면 여전히 나는 글을 공유하기 전에 수십 번 망설인다. 그리고 바란다. '부디 제가 쓰는 글이 오해 없이 전달되게 해주세요. 자극적인 소재로만 읽히지 않게 해주세요. 경험을 섣부르게 일반화하는 글을 안 쓰게 해주세요. 제 글이 다른 존재를 소외하지 않게 해주세요. 복잡한 현실을 뭉개지 않게 해주세요. 메시지가 잘 전달될 수 있도록 저에게 부지런함을 더해주세요.' 스스로에게, 노트북에게, 믿지 않는 신에게 기도하는 마음으로 글을 퇴고한다.

'비나이다' 심정으로 글을 퇴고해도 어긋난 반응은 돌아오기 마련이다. 내가 실수한 부분에 대한 지적은 부끄러워 숨고 싶을지언정 받아들일 수 있다(사실 정당한 지적 앞에서도 마음은 많이 쓰리다). 그림자처럼 따라오는 악의적인 반응 앞에서 나는 여전히 서툰 사람이다. 쓰고 싶은 마음보다 숨고 싶은 마음이 앞서는 날이면 모든 사람을 만족시키는 글은 없다는 말을 곱씹는다. 더불어 나는 누굴 위해 글을 쓰는지 점검한다. 모든 글에는 작가의 위치성과 정치적 입장이 들어 있고, 입장 없는 글은 교묘하게 중립인 척하면서 편파적이고 기울어져 있는 글이 되기 쉬우니까. 내가 쓰는 글을 통해 누구에게 힘이 되고 싶은지, 어떤 질문을 던지고 싶은지 스스로 정확히 인지하고 있다면 따라오는 비난에 대해서도 조금은 의연해질 수 있었다.

글 제목에서 불편함의 뉘앙스가 조금만 풍기면, 읽지도 않고 폭격하는 반응이 흔하다. 무턱대고 '메퉤지 쿰쩍쿰쩍' 같은 반응을 보이는 경우가 다반사. 언젠가 임신중단수술 경험에 관한 글을 올렸을 때, 누군가 "엄마 안녕 엄마 안녕 엄마 안녕"을 오십 줄 넘게 댓글로 남겼다. 잠깐 소름이 끼쳐서 당장 댓글을 삭제했

당신이 글을 쓰면 좋겠습니다

지만, 한편으로는 어떻게 아직도 임신중단수술에서 "엄마 안녕"을 떠올리나 싶어 한국의 성교육 현실이 안타까웠다. 그 사람이 내게 준 타격은 없었다. 매체에 따라서도 반응은 갈린다. 같은 내용의 글이어도 초록 포털에 글이 올라가면 십중팔구 악플이 달리는데, 그런 매체에 글이 올라갈 때는 그냥 댓글을 확인하지 않는 방법이 정신건강에 이롭다. 일부러 오독하거나 글을 안 읽고 자극적인 한 문장에만 꽂혀 비난하는 경우가 대다수이기 때문이다.

악플 중에서도 나를 괴롭히는 유형은 주로 점잖은 척 평가하는 글이었다. 마치 정당한 비판인 것처럼 나를 깎아내리는 반응이다. "제발 논리적으로 쓰세요. 징징대지 말고요. 여자들도 이제는 논리를 키워야 하지 않나요?" "홍승은 씨는 외모에 콤플렉스가 있나요? 글이 콤플렉스 덩어리예요. 그걸 먼저 극복하세요." "이 사람 전문대 출신이라면서요? 공부 좀 하세요. 견문이 너무 좁군요." "아직 어려서 그런지 안타깝네요. 글이 중2병 걸린 페미니스트 같아요. 다른 문체였다면 훨씬 좋았을 텐데요." 성별, 외모, 나이, 학벌 등의 편견에 기댄 평가는 글을 쓰기 이전부터 내가 익히 부딪쳐 온 차별과 닮아 있었기에 마음에 생채기를 낸다. 마치 넘어져 생긴 상처를 송곳으로 긁는 것처럼 익숙해지지 않는다.

몇 년 전, 독립잡지 〈젊은 여자〉에 글을 기고한 쿡의 고민은 나와 닮았다.

그 사람은 내가 쓴 글을 보고 "괜찮긴 한데 너무 여자 같다"고 했지. 대단한 조언이랍시고 "여자가 쓴 티가 안 나야 인정받지"라고 했어. 글에서 여자 냄새를 지우라는 말은 그게 처음이 아니었어. 난 점점 글쓰기가 두려워졌어. 글만 쓰면 내 글에서 여자 냄새가 나는 것 같아 견딜 수 없었거든. 내 안에서 피어나는 냄새는 아무리 해도 지워지지 않는 법이니까. 참 신기하지 않아? 내가 '무엇'이라는 이유로, 존재 자체로 혐오의 대상이 되는 것이. 여성이라는 이유로, 성소수자라는 이유로, 장애인이라는 이유로, 이주민이라는 이유로, 내가 나라는 이유로 공격의 대상이 되고 하찮은 것이 되는 세상.

쿡에게 "여자가 쓴 티가 안 나야 인정받지"라고 말한 상대는 당시 쿡의 연인이었다. 애인은 쉽게 평가자가 되어 조금 더 이성적으로 글을 쓰라고 말했다. 밴드 쏜애플 윤성현의 발언 '음악에서 자궁 냄새가 나면 듣기 싫어진다'처럼, 많은 여성 아티스트가 듣는 '여자 냄새, 자궁 냄새, 생리 냄새' 따위의 비난은 미세먼지처럼 주위 공기를 지배한다. 무시하려고 노력해도 어느새 내면에 켜켜이 쌓여 나를 병들게 한다. 그럴 때마다 공기청정기를 켜듯 지지 않고 곱씹었다. 내가 부수고 싶은 바로 그 편견 때문에 주저앉으면 아마 나는 아무 말도 못할 거라고. 그 말들은 나를 흔들리게 할지언정 내 자리를 이동시키진 못한다고. 개인적인 것과 정치적인 것을 나누는 기준은 누가 정하는지, 이성과 감성의 기준, 논리와 비논리를 나누는 기준은 무엇인지, 누가 어떤 이유로 나눈 건지. '기준'에 대한 기준이 가장 정치적이라는 사실을 기억하며 나는 내 위치에서 나오는 글을 쓴다.

비판과 비난 구분하기, 악플 읽지 않기, 내 글을 좋아하는 사람의 반응을 소중하게 여기기 등 여러 방법으로 용기를 보호하고 있지만, 차단할 수 없는 적수가 있다. 글을 쓰기 전, 쓰는 중, 쓰고 나서도 나를 한심하게 보고 한숨을 푹푹 쉬는 사람, 이게 무슨 글이냐고 손가락질하고 그냥 조용히 살라고 충고하는 사람. 바로 나 자신이다. 그날도 나는 자책하고 있었다. 쓸수록 내 한계가 드러나는 것 같아 가까운 선배를 붙잡고 푸념했다. "선배, 저는 이제 글을 쓰지 못할 것 같아요. 이렇게 타인을 의식하고 소심한 제가 어떻게 모두에게 말을 걸 수 있을까요." 선배는 말했다. "승은을 믿어줘요. 노력했던 승은을요." 선배의 다정하고 단단한 목소리는 거울이 되어 내 모습을 비춰주었다. 거울 속에는 또 다시 자기혐오를 반복하는 내가 보였지만, 그 순간만큼은 여태껏 글을 써온 나를 진심으로 믿어주고 싶었다.

전설적인 글쓰기 책《뼛속까지 내려가서 써라》를 쓴 나탈리 골드버그는 에필로그에서 이렇게 고백한다. "이 책을 완성하는 데 1년 6개월이 걸렸어요. 적어도 절반은 처음 썼을 때 나온 것들이죠. 가장 힘든 싸움은 글 쓰는 행위가 아니었어요. 내가 과연 괜찮은 것을 쓸 수 있을까, 하는 두려움과 싸우는 게 제일 힘들었죠." 아, 이 작가도 두려움과 싸우면서 책 한 권을 완성했구나. 나만 겪는 두려움이 아니었구나. 그럼에도 끝까지 책 한 권을 완성해서 내게 글을 선물한 그의 용기에 힘입어 나도 다시 용기를 내기로 했다. 한 사람의 용기는 여러 사람의 용기와 연결되어 있다. 지금의 내 용기도 누군가의 용기로 연결될 거라는 믿음으로 버티기로 했다.

수업에 찾아오는 사람들도 나와 같은 적을 안고 온다. 타인의 글은 다 좋은데 자기 글은 무척 별로고 뻔하고 부족하고 지루하고 재미없다는 가혹한 평가를 내린다. 나는 그럴 때마다 '매니저론'을 전파한다. 연예인에게 매니저가 있듯, 글 쓰는 사람에게도 서로의 강점을 믿어주고 빛날 수 있도록 길을 안내할 매니저가 필요하다고. 때로는 익숙한 자기 의심의 목소리보다 나를 믿어주는 타인의 이야기를 들을 필요가 있다고 말이다.

또다시 나를 불신하는 내가 불쑥 튀어나와 훼방을 놓으려고

당신이 글을 쓰면 좋겠습니다

하면, 내 가상의 매니저가 할 법한 말을 떠올린다. '자, 모든 건 먼지가 됩니다. 잔뜩 굳은 어깨에 힘을 푸세요. 지금 우리가 쓰는 글은 언젠가 먼지가 되고 세상에는 수많은 먼지 같은 말들이 떠다니다가 가라앉을 거예요. 보이지 않는 사람들은 당신에게 큰 영향을 주지 못해요. 나를 망칠 수 있는 유일한 사람은 나 자신이에요. 다른 말로, 나를 망칠 권리는 오직 나에게만 있어요. 굳이 지금 그 권리를 써야겠습니까?'

사적인 이야기의
반란

: 침묵해야 할 이야기는 없다

우리는 여성들이 살아남기 위해 해온 말 같지 않은 말을 찾아 나섰다. 공인된 언술 행위의 범위에서는 제외된, 침묵이라든가 '아픔으로 말하기'라든가 '수다'라든가 하는 것들.
-조한혜정 《글 읽기 삶 읽기》 중에서

●

대전에서 여성주의 글쓰기 강연을 마치고 한 통의 메일을 받았다. 메일에는 수강생들의 강연 후기가 첨부되어 있었다. 열다섯 개가 넘는 후기에는 글쓰기에 대한 각자의 고민과 다짐이 담겨 있었다. 뭉클한 마음으로 한 장 한 장 후기를 넘기다가 모든 페이지를 관통하는 고민이 눈에 띄었다. "사소하다고 여겨져 왔던 나의 감각과 이야깃거리에 귀를 기울이고 그것이 충분히 가치 있다고 인정해주는 일이 나에겐 너무 부족했었다. 무언가 대단한 사건이어야만 쓰고 말할 가치가 있을 거라는 생각에, 점점 나에 대해 말하고 글 쓰는 것을 두려워하고 멀리하게 되었다." "내 이야기도 글의 소재가 될 수 있다는 생각은 페미니즘을 알

　　　　　　　　　　당신이 글을 쓰면 좋겠습니다

고 나서야 하게 된 것 같다. 그 전에는 너무 사적이고 개인적인 이야기는 지양해야 한다고 생각했다. 나는 글을 쓰기로 했다. 물론 지금까지와는 조금 다르게. 이제야 내 이야기를 할 준비가 되었다."

질문은 결국 하나였다. 나는 이야기가 될 수 있을까. 사소하고, 사적이고, 개인적인 이야기가 글이 될 수 있을까. 가치 있는 글이 될 수 있을까.

사생활과 글의 관계는 무척 복잡하다. 학교에서 처음 글쓰기를 배울 때, 선생님은 '나'라는 주어를 지우라고 했다. '내'가 안 보여야 좋은 글이라고 했다. 내 위치와 감정과 경험을 배제한 채 사회를 논평하고, '대두되었다' 같은 언어를 써야 글이 전문적이라는 평가를 받았다. 사적인 글은 혼자 보는 일기로 주로 가족, 연애, 성애, 감정, 몸 등 개인에 초점이 맞춰져 있는 글이었다. 사형제 폐지 찬반 같은 주제를 논하는 게 아닌, 일상의 경험을 주제 삼아 써보라는 제안을 들은 적은 없었다. 글의 주제가 사생활과 멀리 떨어질수록 좋은 글이라고 주입받은 것이다. 사적인 이야기를 쓰는 일은 사적인 존재가 되는 것과 같았고, 자동적으로 그런 주제는 글감으로 적합하지 않고, 그런 글을 쓰는 이는 공적인 작가가 아니라는 것을 의미했다.

과연 글감만의 문제일까. 의문을 갖게 된 건 글과 상관없이 사적인 존재로만 호명되어온 어느 작가들의 역사를 알게 되면서부터다. 최초의 근대 여성 소설가 김명순은 등단 이후 끊임없이 사적인 존재로 호명된다. 어머니가 기생이었다는 이유로, 결혼하지 않고 동거한 과거가 있다는 이유로. 심지어 성폭력 피해 경험조차 문란하고 방탕한 여성이라는 낙인의 근거가 되었다. 김동인은 어느 타락하고 어리석은 여자의 이야기를 담은 소설 《김연실전》을 발표했다. 그가 겨냥한 사람은 작가 김명순이었다. 김기진은 김명순을 "분 냄새가 나는 시의 일정"이라며 피부로 말하자면 "육욕에 거친 윤택하지 못한, 지방질은 거의 다 말라 없어진 퇴폐하고 황량한 피부"가 겨우 화장분의 마술에 가려진 셈이라고 했다. 일명 '〈개벽〉 필화 사건'에서는 익명으로 김명순을 비롯한 타인의 사생활을 캐내던 세 명이 밝혀졌는데, 그 세 명은 잡지 〈개벽〉의 주간 차상찬, 기자 신형철, 어린이날을 만들고 동화를 쓰던 작가 소파 방정환이었다.

"정조는 취미"라고 당당하게 정조 관념을 비판하고 풍자하던 나혜석은 화가이자 소설가, 시인이었지만 그에게 붙은 딱지는 쓰고 그리는 사람이 아니라 행려병자, 신여성, 이혼녀, 방탕한 여자, 객사였다. 《글 쓰는 여자는 위험하다》에서 연구자 강남규는 여성의 글쓰기가 남성 중심의 문학장과 다퉈온 근대화 과정을 연구했다. 남성 작가의 작품이 보편성의 중심이었던 문학

당신이 글을 쓰면 좋겠습니다

장에서 "흔히 여성 문인은 남성 문인에 비해 감성적이고 탄탄한 글쓰기를 해내지 못한다"(71쪽)는 평가가 따랐고, "여류 문사에 대한 관심은 그들의 작품보다도 작가 본인에게 쏠렸다."(81쪽)

아이러니하게도 문단 내 성폭력 증언이 잇따라 나올 때, 작품과 작가를 분리해야 한다는 요구가 있었다. 이 요구는 기존의 여성 문인에게 향했던 잣대와 다르게 작품과 작가를 철저하게 분리하려는 노력이라는 점에서 기묘했고, 무엇보다 남성 문인이 저지른 성범죄를 가벼운 스캔들 정도로 치부하려는 의도였기에 불순했다. 성폭력을 일탈 정도로 가볍게 여기는 문화에서 누군가는 타인에게 피해를 입히고도 뻔뻔하게 작품 활동을 지속한다. 그런 점에서 '작품으로만 평가하라'는 말은 맥락에 따라 다르게 읽힌다. 가해자와 작품을 떼어보라고 요구하던 사람들에게 묻고 싶다. 교과서에서 자주 보았던 김동인, 김기진, 방정환 같은 작가가 작품과 작가의 사생활을 연결해 누군가를 매장하는 데 앞장선 사람이었다는 사실을 알고 있느냐고. 혹시 당신의 요구는 편향된 쪽으로만 향하고 있는 건 아니냐고.

글이 삶을 관통해서 나올 수밖에 없는 거라면, 소수자의 위치에서 나오는 글은 언제나 '보편성'을 획득하는 데 실패할 테고 영원히 '사적'이라는 딱지를 뗄 수 없을지 모른다. 이런 부당함에 맞서 김명순과 나혜석은 사적인 이야기의 반란을 도모했다.

그들은 글을 통해 복수하지 않았다. 다만 자신에 대해 스스로 말하고자 했다. 김명순은 자기에 대한 오해와 항간의 소문을 직접 바로 잡으려고 했으며, 나혜석의 《이혼 고백서》 역시 그런 태도에서 나왔다. 자신을 사적인 존재로만 제한하려는 흐름에 맞서 '사적'이라는 기준에 의문을 제기한 것이다. 누가 작가로 승인되고 무엇이 글감으로 승인되는지를, 항상 사적인 존재로 지목당하는 이들도 자기의 이야기를 여러 사람들에게 스스로 할 수 있다는 것을 보여주면서.

서른한 살 생일에 함께 글 쓰는 친구 은희에게서 아니 에르노의 《한 여자》를 선물로 받았다. 이 책을 시작으로 나는 아니 에르노의 팬이 되었다. 생에 대한 집요한 시선과 꾸준한 용기를 배우고 싶었다. 그는 헨젤과 그레텔이 길가에 남긴 빵조각처럼 자기의 거취를 글로 남긴다. 《한 여자》는 어머니가 돌아가시고부터 어머니의 삶과 죽음을 되짚어 본 작품이고, 《남자의 자리》는 아버지에 관해 쓴 자전적 소설이다. 《사진의 용도》는 유방암에 걸린 시기에 사랑하는 사람과의 일상을 사진과 글을 통해 표현하고 그와 함께 공저로 출간한 작품이고, 《단순한 열정》과 《집착》, 《탐닉》은 유부남인 상대와의 뜨거운 사랑과 그와 함께하며 겪은 고통을 에세이와 소설로 그린 작품이다. 결혼 생활은 《얼어붙은 여자》로, 임신중단수술 경험은 《사건》으로, 주위

당신이 글을 쓰면 좋겠습니다

의 역사적 풍경은 《세월》로 기록했다. 작가는 자신의 글이 역사적 사실이나 문헌과 동일한 가치를 지니며 남아 있기를 소망한다며 말한다. "내면적인 것은 여전히, 그리고 항상 사회적이다. 왜냐하면 하나의 순수한 자아에 타인들, 법, 역사가 존재하지 않는다는 것은 상상할 수 없기 때문이다. 나는 나 자신의 인류학자이다."

아니 에르노처럼, 자기 자신의 인류학자가 되기 위해 쓰는 사람들이 있다. 강동구 몽실몽실 글쓰기 모임에서 만난 Y도 그중 한 명이다. Y는 〈글쓰기의 시작〉이라는 제목의 글을 통해서 글을 쓰기 시작한 이유를 다음과 같이 적었다.

나는 언제부턴가 수필·시·산문을 읽지 않고 있고, 결혼하면서 철학·심리학·자기계발서도 읽지 않고 있다. 문득 육아를 하면서 관심을 갖게 된 그림책 모임과 동화책 모임 관련 책들만 읽고 있다는 생각이 들었다. 그런 책이 나를 다시 새롭게 느끼게 해주는 계기가 된 것은 맞다. 요즘 엄마, 아내 이외의 나 자신에 대해 느껴보려 노력 중이다. 수명이 길어졌다고는 하지만 나를 발견하고 발전할 수 있는 시간은 얼마 남지 않은 것 같다.

첫 글쓰기 모임이 끝나고 등산을 다녀왔다. 검단산을 두 번 갔다 왔는데 두 번째 갈 때도 마치 처음 오는 듯한 느낌을 받으며 올라갔다. 결혼 후 한 번도 못했던 등산을 오랜만에 했다. 많이 힘들었지만 가을의 푸른 산과 시원하고 상쾌한 바람을 만끽했다. 밤나무 아래 밤송이가 수북하고 도토리가 지천에 떨어져 있었다.

읽기, 쓰기, 등산까지 모든 게 하나의 도전인 사람. 수명이 길어졌다고는 하지만 나를 발견할 시간은 얼마 안 남았다고 느끼는 사람. 담담한 Y의 글이 날카로운 메시지가 되어 돌아온다. 글을 읽고 쓸 온전한 시간을 갖고 싶은 간절함 자체가 오롯이 글감이 될 수 있다고. 그간 무시당해 온 어떤 수다, 한숨, 웃음, 울음이 먼지에 쌓여 사라지지 않도록 계속 써야 한다고. 삶은 스스로 말하지 않는다는 걸 알게 된 사람들, 침묵해야 할 이야기는 없다는 사실을 알게 된 사람들이 있기에 사적인 이야기의 반란은 계속된다.

: 나를 '글 쓰는 사람'이라 소개하기

●

　한국여성재단의 여성예술인지원사업 최종 면접을 보고 왔
다. 이 사업은 1년 간 여성 예술인의 활동을 지원하는 사업이다.
홀린 듯 서류를 작성했다. 다행히 1차 서류 심사에 합격해서 최
종 면접을 볼 기회가 생겼다. 첫 책이 나오고 사람들 앞에서 말
할 기회가 많았기에 말하는 데는 왠지 자신감이 생겨서 큰 걱정
없이 면접장에 들어갔다. 'ㄷ'자 모양의 테이블에는 심사위원,
재단 관계자 다섯 명이 둘러앉아 있었다. 면접장 내의 조금은 차
갑고 딱딱한 분위기를 느끼고서야 정신이 번쩍 들었다. 아차, 이
사람들은 내 이야기를 들으러 온 게 아니라 나를 심사하러 왔지.
준비한 발표 내용 중 활동 계획과 예상되는 성과에 관한 뼈대만

획획 발표했다.

기획안에 최대 신청 액수인 지원금 600만 원을 신청했다. 2월부터 11월까지 집필을 위한 활동비를 50만 원씩 책정하고, 결과물로 독립출판물 두 권을 제작하겠다고 밝혔다. 매달 50만 원은 누군가에겐 크지 않은 돈이지만, 소득이 일정하지 않은 나에게는 적지 않은 안정을 주는 돈이다.

질의응답 시간이 이어졌다. 한 심사위원이 물었다. "글쓰기 모임을 진행하는데 600만 원이나 들어요?" 예산에 관한 질문은 예상했지만, 날카로운 목소리에 몸이 움츠러들었다. 당황한 기색을 숨기고 대답했다. "저는 글 모임을 진행하기 위해서 매달 50만 원의 활동비를 책정한 게 아니에요. 저는 집필 노동을 위한 최소한의 경제적·시간적 여유를 확보하기 위해서 지원했어요. 책상 앞에 앉는다고 글이 뚝딱 나오지는 않잖아요. 저는 올해 '페미니즘 글쓰기 안내서'와 '다양한 사랑의 가능성'에 관한 글을 쓸 예정이고, 그 글을 쓰기 위해서 문헌을 연구하고, 인터뷰하고, 탐방 가고, 글을 쓸 수 있는 시간을 확보할 경제적 여유가 필요해요. 집필 노동만으로도 먹고살고 싶지만, 그게 어렵기 때문에 지원하게 된 거고요. 지금은 생계 노동을 따로 해야만 집필을 할 수 있어요. 앞으로는 집필 노동이 제 생계와 조금 더 연결되길 바라고, 그 기반을 마련하고 싶어서 지원했습니다."

정확하진 않지만 이런 내용을 전달했다. 약간 목소리가 떨렸고, 조금 울먹였다. '글 쓰는 것만으로 먹고살기 힘들다'는 말을 할 때, 심사위원들이 공감한다는 듯 눈을 마주치고 고개를 끄덕여주어서 그랬던 것 같다.

작년 여름, 통장을 개설하러 은행에 갔다가 거부당한 적이 있다. 이유는 내 직업이 확실하지 않아서였다. 은행원의 말에 따르면, 대포 통장 확산을 막기 위해 통장 개설 자격을 높여놔서 '재직 증명서'가 있어야 개설할 수 있다고 했다. 당시 나는 두 곳에 글을 연재하고 있었고, 책도 출간했고, 가끔 강연에 다니는 상황이었다. 하지만 나는 재직 증명서를 뗄 수 없었고, 꼬박꼬박 들어오는 월급도 없었다. 은행원은 다른 곳에 아르바이트 등록을 하면 재직 증명서를 떼어올 수 있다고 조언했다. 결국, 통장 만들기를 포기했다. 그때 나는 내 위치를 깨닫고 이후에도 내가 은행과의 거래에서 어떤 제약을 받을지 여러 번 생각했다. 곧 이사를 계획하고 있어서 더 많은 보증금이 필요할 텐데, 나는 대출 자격 요건을 조금도 갖추지 못했다. 대출은커녕 통장 하나도 개설하기 어려운 위치라는 데에서 오는 우울감에 휩싸였다.

누군가 "요즘 뭐 하고 살아?"라고 물으면 선뜻 대답하기가 어렵다. 가끔 청탁을 받아 글을 쓰고, 가끔 강연에 다니고, 각종 모임을 진행하고, 집에서 책을 읽거나 사람들을 만나며 지내는 일상. 이런 내 일상을 돌아보면 의문이 든다. 나를 글 쓰는 사람이라고 소개해도 되는 걸까. 글을 쓰는 일이 '노동'일까.

　지구지역행동네트워크의 '성/노동' 특강에 참석했을 때, 출퇴근 시간이 정해진 임금 노동자만을 노동자라고 부르는 좁은 노동 관점은 문제가 있다는 발언을 들었다. 그간의 내 고민이 착착 정리되는 느낌이었고, 앞으로 누군가 뭘 하는 사람이냐고 묻는다면 '집필 노동자'라고 당당하게 대답해야겠다고 다짐했다. 하지만 이 다짐은 은행 문턱 앞에서 자꾸만 꺾인다. 돈이 막히니 생각도 막혀버린다. 나는 노동을 하지만 수익이 보장되지 않고, 여전히 동거인들에게 월세와 생활비 대부분을 의존한다. 그들이 없다면 지금처럼 여유를 가지면서 책을 읽고 글을 쓰고 다른 활동을 해나가기 어려웠을 것이다. 그 점을 생각하면, 자꾸 이런 생각이 올라온다. 나는 글 쓴다고 의미를 부여하는 그냥 게으른 인간 아닌가. 아마 아빠가 나를 바라보는 인식이 딱 이럴 텐데. 나 역시 아빠의 시선으로 나를 한심하게 바라보곤 한다.

　다시 면접 상황으로 돌아가서, 더듬더듬 내 대답이 끝나자 다른 질문이 이어졌다. 글쓰기 모임은 어떻게 진행할 것이며, 지방에서 활동하며 느끼는 점은 어떤 것인지. 다행히 분위기가 점차 풀려서 끝에는 웃으며 나올 수 있었다. 오랜만에 심사를 받으며 잔뜩 긴장했더니 기운이 쭉 빠졌고, 집에 돌아오자마자 뻗어버

　　　　　　　　　　　당신이 글을 쓰면 좋겠습니다

렸다. 불면증인가 의심될 정도로 그간 통 잠을 못 잤는데, 면접에 다녀오고서는 초저녁부터 잠들어서 다음 날 아침까지 푹 잤다.

며칠 뒤 합격자 발표가 났다. 여성재단 지원사업에 최종 합격했다. 덜 게으르게 집필 노동을 할 장치를 마련했다 생각하고 열심히 글을 쓸 예정이다. 여성재단의 면접을 준비하면서 주문처럼 외웠던 말이 있다. '집필은 노동이다.' '작가'라는 말에는 왠지 돈과는 무관한 어떤 숭고한 느낌이 있는데, 그런 인식을 나부터 바꾸지 않으면 안 된다. 비록 출퇴근 시간이나 작업 시간이 뚜렷하게 정해진 건 아니고, 결과물도 일정하지 않고, 수입도 불안정하고, 생계 노동을 따로 해야 집필을 지속할 수 있지만 내가 하는 이 작업이 노동이 아니라고 할 수는 없다.

얼마 전 명함을 새로 만들었다. 프리랜서 생활 5년 만에 처음 만든 명함이었다. 소속이나 직책이 없는 빈칸 앞에서 어색한 건 잠시였다. 쓰는 일이 부업이 아닌 생계 노동이 되길 바라는 마음과 글을 통해 조금이라도 세상에 도움이 되고 싶은 바람을 담아 이렇게 적었다.

승은.

집필 노동자.

기록 활동가.

2부

타인과 연결될 때
문장은
단단해진다

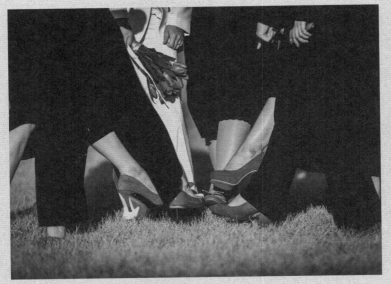

©bundo kim

서로의 상상이 되기 위해
몸으로 쓰기

: 남과 다른 글을 쓰는 법

추억에는 언제나 경련을 일으키는 세부 사항이 있다.

-아니 에르노

●

조재는 대화할 때마다 "조금 더 구체적으로 말해줄 수 있어?"라고 묻는다. 대충 알아들을 법한 얘기도 지나치지 않고 구체적으로 알려달라고 하는 조재가 조금 귀찮게도 느껴졌는데, 최근 조재와 대화하며 이유를 알게 되었다. "누군가 힘들다고 하면 당연히 가만히 안아줄 수 있어. 그런데 솔직히 궁금해. 어떤 순간에 그런 감정을 느꼈는지 자세히 말해주면 좋겠어. 그래야 나도 내가 아는 범위에서 형식적으로 위로하지 않고 공감할 수 있으니까, 더 되묻게 되는 것 같아. 조금 더 진심으로 다가가고 싶어서."

조재의 말은 내가 글쓰기 수업 초반에 강조하는 말과 같다.

상황을 그대로 보여주세요. 내 몸이 머물렀던 공간, 시간, 대화, 움직임을 따라가며 써주세요. 그러면 글이 입체적으로 살아 숨쉬어요. 읽는 사람이 자연스럽게 자신의 자리를 이탈해 글을 쓰는 나의 자리로 옮겨올 수 있도록 최선을 다해 써보는 거예요. 상황을 뭉뚱그리지 않아야 나도 글을 쓰면서 그때의 나와 타자를 이해하거나, 위로하거나, 정확한 대상을 향해 분노할 수 있어요.

대화와 글쓰기는 나와 타자의 소통이라는 점에서 닮았다. 다른 점이라면 대화에서는 즉각적으로 '왜'라고 물어줄 사람이 있지만, 글쓰기는 물어줄 사람이 없으니 내가 나에게 질문하며 써야 한다는 점이다. 읽는 사람이 '왜'라고 물을 만한 부분을 내가 먼저 보여주려는 노력이 필요하다.

생활 드로잉을 하는 건형은 처음 드로잉을 배울 때 눈앞에 있는 사물을 머리로 상상하지 말고 있는 그대로 그리라는 말을 가장 많이 들었다고 한다. 우리는 눈앞에 있는 모습을 그대로 그리기보다 내가 상상한 이미지로 그리게 되는데, 그러면 그림의 디테일이 떨어져서 어설퍼진다는 것이다. 우선 보이는 대로 그리려는 노력을 통해 사물을 관찰하는 눈을 기를 수 있다고 했다. 글쓰기도 마찬가지다. 머리로 상황을 해석하고 감상을 적는 쓰기의 습관을 버리고, 있는 그대로 써보는 게 시작이다.

불과 몇 년 전만 해도 나는 구체적으로 쓰는 법을 몰라 추상적이고 선언적인 글을 주로 썼다. 인문학카페를 운영하는 4년 동안 매일 썼던 카페 입간판 글은 내 대표적인 흑역사다. "나는 정의를 아는 사람인가 정의를 하는 사람인가. 나는 사랑을 아는 사람인가 사랑을 하는 사람인가." "역사를 바꾸는 것은 정권이 아니라 국민이다." 가끔 강연에 가서 예전 글을 보여주면 사람들이 피식 웃는데, 부끄럽기도 하지만 나는 그 웃음이 좋다. '저 사람이 예전에 저런 글을 썼다니. 나도 잘 쓸 수 있겠네', 라는 안심을 주는 것만 같아서.

예전에 내가 쓴 글은 누구나 쓸 수 있는 글이었다. 누구나 쓸 수 있는 글이라고 한 이유는, 나라는 필자의 위치가 보이지 않고, 캐릭터가 드러나지 않고, 하고자 하는 말이 제대로 전달되지도 않기 때문이다. 나는 글의 고유성과 힘은 문장력 이전에 서사와 질문에서 나온다고 믿는다. 내가 통과해 온 시간을 말할 수 있는 건 나밖에 없기에 내 이야기를 쓸 때 글은 가장 고유해진다. 입간판 글을 통해서 나는 메시지를 전달하려고 했지만, 그 메시지가 읽는 사람에게 정확하게 전달되기엔 한계가 있었다. 보기 좋은 말, 옳은 말, 사이다 발언은 껌처럼 잠시 달게 씹을 수 있어도 나 자신이나 타인의 변화를 이끌어내기는 어렵다.

추상적인 글의 가장 큰 한계는 구체적인 맥락이 없어 여러 사람에게 다르게 해석될 수 있다는 점이다. '인권은 소중하다'

혹은 '표현의 자유는 보장받아야 한다'는 선언은 모두가 공감할 수 있는 말이지만, 인권이 소중하기 때문에 우리 아이들을 위해 위험한 동성애를 막아야 한다, 인권이 소중하기 때문에 일단 노동 문제부터 해결하고 나중에 소수자 문제를 해결하자, 혹은 소수자를 반대하고 혐오할 표현의 자유가 보장되어야 한다는 식으로 올바르지 않게 해석될 수 있다. 그래서 추상적인 개념은 해석을 독점하는 사람으로 인해 또 다른 폭력으로 연결될 수 있다.

구체적인 글쓰기는 나를 돌보는 수단이었다. 당시 나는 입간판을 통해 정의와 사랑과 민주주의를 외쳤지만, 정작 내 일상의 부대낌은 외면했다. 내가 뱉는 글과 발 디딘 현실의 간극에서 오히려 나는 소외되었다. 구체적으로 내 이야기를 쓰면서부터 내가 나를 부정하는 인식을 하고 있진 않은지, 나만의 좁은 시야에 갇혀 있진 않은지 직면하고 점검할 수 있었다. 내 감정과 인식, 지난 시간도 돌볼 수 있었다.

글을 구체적으로 써야 한다고 생각한 뒤로 입간판 글도 조금씩 달라졌다. 예전에는 "남의 외모 관심 끄고, 너나 잘하세요"라고 주장했다면, 나중에는 "엄마는 자신이 뚱뚱하다며 항상 긴 티로 엉덩이와 허벅지를 가렸다. 친구는 며칠 동안 굶다가 빈혈로 쓰러지기도 했다. 만성적인 거식증과 폭식증에 걸린 지인들의 소식을 듣는다. 나는 내 몸을 있는 그대로 사랑한 적이 없다. 사람들은 여전히 여성의 다이어트와 몸매에 대해서 농담 따먹기를 한다. 나는 그 농담이 하나도 재미있지 않다"는 식으로 구체성을 더했다. '외모 평가'라는 간편한 언어에 담기지 않았던 살아 숨 쉬는 사람들의 모습을 드러내서 입체적으로 메시지를 전달하려고 노력했다.

함께 글 쓰는 동료들의 글을 읽다 보면 나도 모르게 글에 빠져드는 순간이 있다. 문장이 화려하지 않지만 정직하게 상황을 써내려간 글이 나를 그의 세계로 이끈다. 재나는 자신의 어린 시절을 회고하며 "엄마는 내가 초등학교 3학년 때 집을 나갔다. 사우디에서 3년을 일하던 아빠가 한국으로 돌아온 지 한 달여 만이었다. 아빠가 3년 동안 착실히 보낸 월급은 남은 게 없었다. 그렇게 아빠가 중학교 1학년인 오빠와 초등학교 3학년인 나를 키우게 되었다. 우리의 생활은 비참했다. 밥을 따뜻하게 두려고 아랫목 이불 아래에 두면 쥐들이 와서 플라스틱 뚜껑과 같이 갉아먹었다. 오빠는 가출했다 돌아와서 고등학생이 되었고 나는 아무런 준비 없이 생리를 시작했다"라고 적었다. 만약 글쓴이가 '내가 어릴 때 엄마가 집을 나갔다. 어린 시절 나는 비참했다'라고만 적었다면, 그것은 상황을 설명하는 글이지 보여주는 글은 아니어서 독자에게 다양한 감정을 안겨주지 못했을 거다. 플라스틱 뚜껑과 밥을 갉아 먹는 쥐, 아무런 준비 없이 생리를 시작한 나, 가출했던 오빠. 생생한 상황 묘사가 가난과 방임과 외로움, 슬픔 등의 복잡다단한 감정을 일으킨다.

그냥은 어린 시절 가족의 모습을 떠올리며 글의 도입을 이렇게 적었다. "'오~늘도 걷는다~ 마아는 정처 없는 이 바아~알낄~~' 노랫소리가 들리면 무슨 신호처럼 동생과 나는 이불을 뒤집어썼다. 밤새 되풀이되는 고함, 넋두리, 살림살이 날아가는 소리. 온 집 안을 채우는 담배와 술 냄새." 그냥은 아빠가 술을 많이 마셨다거나 술을 마시면 폭력을 행사했다는 설명을 하지 않았지만, 이 짧은 문장을 통해 어린 시절 글쓴이가 놓인 상황을 선명하게 느낄 수 있다. 특히 술 취한 아버지의 노랫소리가 가까이서 들리는 것 같아서, 내가 이불 속에서 몸을 웅크리고 있는 것 같은 느낌이 든다.

처음 내 경험을 쓰려고 노트북 앞에 앉았던 순간을 기억한다. 오래전부터 꼭 털어내고 싶은 이야기였는데도 막상 쓰려니 어디에서부터 어디까지 써야 할지 막막했다. 어린 시절부터 지금까지의 연대기를 쭉 써야 하는 건 아닌지 헷갈렸고, 나를 어디까지 드러내야 하는지 망설여졌고, 혹시 내 약점을 떠벌리는 건 아닌지 두려웠다. 결과적으로 내가 처음 썼던 글에서는 감정에 매몰되어 아프다, 슬프다는 말만 반복해서 함께 읽는 사람들에게 그때의 내 심정을 정확하게 전달하지 못했다. 꾸준히 상황을

당신이 글을 쓰면 좋겠습니다

묘사하려고 연습하면서 점차 내가 전달하고자 하는 메시지를 좀더 분명하게 표현할 수 있게 되었다. 다른 언어나 악기, 드로잉을 배울 때처럼 쓰기에도 꾸준한 연습이 필요하다. 외면하지 않고 직시할 용기, 말할 수 있는 것과 없는 것 사이에서 좀더 솔직해지려는 노력, 머리에서 머물던 이야기를 손으로 옮겨 적어보는 실천. 이 세 가지는 꾸준한 쓰기를 통해서 단련할 수 있다.

내가 자기중심적인 세계에서 벗어나 타인의 세계로 인식을 넓힐 수 있었던 계기는 자기 삶을 구체적으로 드러낸 누군가의 글 덕분이었다. 조현병을 앓는 소설가 지망생, 상담사를 꿈꾸는 무속인, 학창 시절 따돌림당했던 선생님, 장애 학생과 일상을 함께하는 언어치료사, 왼손잡이가 겪는 세계를 들려준 대학생, 혈연이나 결혼이라는 제도로 연결되지 않은 자기만의 가족을 꾸리는 사람들. 그 이야기들을 통과하며 내 세계는 한 뼘 더 자랐다.

작가 복거일은 이 세상에 부족한 건 사랑이 아니라 상상력이라고 했다. 글은 내 세계로 타인을 초대하고, 타인의 삶으로 걸어 들어갈 수 있는 문이다. 나는 더 많은 사람이 자신을 드러내는 글을 쓰면 좋겠다. 그 문을 통과하며 내가 알지 못하는 세계에 닿고 싶다. 순전히 독자로서 내 욕심이기도 하다. 구체적으로 자신을 드러내는 글을 통해서 우리는 서로의 상상이 될 수 있다. 상상은 머리가 아니라 다양한 몸의 구체적 서사에서 시작되니까.

기꺼이
슬픔에 잠기는 사람들

: 타인에게 상처받고 영향받기

●

"도대체 글을 쓰는 게 무슨 소용이죠? 이렇게 쓴다고 뭐가 달라질까요……."

북적북적한 소리를 비집고 귀에 들어온 뾰족한 말. 목소리의 주인공은 D였다. D는 매일 쏟아지는 폭력적인 사건과 애도되지 못하는 죽음과 변하지 않을 것 같은 가난과 소수자에게 향하는 차별에 몸서리치며 물었다. "거대한 세계 앞에서 글은 어떤 소용이 있나요." 나는 목구멍까지 차오르는 말을 간신히 눌렀다. '그러게 말이에요. 저도 잘 모르겠어요.' 글쓰기 수업 안내자로서 나는 어떻게든 의미를 찾아내야 했다. 애써 당황한 표정을 숨기며 글쓰기의 의미를 줄줄이 늘어놓았다. 내가 어떤 말을 했

당신이 글을 쓰면 좋겠습니다

는지 떠오르지 않는 걸 보면, 아마 머릿속의 이런저런 좋은 말을 꺼내고 조합하느라 바빴던 듯하다.

글을 쓸 때마다 자주 D의 질문을 떠올렸다. 쓰는 일의 의미는 뭘까. 우리가 쓰는 글은 어떤 의미가 있을까. 이 글이 견고한 세계에 티끌만큼의 흠집이라도 낼 수 있을까. 눈덩이처럼 불어나는 질문 앞에서 내가 내놓는 대답은 매번 초라하게 느껴졌다. 그 무렵 나는 쓰는 일에 조금 회의감을 느꼈다. 세상은 견고하고 내 글은 물론 나 역시 너무 나약하게만 보였다.

나에게 어려운 과제를 안겨준 D는 매주 성실하게 글을 쓰는 사람이었다. 반짝반짝한 도시에 감탄하기보다 도시를 만들기 위해 쫓겨난 존재를 상상하며 아파하는 사람으로 살아왔기에 그 감각으로 풀어낼 이야기가 많았다. 게다가 D는 시를 즐겨 읽어서 모임 때마다 대화에 어울리는 시를 추천하곤 했다. 그날 모임 주제는 공존이었다. 타자와 내가 어떻게 연결되어 있는지, 촘촘하게 연결된 가난과 폭력과 슬픔에 대해 말할 때였다. D가 슬금슬금 책장으로 이동하더니 시집 한 권을 가져왔다.

거리의 비는 잠시 아름다웠다
위에서 보는 우산들은 평화로이 떠가는 잠깐의 행성이 된다

곧 어마어마한 욕설이 들려오고 뭔가 또 깨고 부수는 소리

옆집 아저씨는 일주일에 몇 번 미치는 것 같다

한여름에도 창문을 꼭꼭 닫을 수 있는 집에서 살고 싶다

[...]

자정 무렵 택배 기사가 책을 갖고 왔다

그것이 땀인 줄 알면서 아직 비가 오냐고 물어봤다

내륙에는 돌풍이 불어야 했다

굳이 이 밤에 누군가가 달려야 할 때

너를 이용하여 가만히 편리해도 되는지

내 모든 의욕들을 깨뜨리고 싶다

　김이듬 시인의 〈게릴라성 호우〉를 또박또박 낭독하던 D의 목소리. 숨죽인 사람들. 그날 밤 이후 나는 택배 상자보다 택배 기사의 땀방울을 먼저 쫓아가는 눈을 갖게 되었다. D는 말했다. "시를 읽을수록 지나치지 못하는 게 늘어나요. 거리에서 마주치는 사람들. 한 명 한 명 그냥 지나치지 못하겠어요. 사람에게도, 동물에게도 그래요." D는 매일 책방 앞에 길고양이를 위한 작은

상차림을 정성스럽게 준비하는 사람이었다. 소수자를 옹호하는 기자회견이나 집회가 있으면 운영하는 책방 문을 닫고 꼬박꼬박 참여했고, 인근 시장의 상인들과 따뜻한 인사를 나눴고, 소외된 사람들의 목소리를 기록하기 위해 구술생애사 작업을 준비했다. D는 할 수 있는 만큼 자기 주위를 보고 듣고 책임지려는 사람이었고, 그런 D가 들려주는 이야기를 통해 나 역시 지나칠 수 없는 순간이 늘어났다.

글쓰기 수업에는 비슷한 시선을 가진 사람이 모인다. 빛보다 그림자를 보고, 매끄러운 세계에서 미끄러진 존재를 보고야 마는 눈을 가진 사람들. 섬세한 감각으로 살아온 그들은 슬픔을 가득 지고 워크숍을 찾는다. 모든 게 아무 소용없는 것만 같은 절망 탓에 때로 슬픔은 회의감이나 냉소주의로 빠졌다. 하지만 슬픔의 공동체 안에서 슬픔은 냉소에 머물지 않았다. 김소연 시인의 시구 "사람의 울음을 위로한 자가 그 울음에 접착되고, 사람의 울음을 이해한 자가 그 울음에 순교하는 순간"처럼, 내 아픔을 알아봐주고 함께 우는 사람 앞에서 눈물은 세계에 대한 책임감이자 서로의 용기이자 위로가 되었다.

그 무렵 나는 D의 질문을 바꿔 읽었다. '글이 무슨 소용일까요'가 아닌 '슬픔은 어떤 의미일까요'로. 주디스 버틀러는《불확실한 삶》에서 슬픔이라는 감정에 주목한다. 버틀러에 따르면 인간은 슬픔을 통해서 타자와 근원적으로 분리될 수 없는 자신을 느낀다.

우리는 항상 흠집 하나 없이 본래의 온전한 모습 그대로 있을 수는 없다. 우리는 그렇게 하고 싶고 잠시 그렇게 버틸 수도 있다. 그러나 최선을 다해서 노력한다고 해도 결국 우리는 타자에 직면해서, 즉 접촉, 냄새, 감정, 감촉에 대한 기대, 느낌에 대한 기억으로 인해 훼손된다. 외면하지 말자. 우리는 상대방 때문에 훼손된다. 그게 아니면 우리는 뭔가를 놓치고 있는 것이다.

버틀러의 말처럼, 우리는 통제할 수 없는 타자와의 접촉을 통해 슬픔을 겪으면서 내가 되어간다. 타자에게 상처받고 영향받으면서, 혹은 흠집 주고 영향을 미치면서 살아간다. 타자와의 접촉이 없다면 우리가 어떻게 글을 쓸 수 있으며, 어떻게 이 세계를 책임지려고 노력할 수 있을까. 어쩌면 슬픔은 타자 속에서만 존재할 수 있는 내 위치를 정확하게 알려주고, 내가 해야 할 일을 알려주는 길잡이일지 모른다.

함께 글을 쓰면서 한 계절이 지난 어느 날, D가 말했다. "글을 쓰면서 일상과 감정이 정돈됐어요. 워크숍에 오기 전까지 정말 힘들었거든요. 안개 같은 우울감에 뒤덮인 상태였어요. 그동

당신이 글을 쓰면 좋겠습니다

안 함께 쓰면서 어두운 동굴을 통과한 것 같아요. 앞으로도 계속 쓰고 싶어요." 2년이 지난 지금도 D는 꾸준히 사람들과 함께 글을 쓰고 있다.

한번은 D가 15년 전부터 채식을 시작한 이유를 더듬으며 글을 썼다.

페미니즘을 통해 자각하게 된 소수자의 사회적 위치와 차별의 작동 원리는 나의 인권 감수성을 더욱 예민하게 만든다. 장애인 문제나 성소수자 문제에 대해서 예전보다 더 관심이 가고 차별의 구도도 빨리 인식하게 되었다. 이런 배움을 동물에게까지 넓히자니 나는 거의 수도자, 수도승이 되는 기분인데 이렇게까지 피곤하게 살아야 할까, 하는 불평이 마음속에서 터져 나온다. 하지만 피곤하다는 이유로 내세울 수 있는 선택의 여유는 내가 누리는 기득권이고, 누군가에게 혹은 어느 동물에게는 숨 막히게 싸워야 할 삶의 문제인 것이다. 그걸 지금 깨달았다. 산다는 것은 매일매일 다른 존재의 불행 위를 걸어가는 것이라고.

내 주위에는 D와 같은 이야기꾼들이 있다. 이 정직한 이야기꾼들은 타자의 존재를 실감하며 자신의 취약함에 직면하기에 자주 절망하고 슬퍼한다. 그렇지만 누구보다 단단한 문장을 쓰며 우직하게 살아가는 사람들이기도 하다. 나는 앞으로도 기꺼이 슬픔에 잠기는 사람들과 함께 슬프고 싶다. 아픔을 외면하지 않는 방향으로 함께 유영하고 싶다.

자신으로 인해 슬픔을 가져야 했던 사람이 있었음을 잊지 않는 이들에게 우리는 기대를 건다.
자신의 경험을 배반하지 않는 그들/ 우리로부터 '앎'은 시작된다.

-조한혜정,《글 읽기 삶 읽기》중에서

당신이 글을 쓰면 좋겠습니다

: 정확한 사랑을 위한 15분 글쓰기

●

엄마는 글 앞에서 두 번 울었다. 쓰면서 한 번, 낭독하면서 한 번. 스무 살 이후 엄마와 한 공간에서 오래 지낸 적이 없었는데, 오랜만에 엄마와 부대끼며 지내게 되었다. 엄마가 우리집에 온지 8일째. 나는 매일 아침 엄마와 식탁에 앉아 함께 글을 쓴다. 일명 15분 글쓰기인데, 15분 동안 무엇이든 집중해서 쓰고 각자 쓴 글을 나누는 방식이다. 타이머 버튼을 누르면 엄마는 1초도 망설이지 않고 글을 쓴다. 어릴 적 내가 기억하는 모습 그대로.

희미한 기억 속에서 엄마는 요리하고 청소하고 보살피는 사람이기도 했지만, 글 쓰는 사람이기도 했다. 엄마는 식탁에서, 동생 승희와 내 책상에서, 아빠가 퇴근하기 전 거실에 쭈그려 앉아 글을 썼다. 엄마에게는 따로 노트랄 게 없어서 엄마는 주로 내가 쓰다 버린 공책이나 영수증 뒷면, 돌아다니는 종이 쪼가리에 글을 적었다. 가끔 오래된 공책에서 엄마의 동글동글 귀여운 글씨를 발견하면 판도라의 상자를 여는 것처럼 묘한 기분이 들었다. 항상 얼굴을 마주보며 대화하는 엄마가 오롯이 자신에게 집중해서 쓰는 글이라니. 엄마는 마음속에 어떤 비밀을 갖고 있을까 궁금했다. 내용은 주로 아빠와의 관계, 혼자 지내는 외할머니 걱정, 나와 승희가 자라는 모습과 관련된 것이었다.

엄마는 내게 책의 맛을 알려준 사람이기도 하다. 네 식구가 경기도에 살았을 때, 엄마는 승희와 내 손을 끌고 자주 밖으로 다녔다. 영화관, 백화점, 시장, 롯데리아, 여러 행선지를 거치고 집에 돌아가기 전 꼭 들르는 곳은 서점이었다. 엄마가 에세이 코너에서 글을 읽는 사이 승희와 나는 어린이 코너에서 동화나 만화를 구경했다. 부모님이 고른 동화책 시리즈나 과학책 시리즈, 위인전 전집이 아닌, 내 손으로 처음 책을 고른 날은 아직도 생생하다. 그날도 어김없이 나와 승희와 엄마는 외출의 마지막 코스 교보문고로 향했다. 엄마는 나에게 마음에 드는 책 두 권을 고르면 사주겠다고 말했다. 정해진 시간 내에 재빠르게 골라야 하는 미션이었다. 나는 두 가지 기준을 정했다. 표지가 예쁜 것, '어린이 추천 도서'와 같은 무슨 무슨 추천 문구가 적힌 것. 그렇게 고른 책은 《나의 라임 오렌지나무》와 《실론 섬의 나의 라비니야》였다. 이 두 책은 지금까지 나의 애정하는 책 리스트에 포함되어 있다.

글 쓰는 엄마, 책을 선물하는 엄마에 대한 기억은 그때가 전부다. 엄마와 아빠의 갈등이 날로 심해진 뒤로 내 청소년기부터 이십 대까지 엄마에 관한 기억은 눈물, 상처, 술, 위태로움으로 압축된다. 그랬던 엄마가 며칠 전 그간의 모든 고통을 안고 성큼 내 일상으로 들어왔다. 이렇게 된 데는 복잡한 이유가 있지만, 나는 엄마를 그저 받아들이기로 했다. 엄마의 휑한 정수리, 몸에 새겨진 멍과 각종 상처들, 작은 소리에도 화들짝 놀라며 몸을 떠는 엄마를 보면 내가 알지 못하는 엄마의 지난 시간이 상상돼서 마음이 시리지만.

내 마음과 달리 집에 온 이후 엄마는 내내 해맑았다. 많이 웃었고, 고맙고 안심되고 사랑한다는 말을 반복했다. 아침부터 부엌과 거실, 방을 오가며 기어코 창틀 구석까지 닦는 청소를 마치고 엄마는 샤워하고 나와 침대에 벌러덩 누웠다. 그리곤 말했다. "아, 승은아. 이런 게 사람 사는 거구나. 그래서 공간이 필요한 거구나. 이렇게 있으니까 정말 좋다. 마음이 편해."

그런 엄마가 유일하게 눈물을 보인 시간은 함께 글 쓰는 시간이었다. 이틀 전, 엄마에게 글을 써보지 않겠느냐고 묻자, 엄마는 안 그래도 새벽부터 글을 너무 쓰고 싶었다며 반가워했다. 나는 《당신이 계속 불편하면 좋겠습니다》와 세트로 나온 연보라색 노트를 엄마에게 한 권 선물했다. "엄마, 이거 내 책 글귀로 만든 노트야. 앞으로 여기에 엄마 이야기를 쓰면 좋겠어."

나와 승희는 아이패드, 엄마는 노트를 앞에 두고 거실 탁자에 둘러앉았다. 핸드폰으로 15분 타이머를 맞췄다. 내가 "시-작!"을 외치자 엄마는 연필로 사각사각 소리를 내며 거침없이 글을 썼고, 승희와 나는 자판을 두들겼다. 잘 쓰려는 강박 때문에 자주 멈칫하는 나와 다르게 엄마는 자신의 상황과 감정을 솔직하게 적어나갔다. 글을 쓰면서 엄마가 훌쩍이는 소리를 들었지만, 애써 못 들은 척했다. 엄마가 방해받지 않고 자신의 시간에 깊이 빠지길 바랐기 때문이다.

15분이 지나고 우리는 한 명씩 자신이 쓴 글을 읽었다. 승희와 내 글을 낭독하고 이제 엄마 차례가 됐는데, 엄마는 첫 문장을 다 읽기도 전에 눈물을 펑펑 흘렸다. "나 왜 눈물이 나지? 아이고, 왜 이러지." 엄마는 자신이 왜 우는지 모르겠다며 당황했다. 엄마의 첫 문장은 이렇게 시작했다. "31년, 결혼하고 이혼하고 애들 아빠와 다시 합치고. 내가 어디로 흘러가는지 모르는 시간이었다." 내 나이 서른하나. 엄마의 혼란의 시간 서른한 해. 쓸거리는 잔뜩인데 주어진 시간은 짧아서 엄마는 아픔을 자주 뭉

당신이 글을 쓰면 좋겠습니다

뚱그려서 표현했지만, 자신에게 어떤 일이 있었는지 지금의 감정은 어떤지 솔직하게 썼다.

다음 날도, 그다음 날도 나는 엄마에게 글을 쓰자고 제안했고, 엄마는 그때마다 빼지 않고 글을 썼다. 그리고 두 번씩 울었다. 쓰면서 한 번, 읽으면서 한 번. 또 글을 읽으면서 눈물을 뚝뚝 흘리던 엄마는 나에게 물었다. "나 대체 왜 이렇게 우는 거야? 나 어디 이상한 거 아닐까? 너무 이상해……." 나는 답했다. "엄마, 나 요즘 글쓰기 수업 진행하잖아. 그때마다 우는 사람 정말 많아. 사람들이 각자의 상처를 안고 워크숍에 오는 거 같아. 상처를 마주하는 시간이 버겁게 느껴지고, 내 글을 들어줄 사람이 있어서 고마운 마음도 있고, 또 글쓰기는 내가 나 자신을 돌보는 과정이기도 하니까 스스로 위로받아서 그렇지 않을까. 그러니까 엄마가 이상한 게 아니야. 힘든데 눈물이 안 나면 이상하잖아. 더 울어도 돼."

엄마처럼, 나도 글 앞에서 매번 우는 사람이었다. 아빠에게 맞는 엄마를 떠올리면서 한 번, 승희와 무기력하게 벌벌 떨고 있던 기억에 한 번, 어린 시절 아빠 역시 가정폭력의 피해자였다는 사실에 한 번. 무수한 한 번들을 통과한 나는 이제 어떤 이야기를 써도 웬만해선 눈물이 나오지 않는다. 지난 시간 울면서 꺼낸 단어들이 이야기가 되어, 그 이야기가 과거의 나를 위로해주었기 때문이다. 나는 나에게 위로받는 시간을 충분히 거쳤다.

7일째 아침, 처음으로 엄마가 울지 않고 글을 읽었다. 엄마도 나도 놀랐다. 우리는 함께 글을 쓰면서 두 번 위로받았다. 쓰면서 자신에게 한 번, 내 글을 들어주는 상대에게 한 번. 감당하기 어려운 고통에 잠식될 때, 누구에게도 기댈 수 없고 아무도 이해하지 못할 것 같을 때, 15분이라는 짧은 시간의 글 나눔은 백 마디의 말이나 부딪치는 소주잔보다 더 큰 위로가 될 수 있다. 나와 엄마도 평소에는 성격 차이로 부딪치기도 하지만, 함께 쓰는 순간에는 울고 웃으며 미처 표현하지 못한 서로의 속내를 쓰다듬을 수 있었다. 글이라는 게 말로 대체할 수 없는 또 다른 방식의 소통이라는 걸 몸으로 깨닫는 시간이다.

엄마와 마주 앉아 글 쓰는 아침이 앞으로 얼마나 남았을지 모르겠다. 그래도 엄마에게 번듯한 새 노트가 생겼고, 편안하게 자신에게 집중할 수 있는 공간과 시간이 생겼고, 든든한 글쓰기 안내자 두 딸도 있으니까, 내 예상보다 오래 이 시간이 이어지지 않을까 싶다. 엄마가 나에게 이야기의 세계를 안내해준 것처럼, 나도 엄마에게 자신의 이야기로 뚜벅뚜벅 걸어들어 가는 길을 안내하고 싶다. 자신의 이야기로 들어갈 수 있게 도와주는 안내자. 적고 보니 꽤 근사한 방식의 사랑이다.

엄마가 처음으로 울지 않고 15분 동안 쓰고 읽은 글.

당신이 글을 쓰면 좋겠습니다

위층에서 책을 읽는데 반가운 승은이 목소리가 난다. "엄마!" 이 소리에 책을 들고 내려왔다. 새벽부터 무채를 썰고 싶었는데 시끄러워 애들이 깰까 봐 도마에 남겨뒀던 무를 마저 썰었다. 고춧가루와 액젓을 버무려 채김치를 만들었다. 모두가 함께 둘러앉은 자리에서 또 맛있게 먹는다. 지민, 진주, 승은과 함께 대화하는데 모두가 제각기 삶의 무게가 느껴진다. 울 승희도 막 깨어났다. 진주가 승희를 위해 밥을 안쳤다. 생각해주는 작지만 귀하고 예쁜 마음이 내게 느껴진다. 현실, 돈, 관계…… 여러 형태의 일로 다들 힘들다. 이야기를 나눈다. 지금 이 시간이 얼마나 소중하고 귀한지 글쓰기를 통해 알아나간다. 서로의 맘을 알아가고 이해할 수 있기에…… 아주 좋은 시간인 것 같다.

새삼 사람이 살아가는 일에 대해 다시 깊게 생각하게 된다. 참, 나는 어떻게 살았을까. 그저 세상은 예쁘고 아름다울 거라고 믿었다. 사람이 그저 좋다고 믿어왔는데…… (물론 지금도 그렇지만 말이다.) 그렇지만 조금 무섭다. 여러 가지 사건 사고를 접할 때면 세상에 아픈 사람이 얼마나 많고 다들 아프고 힘든지. 베일에 싸여 지금도 아프고 힘들 사람이 얼마나 많을지 생각하게 된다. 왜 사람들은 그 사람을 볼 때 원인과 과정 없이 결과만 볼까. 늘 겪으면서 느끼며 화나는 부분이다. 그래. 세상은 나 혼자 사는 게 아니니까 어느 누군가에게 힘이 된다면, 함께 사는 길을 찾아가고 싶다. 그래. 천천히.

지금 이 시간이 편안하고 소중하다. 나를 볼 수 있으니까.

2018년 겨울, 달걀부리 마을에서

당신이 글을 쓰면 좋겠습니다

타인의 고통에
다가가는 글

: 멈칫하는 태도가 필요한 순간

언어는 거울이면서 거짓이다. 삶을 비추기도 하지만, 삶을 비틀기도 한다.
삶과 조응하기도 하지만, 삶을 조롱하기도 한다.

-이문영 《웅크린 말들》 중에서

●

거리에 떨어진 은행잎이 눅눅하게 말라가던 2016년 가을,
나는 춘천 인문학카페에서 글쓰기 수업을 진행하고 있었다. 그
날 발표는 건빵의 차례였다. 건빵은 오랜 투병 생활을 하다가 돌
아가신 어머니의 이야기를 글로 옮겼다. 건빵의 어머니가 마지
막으로 남긴 편지에는 익숙한 당부가 적혀 있었다. "냉장고에 있
는 샌드위치 꼭 챙겨 먹어." 편지를 읽는 순간 건빵은 일상의 지
축이 크게 흔들렸다고 고백했다. 친근한 말과 낯선 부재. 그 간
극에서 모두가 건빵과 같은 흔들림을 느꼈다.

워크숍이 끝난 밤에 나는 책상 앞에 앉아 후기를 남겼다. 타
자를 치는 손가락은 이미 감상에 젖어 있었다. 건빵과 그의 어

머니의 고통에 공감하며 글을 썼다. 글의 마지막 부분에는 이런 문장을 남겼다. "일상에 지진처럼 낯선 자극을 준 시간이었다." SNS에 글을 공유하고 얼마 안 돼서 가까운 동료 가피에게 메시지가 왔다.

"언니, 글 잘 읽었어요. 글이 정말 좋은데⋯⋯, 언니 글에 '지진 같다'는 표현이 많더라고요. 제가 요즘 경주에서 일어나는 지진을 가슴 아프게 봐서 그런지 언니의 글을 읽으면서 멈칫멈칫했어요. 지금도 지진으로 고통받는 사람들이 있는데, 우리가 춘천에 있어서 그 고통을 멀리 생각하는 게 아닐까 싶기도 하고요. 혹시 그 부분을 수정하면 어떨까요?"

메시지를 읽자마자 얼굴이 화끈거렸다. 가피의 말처럼 당시는 경주에서 규모 5.8의 지진이 일어난 지 얼마 안 된 시기였다. 전국적으로 땅이 흔들릴 정도로 큰 강도의 지진이었다. 부상자가 200명이 넘는다는 기사를 보면서 잠시 마음이 쓰였는데, 내 걱정은 딱 그 정도에서 그쳤다. 나에게 지진은 누군가 다리를 떠는 정도의 흔들림으로 느껴졌을 뿐이니까. 타인의 고통에 공감하며 글을 쓴다고 한껏 도취되어 있었지만, 결국 나는 타인의 고통과 거리를 두고 있었다. 내가 남긴 짧은 감상이 그 증거였다. 바로 글을 수정했어도 부끄러움은 두고두고 마음에 남았다.

경주 지진이 있고 딱 1년이 조금 넘은 시점인 2017년 11월

당신이 글을 쓰면 좋겠습니다

포항에서 규모 5.4의 지진이 발생했다. 그날 포항에 있던 나는 처음으로 땅과 건물이 흔들리고 집안 가구가 마음대로 움직이는 모습을 목격했다. 정확하게 말하면, 경험했다. 부엌에 있던 냉장고가 거실로 미끄러졌고, 책장에서 책이 쏟아졌고, 꽃병이 떨어져 바닥은 유리 조각으로 가득했다. 놀란 개들은 유리 조각을 피해 뛰며 쉬지 않고 짖었고, 건물 벽에는 균열이 생겨서 바닥에 시멘트 가루가 쌓였다. 나는 멍멍이들과 몇 가지 소지품만 챙겨서 집을 나왔다. 건물이 없는 공터에 시민들이 모여들었고, 우리는 밤새 덜덜 떨며 더는 여진이 없길 기다리는 수밖에 없었다. 인명 피해만 100여 명이었고, 이재민 1,500여 명이 발생한 재난이었다. 도시는 아비규환이었다.

그때부터 은유적인 표현을 쓸 때마다 손가락이 멈칫했다. 전달력을 높이기 위해 은유적인 표현은 필요했지만, 내 글이 누군가의 고통을 간편하게 밟고 쓰인 건 아닌지 성찰하는 태도 역시 필요했다. '고아처럼 쓸쓸했다, 처녀의 입술처럼 빨간 앵두, 과부처럼 농염한 단풍'과 같은 표현은 좋은 표현이라고 보기 어렵다. 간혹 페미니즘 이슈에서도 '나는 창녀처럼 강간당했다, 여성이 애 낳는 젖소입니까, 우리는 창녀가 아니다'라는 식의 구호를 쓸 때가 있다. 성노동 여성과 비인간 동물로부터 확실하게 거리를 두고 외치는 구호는 어떤 의미를 가질 수 있을까. 또 다른 폭력을 수긍하는 것 이상의 의미를 가질 수 있을까? 궁금하다. 배제하지 않는 구호, 여러 개의 팔로 모든 존재를 끌어안는 언어는 어떻게 가능할지.

포항 지진이 있고 얼마 뒤, 보수 기독교에서는 종교계에 과세하니까 포항에서 지진이 났다는 얘기를 퍼뜨렸다. 한 목사는 "하나님을 건드릴 때, 국가에 위기가 바로 다가오는 거다. 그걸 체감해야 한다"고 핏대를 세우며 설교했다. 재난으로 집이 무너지고 생명의 위협을 느끼는 사람들 앞에서 재난 피해를 교훈이랍시고 떠드는 사람들에게 환멸감을 감출 수 없었다.

후쿠시마 원전 사태로 죽어간 이들을 애도하는 글쓰기에 대해 사사키 아타루는 말했다.

우리는 당사자는 아닙니다. 여러분은 오늘, 지금 이 자리에 계십니다. 그 말은 죽지 않았다는 의미입니다. 어쩌면 집도 가족도 잃지 않았겠죠. […] 그러므로 제 안의 무엇인가는 제가 섣불리 대변해서 말하는 것, '그녀들 그들'과 자신을 안이하게 동일시하고 감상에 젖어 '설교'하는 일을 강하게 거부합니다. 사망자, 이재민을 어떻게 '이용'하지 않고, 그러나 압도적인 이 현실에 소설로써 응답할 수 있을까요.

당신이 글을 쓰면 좋겠습니다

사망자나 이재민을 이용하지 말고, 안이하게 동일시하거나 감상에 젖어 설교하지 말라는 사사키 아타루의 말은 타인의 고통에 접근하는 가장 기본적이면서도 절실한 윤리였다.

글은 자신을 비추는 거울이다. 그 점이 나는 두렵다. 혼자 쓰고 읽는 일기와는 다르게 타인에게 글이 읽히면 내 한계가 투명하게 드러나기 때문이다. 가감 없이 드러나는 내 인식의 한계를 접할 때마다 멈칫하고, 내가 쉽게 타인의 고통을 글의 기폭제로 이용할까 봐 긴장한다. 때로 글은 삶을 쉽게 왜곡하고, 비틀고, 조롱하니까. 언어의 한계를 인정하면서 한계를 폭로하고 해체하는 글쓰기는 가능할까.

사라 아메드는 정의를 위해 싸운다고 해서 우리 자신이 정의로우리라는 보장은 없다며 망설여야 할 필요성을 강조한다. 촘촘하게 차별로 연결된 고통을 드러내기 위해서는 조금 더 촘촘하게 사유하고 망설이는 태도가 필요하다는 것이다. 글을 쓰는 동안, 나는 쓰는 사람으로 지녀야 할 태도를 생각한다. 타인의 고통을 온전히 대변할 수 없는 내 위치의 한계 알기. 그럼에도 불구하고 연대하려는 노력을 버리지 않기. 아슬아슬한 경계에서 고통을 말하기를 두려워하지 않기. 쓸 수 없는 말을 쓰기.

글을 쓰는 동안, 나는
쓰는 사람으로 지녀야 할
태도를 생각한다.
타인의 고통을
온전히 대변할 수 없는
내 위치의 한계 알기.
그럼에도 연대하려는 노력을
버리지 않기.

풍경에서
나온 사람

: 애정의 크기만큼 섬세해진다

●

"외숙모는 외할머니한테 서운한 건 없었어요? 저는 손녀여서 괜찮았지만, 만약 외할머니가 제 시어머니였다면 힘들었을 거 같은데……."

화천의 두부 전문점에서 푸짐한 점심을 먹다가 둘째 외숙모에게 물었다. 뜬금없는 내 질문에 엄마는 "얘가"라며 눈총을 쏘았다. 외숙모는 미소를 지으며 답했다. "아니, 뭐 그런 게 없진 않았는데. 요즘에는 어머니 볼 때마다 자꾸 눈물이 나. 이제 나이도 많이 드셨고, 자꾸 나를 볼 때마다 미안하다고 하셔. 얼마 전에는 어머니가 나한테 미안하다고 하면서 또 우시는 거야. 그때 나도 눈물이 나왔지 뭐니. 같이 나이 드는 입장이니까, 점점 약

143

해지는 모습이 마음 아파." 말을 마치기도 전에 외숙모의 눈에 눈물이 그렁그렁 맺혔다.

이 글을 쓰는 지금 내 나이가 서른하나니까 기억하지 못하는 순간까지 합치면 외숙모를 안 지 딱 31년이 되었다. 그 긴 시간 동안 나는 외숙모를 단편적으로만 기억했다. 명절마다 외가에 가면 항상 있는 사람, 부엌에서 요리하는 사람, 도시에 사는 다른 가족들과 함께 있으면 어딘지 이질감이 느껴지는 사람, 시끌벅적한 다른 가족들 사이에서 비교적 말이 없던 사람. 몇 가지 장면으로 기억하는 외숙모는 내게 별다를 것 없는 가족의 풍경이었고, 시골의 풍경이기도 했다. 딱히 다른 질문이 필요 없는, 원래 그곳에 있는 사람. 그런 외숙모에게 '건강하세요? 잘 지내시지요?'와 같은 형식적인 인사가 아닌 질문을 던진 건 이번이 처음이었다.

호기심이 발동한 나는 외숙모에게 평생 하지 않았던 질문을 건넸다. 외숙모는 쭉 원천에서 사신 거예요? 계속 농사일을 하셨어요? 외숙모는 외삼촌과 언제 결혼하셨어요? 외삼촌하고 대화 많이 하세요? 어떻게 오랜 시간 동안 그렇게 잘 지낼 수 있어요? 옆에 있던 엄마도 호기심이 생겼는지 어느새 외숙모의 말을 경청하고 있었다. 내가 질문할 때마다 외숙모의 입에서는 막힘없이 술술 대답이 나왔다. 외숙모의 부모님이 쭉 사과 농사를 지으셨기 때문에 결혼한 뒤에도 쭉 외삼촌의 농삿일을 도왔고, 시간이 나면 주로 산나물을 캐러 다녔다고. 외삼촌과는 스물세 살에 결혼해서 40년 넘게 살고 있는데, 지금도 누가 조금이라도 아프면 서로 안마해주면서 애틋한 마음으로 살고 있다고 했다. 오래 함께 살아가려면 서로의 상태를 살펴가면서 적절히 거리를 두는 태도가 중요하다는 말씀도 덧붙였다.

"외숙모, 저희 엄마가 육 남매 중에 막내긴 해도 외숙모한테는 시누이잖아요. 엄마가 텃세 부리거나 시집살이 시킨 건 없었어요?"

내가 웃으면서 물어보자 엄마는 억울하다는 표정으로 "아니야, 내가 언니한테 얼마나 잘했는데!"라고 항변했다. 외숙모는 정말이라고, 엄마는 언제나 자신에게 잘해줬다며 손사래를 쳤지만, 엄마 앞이라서 그럴지도 모른다고 나는 생각했다. 상상해보았다. 불같은 외할머니 성격과 꼭 빼닮은 엄마가 시누이라면……. 나는 엄마를 엄마로 만나서 다행이다.

막힘없이 대답하던 외숙모가 잠시 망설이던 순간이 있었으니, 그건 바로 아빠에 대한 질문을 들었을 때였다. "외숙모, 저희 아빠 처음 봤을 때 인상 어땠어요? 엄마가 결혼할 사람이라고 데려왔을 때요." 질문을 듣자마자 외숙모의 동공이 흔들렸다. 외숙모는 "사실, 내가 이런 말 하면 안 되지만, 다 지난 일이니까 말하자면……" 같은 사족을 계속 붙이다가 말을 이었다. "사람이 인상이라는 게 있잖아? 음…… 너희 아빠를 처음 봤을 때 조금 사람이…… 여우? 능구렁이? 같아 보였다고 해야 하나." 외숙모의 말을 듣자마자 그 자리에 있던 엄마, 외삼촌 모두가 크흑흑 대며 웃었다. 유독 큰 웃음소리의 주인공은 당연히 엄마였다. 옆에 있던 외삼촌도 한마디 거들었다. "나는 처음 네 아빠 봤을 때 순수하고 순진하게 봤어. 처음에는 말이야. 그런데 사람이 그렇게 불같을 줄 누가 알았나……."

쉴 틈 없이 즐거웠던 점심시간이 지났다. 다른 일 때문에 춘천에 갔다가 잠시 화천에 들린 거여서 점심만 먹고 헤어지는 일정이었는데, 그날따라 유난히 외숙모가 아쉬운 기색을 보였다. "이렇게 빨리 가니. 또 언제 만난담. 정말 꿈처럼 가버리는구나. 자주 와, 승은아." 외숙모는 엄마보다 더 아쉬워했다. 그리고 나도 처음으로, 이대로 헤어지는 게 진심으로 아쉬웠다. 외숙모에게 아직 듣고 싶은 말이 가득했기 때문이다. 산나물은 주로 어떤 걸 캐는지, 쭉 시골에서 살면서 떠나고 싶었던 적은 없었는지, 시골에서의 삶은 어떤지, 외숙모가 즐겨보는 드라마는 뭔지 이것저것 질문하고 싶은 게 많았는데. 과업을 수행하듯 외가에 들려 출석체크하고 떠나던 전과는 확실히 달랐다.

외숙모를 외숙모가 아닌 한 명의 사람으로, 딸로, 아내로, 엄마로, 동서로, 며느리로, 농부로 만나는 건 이번이 처음이었다. 아마 31년 전에도, 10년 전에도, 지금도 외숙모는 '외숙모'로만 존재하지 않았을 텐데. 그저 질문 하나 다르게 던졌을 뿐인데, 한 존재가 풍경에서 쑥 튀어나왔다. 나와 대화하고, 손잡고, 안을 수 있는 존재로.

누군가를 풍경의 배경으로 여기는 것만큼 고유성을 지워버리는 간편한 방식은 없다. 글에 생기가 줄고 관점이 지루하게 느껴질 때면 나는 먼저 내 애정을 의심한다. 눈앞의 존재를 고정된 물체로 인식하고 있지 않은지 묻는다. 《쓰레기 고서들의 반란》에서 장유승은 말했다. "특별한 존재와 평범한 존재를 판가름하는 기준은 존재 자체의 가치가 아니라 관계다. 남에게는 평범한 존재가 내게는 특별한 존재가 될 수 있는 이유는 그 존재가 나와 맺고 있는 관계 때문이다. 평범한 존재는 나와 관계를 맺음으로써 특별해진다."

쓰는 사람은 '특별하게 관계 맺는 사람'과 같은 말 아닐까. 누군가를 다양한 각도에서 보는 일, 관성적인 질문이 아닌 다른 질문을 던지는 일, 애정 어린 관심을 갖는 일. 존재를 다각도로 볼 수 있을 때, 글에도 숨이 붙는다. 아마도 내 애정의 크기만큼.

가만히
잊힌 방에 앉아

: 사라진 이야기에 귀 기울이기

●

"언니네 집안에 한을 품은 귀신이 있네. 엄마 쪽에 말이야. 그 언니의 한을 풀어줘야 해."

신년 운세를 보러 갔다가 무속인에게 한을 풀라는 말을 들었다. 이전에도 다른 점집에서 몇 번 같은 말을 들은 적이 있다. 점집의 단골 멘트인가 싶어 한 귀로 흘려듣곤 했는데, 이번에는 달랐다. 바로 '그 방'이 떠올랐기 때문이다.

시골 할머니 집은 'ㄷ'자 모양으로 생겼다. 한 직선에는 화장실, 부엌, 안방이 있고, 가운데 직선에는 마루와 방 두 개, 나머지 직선에는 사랑채가 있다. 명절 때 할머니 집에 가면 우리 가족은 주로 가운데 직선의 끝 방에서 머물렀다. 우리가 머물던 방 바로 옆에는 비밀의 방이 있었다. 그 방은 대체로 문이 잠겨 있었는데, 가끔 호기심에 문틈으로 안을 보면 온갖 짐 더미와 어둠이 가득했다. 어른들은 쥐덫을 설치했으니 그 방에는 들어가지 말라고 주의를 주었다.

밝고 복작복작한 집 안에 외딴 섬처럼 떨어진 낯선 방. 어두움이나 쥐보다 나를 떨게 만든 건 희미하게 기억하는 어떤 이야기였다. "옛날에 거기에서 목매달고 자살한 사람이 있대." 언젠가 친척 어른들의 대화를 엿들은 사촌이 들려준 말이다. 그 뒤로 그 방을 지나칠 때마다 어둠 속에서 나를 쳐다보는 눈동자를 의식하며 애써 담담한 척 걸음을 옮겼다. 방의 비밀을 확인하게 된 건 불과 몇 년 전이다. 어느 여름, 할머니 집 마루에서 엄마와 옥수수를 먹다가 불쑥 물었다. "엄마, 이 집에서 누가 자살한 적 있어?" 엄마는 조금 놀란 기색을 보이다가 입을 뗐다. "있었지. 혜자(가명) 언니, 좋은 언니였는데……."

엄마는 육 남매 중 막내다. 그런데 사실은 육 남매가 아니라 칠 남매였다고 한다. 엄마에게는 언니가 한 명 더 있었다. 엄마의 첫마디는 언니가 무척 따뜻하고 좋은 사람이었다는 말이었다. 옛날, 엄마의 착한 혜자 언니는 한 남자를 사랑하게 되었고 얼마 지나지 않아 임신을 하게 되었다. 언니는 결혼을 서둘러달라고 부모님에게 부탁했지만, 부모님은 오빠들이 결혼하기 전에 먼저 시집가서는 안 된다고 거절했다. 얼마 뒤 가족들은 방에서 목매단 채 죽은 언니를 발견했다. 엄마는 그 모습을 보진 못했지만, 그날 이후 엄마에게도 그 방은 금기의 방이 되었다고 했다. 가족들 사이에서도 혜자 언니의 죽음을 쉬쉬하는 분위기였다고. 혜자 이모는 분명히 존재했지만 내가 묻지 않았다면 영원히 알지 못했을 사람이었다.

엄마에게 이야기를 전해 들은 스무 살 무렵, 나는 정말 그 방에서 사람이 죽었다는 사실에 놀랐다. 나를 섬뜩하게 만든 이야기의 주인공이 얼굴 한 번 본 적 없는 이모였다니. 하지만 언제나처럼 나는 할머니 집에 잠시 머물다 도시로 떠났고, 혜자 이모의 이야기도 나에게 잠시 머물다 떠났다. 80년대 여성에게 혼전임신이란 어떤 무게였을지, 이모에게 임신중단수술이나 다른 선택지가 있었을지, 무엇이 이모를 죽음으로 떠밀었는지 더 고민하지 않았다. 그 시대, 그 방과 물리적으로 떨어진 나는 쉽게 그 방을 잊을 수 있을 것만 같았다.

막내딸이었던 엄마는 무럭무럭 자라 스무 살에 한 군인을 만나 시집을 갔다. 한 번 몸을 준 남자와 무조건 결혼해야 한다고 교육받아왔던 엄마는 아빠에게 '몸을 준' 밤 이후 결혼을 서둘렀다. 결혼한 해에 내가 태어났고, 2년 뒤 동생이 세상에 나왔다. 나는 어릴 때부터 엄마에게 아이를 낳을 때 어땠냐고 묻곤 했고,

그럼 엄마는 기다렸다는 듯 생생하게 그 순간을 들려줬다. 군인이었던 아빠가 부산에 있어서 엄마 혼자 외롭게 나를 낳았다는 이야기, 나를 낳고도 한 달 동안 아빠가 찾아오지 않자 놀란 외할아버지가 바람난 거 아니냐며 엄마와 나를 서둘러 부산까지 택시 태워 보냈다는 이야기, 둘째 승희를 낳을 때도 아빠는 곁에 없었다는 이야기, 함께 산부인과에 갔던 외할머니가 둘째도 딸이라는 걸 알고서 엄마를 두고 휙 돌아서 가버렸다는 이야기, 엄마는 갈비탕이 무척 먹고 싶었는데 가버린 자신의 엄마가 너무 야속하게 느껴졌다는 이야기.

여아 낙태가 빈번하게 이뤄졌던 88년, 90년에 우리 자매는 엄마의 설움을 먹고 태어났다. 용띠와 백말띠의 여자는 드세다고 임신중단수술이 조장되던 시기였다. 그렇게 태어난 나는 자연스레 외가 '가족'에 포함되었다. 적어도 엄마가 이혼하기 전까지는 그랬다. 이혼 후 알코올중독이 심해지면서부터 엄마는 착한 막내딸이 아닌, 집안의 수치로 여겨졌다. 엄마의 자식인 나와 동생도 그들에게서 튕겨 나왔다. 우리는 어느새 불쌍하고 위험한 '그것'이 되어 있었다.

영화 〈사바하〉에는 어릴 적 내 기억 속 방과 닮은 음습한 방이 나온다. 그 방에는 오물을 뒤집어 쓴, 손가락이 여섯 개인 아이가 갇혀 있다. 태어나자마자 '그것' 혹은 '악마'라는 이름표를 달고 사회에서 격리된 아이는 비명과 울음소리만 낼 뿐 스스로 말하지 못한다. 가족들은 매일 밤마다 악마로부터 자신을 지켜달라며 기도한다. 가족의 방언에 아이의 울음소리는 묻힌다. 영화의 끝부분, 자기를 죽이러 온 남자에게 아이는 말한다. "나는 네가 피를 흘리고 있을 때 옆에서 눈물을 흘리는 자이다." 알고 보니 '그것'은 악마가 아니라 신이었다. 그는 밤마다 다른 이의 고통과 죽음에 아파하며 함께 울고 있었다. 한순간 '그것'을 향한 공포가 사라지고 가족들의 방언이 공포가 되었다. 그는 왜 오랜 시간 없는 존재였어야 했는지, 타인의 무지와 까닭 없는 두려움이 섬뜩했다.

버지니아 울프의 《자기만의 방》에도 '그것'이 존재한다. 울프는 이름 모르는 그것에 이름을 붙인다. 셰익스피어의 누이, 셰익스피어만큼 재능 있는 사람, 임시 이름은 주디스. 울프는 상상한다. 만약 주디스가 셰익스피어처럼 문법학교에 다니면서 문법과 논리학, 라틴어를 배우고, 자연에서 마음껏 뛰어다닐 수 있고, 주어진 세계에서 이탈해 런던으로 떠나 그곳에서 연극 생활을 시작하며 많은 사람을 만나고 각종 기술을 배울 수 있었다면, 재능을 키울 시간과 공간의 기회가 주어졌더라면 어땠을까. 주디스도 셰익스피어처럼 선술집에서 저녁을 먹거나 한밤중에 길거리를 배회하거나 연극 무대에 오를 수 있었을까. 왜 그녀는 이른 나이에 죽어서 아무도 기억하지 못하는 교차로에 조용히 묻혀야 했는지, 왜 마녀, 악마에 사로잡힌 여자로 사라져야 했는지, 왜 스스로 말하지 못했는지 묻는다. 울프는 책의 마지막 부분에서 다시 '주디스'를 부른다.

이제 나의 신념은 글 한 줄 쓰지 못한 채 교차로에 묻힌 이 시인 (주디스)이 아직 살아 있다는 것입니다. 그녀는 여러분 속에 그리고 내 속에, 또 오늘 밤 설거지하고 아이들을 재우느라 이곳에 오지 못한 많은 여성들 속에 살아 있습니다. [...] 우리가 앞으로 백 년 정도 살게 되고 각자가 연간 500파운드와 자기만의 방을 가진다면, 그리고 우리가 스스로 생각하는 것을 정확하게 표현할 수 있는 용기와 자유의 습성을 가지게 된다면, 우리가 공동의 거실에서 조금 탈출하여 인간을 서로에 대한 관계만이 아니라 리얼리티와 관련하여 본다면, 그리고 하늘이건 나무이건 그 밖의 무엇이건 간에 사물 그 자체로 보게 된다면, 아무도 시야를 가로막아서는 안 되므로 밀턴의 악귀를 넘어서서 볼 수 있다면, 매달릴 팔이 없으므로 홀로 나아가야 하고 남자와 여자의 세계만이 아니라 리얼리티의 세계와 관련을 맺고 있다는 사실을 직시한다면, 그때에 그 기회가 도래하고 셰익스피어의 누이였던 그 죽은 시인이 종종 스스로 내던졌던 육체를 걸치게 될 것입니다.

울프는 '주디스'를 기억하고 나는 '그 방'과 혜자 이모를 기억한다. 내가 혜자 이모를 기억하는 건 우리가 태어날 때부터 환영받지 못한, 삐걱거리는 경험을 공유한 존재이기 때문일지 모른다. 화목하고 밝은 집 안에 자리한 이질적인 방, 누가 열어보지 못하도록 꼭 잠겨 있던 방, 충분히 애도되지 못한 죽음이 잠든 방. 그 방에는 엄마가 있고, 혜자 이모가 있고, 주디스가 있다. 가만히 밀려난 존재들이 잠들어 있다.

나는 어릴 때부터 부동산이나 돈을 소재로 하는 가족들의 지루한 대화보다 그 방에서 일어났던 이야기에 관심이 갔다. 중력처럼 나를 끌어당기던 이야기들. 나에게 쓰는 일은 버려진 어두운 방에 머무는 일과 같다. '그것'이 잠든 방 중에 나와 무관한 방이 있을까. 우리와 무관한 방이 있을까. 나는 여전히 그 방에 머물며 조용히 사라진 이야기에 귀 기울인다. 내가 할 수 있는 말, 쓸 수 있는 글은 가만히 잊히는 존재를 기어코 기억해내는 글이라고 마음에 꾹꾹 담으면서.

당신이 글을 쓰면 좋겠습니다

●

　우주의 전 직장은 어느 대학의 연구소였다. 여느 직장 생활이 그렇듯 우주를 가장 힘들게 한 건 사람이었다. 우주의 직장 동료 M은 사십 대 초반으로 우주와 나이 차이가 크게 나지 않았지만, 인식 차이가 워낙 커서 어쩌다가 대화를 나누면 꼭 날 선 말을 뱉게 된다고 했다. 가령 이런 일들. 학교에서 진행한 인권 감수성 프로그램 만족도를 조사했는데, 여학생보다 남학생의 만족도가 훨씬 높게 나왔다. 우주는 의외의 결과라고 생각해서 이유를 고민했다. 그 모습을 본 M은 프로그램에 남학생보다 여학생 수가 훨씬 많았으니 남학생들이 좋아할 수밖에 없는 거 아니냐고, 연구원은 그렇게 단순한 것도 모르느냐고 훈계했다. 우주는 오히려 M이 단순하게 생각하는 거라고 따졌고, 둘은 더욱 서먹한 사이가 되었다.

우주와 밤 산책을 하다가 M과 있었던 최신 일화를 들었다. 학교에서 M과 함께 길을 걷는데, 치마를 입고 담배를 피우는 학생을 보고 M이 "쟤네는 무슨 생각으로 저러는 건지, 원"이라며 혀를 끌끌 찼다고 한다. 우주는 M과 불편해지면 일상이 고달파지기에 웬만하면 참으려고 했는데, 결국 참지 못하고 따졌다.

"담배 피우는 게 뭐 어때서요? 선생님도 담배 피우잖아요."

"그럼 선생님은 괜찮아요? 선생님 여자 친구가 담배 피운다고 생각해봐요."

우주의 말에 M은 '너희 엄마가 그렇다고 생각해봐', '네 딸이 그랬다면', '네 애인이었다면' 화법을 구사했다. 우주가 "저는 비흡연자인데, 제 애인은 예전부터 담배 피우는데요?"라고 대꾸하자 잠시 침묵이 흘렀다.

"여자 친구가 무슨 일 하는데요?"

침묵을 깨고 M이 물었다. 이게 무슨 맥락인가 싶어 어리둥절해진 우주는 애인이 글을 쓴다고 답했다. 그러자 M이 말했다. "아, 예술가면 그럴 수 있지요. 글 쓰는 사람은 워낙 자유로운 사람이니까. 그렇죠?"

M의 말을 전해 듣자마자 어이도 없고 살짝 통쾌해서 나는

당신이 글을 쓰면 좋겠습니다

웃음이 터졌다. 그리고 얼마 안 가 웃음이 뚝 그쳤다. 만약 내가 하는 일이 어린이집 교사거나 간호사, 사회복지사처럼 천사나 엄마의 이미지로 소비되는 성별화 된 직종이었다면 M은 어떻게 반응했을까.

온종일 감정노동과 육체노동에 시달리는 백화점 노동자들의 현실을 기록한 책,《백화점에는 사람이 있다》를 읽었다. 거기엔 잠깐의 휴식 시간에 스트레스 풀 방법이 주로 흡연뿐인 노동자들의 모습이 있었다. 계속 웃는 일, 사람을 상대하고 돌보는 일, 그래서 엄마나 아가씨나 천사로 불리는 일. 그런 직업은 '여성적인 것'으로 여겨지고 칭송받지만, 그만큼 쉽게 비전문적으로 취급되고 차별받는다. 게다가 고된 노동으로 인한 스트레스를 잠시나마 풀 수단까지 제약받는다. 왜 담배는 특정 성별에게만 기호 식품으로 인정받는 걸까.

생각이 뻗어가다가 대체 글 쓰는 여성은 어떻게 인식되는 걸까 궁금해졌다. 불행하고 불온한 예술가 같은 이미지이려나. 감성으로 충만한 소녀일까. 따지는 걸 즐기는 피곤한 여자의 모습일까. 아니면 비릿한 냄새가 풍기려나. 무엇을 상상하든 그 상상은 나를 담지 못할 게 분명했다. 그의 상상력은, 적어도 여성에 대한 상상력은 무척 얄팍하거나 지나치게 질퍽할 테니까.

"오랜 시간 동안 나로 하여금 글을 쓰게 한 것은 무언가가 말해질 필요가 있다는 직감이었다. 말하려고 애쓰지 않으면 아예 말해지지 않을 위험이 있는 것들. 나는 스스로 중요한, 혹은 전문적인 작가라기보다는 그저 빈 곳을 메우는 사람 정도라고 생각하고 있다."《우리가 아는 모든 언어》에서 존 버거는 자신이 거의 80년간 꾸준히 글을 쓸 수 있던 동력을 이렇게 표현한다. 빈 곳을 메우는 사람. 말해지지 않으면 보이지 않는 것을 표현하는 사람. '쓰는 사람'에 대한 여러 묘사 중 가장 마음에 닿는 표현이다.

존 버거의 말을 힌트 삼아 지금 이 글을 쓰는 이유를 정리해보았다. 하나, 견고한 고정관념으로 자리 잡은 여성의 도리를 아주 조금이라도 헐겁게 만들고 싶다. 둘, 여성에 대해 말해지지 않은, 혹은 일부러 알려고 하지 않는 빈 곳을 새끼손가락 한 마디만큼이라도 메우고 싶다.

비록 M의 생각이 글 쓰는 여성에 대한 편견에서 뻗어간 거라도 그의 세계에서 담배 피우는 여성을 이해하려고 노력한 순간은 극히 드물었을 거다. "제 애인은 원래 담배 피우는데요?"라던 우주의 당당한 대답 앞에서 멈칫하던 순간, 그 찰나의 순간에 그의 좁고 견고한 세계에 작은 균열이 생겼을까? 그가 잠시라도 당황했을 모습을 상상했다.

못된 나는 그가 이 글을 읽길 바란다. 앞으로도 계속 그가 당황할 일이 늘었으면 하니까. 내가 좁은 인식을 마주칠 때마다 당황하고 부끄러워하면서 아주 조금이라도 나은 사람이 되었듯, 그에게도 실수하고 성장할 기회가 필요하니까.

이렇게 생각하니, 어떤 면에서 나에게 쓰는 일은 현실에서 별로 가까이하고 싶지 않은 사람에게 베풀 수 있는 유일한 친절인 것 같다. 글쓰기가 내 직업이 맞나 헷갈릴 때가 많지만, 이 일을 하길 잘했다는 생각이 드는 순간은 이런 때이다.

미치지 않으면 안 될
사연 하나

: 옹호의 글쓰기

●

집에 돌아와 교복을 벗으면 엄마는 기다렸다는 듯 심부름을 시켰다. "승은아, 소주 한 병하고 디스 한 갑 좀 사다 줄래?" 그럼 나는 엄마의 간절한 눈빛을 외면하면서 일단 버텼다. 원래 심부름을 귀찮아하기도 했지만, 무엇보다 중학생 딸에게 술과 담배를 사오라는 엄마가 이해되지 않았기 때문이다. "엄마, 나 아직 학생이야. 왜 자꾸 나한테 그런 걸 시켜?" "동네 사람들이 엄마 얼굴 다 아는데 내가 어떻게 가니? 부탁 좀 할게. 엄마 정말 필요해서 그래." "내 얼굴도 다 알아보거든? 싫어, 나도 쪽팔려."

엄마의 말을 순순히 따르지 않는 날은 어김없이 엄마와 다투는 날이었다. 대부분의 다툼은 나의 항복으로 끝났다. 삶에 낙이

당신이 글을 쓰면 좋겠습니다

없어서 술이라도 마시고, 담배라도 피우고 싶은 건데 어떻게 그걸 이해해주지 않느냐고 한탄하는 엄마의 넋두리가 가슴을 콕콕 찔렀다. 그래, 엄마가 이거라도 없으면 무슨 낙이 있겠어. 나는 죄책감을 한아름 안고 투덜대며 동네 슈퍼로 향했다. 아파트 골목 사이에 있는 작은 슈퍼의 주인 아주머니는 우리 가족과 잘 아는 사이였기 때문에 나는 교복을 입고도 어려움 없이 술과 담배를 구할 수 있었다. 어느 날엔가 슈퍼 아주머니가 왜 네가 이런 걸 사가느냐고 물은 적이 있다. 나는 볼멘 얼굴로 엄마가 시켰다고 털어놓았다. 그때 아주머니는 나를 안쓰럽게 바라보면서 소리를 냈다. "쯧쯧."

구술생애사 최현숙 선생님의 강연을 들었다. 선생님의 어린 시절을 듣는데, 내 귀에 들어온 말. "초등학생 때 엄마가 저에게 일수를 시켰어요." '어떻게 엄마가 어린 딸에게 일수를 시켜?' 역시 이런 반응이 나올 법했는데, 선생님은 그 기억을 요리조리 다양하게 해석해주었다. 다섯 남매를 키우느라 경제 활동을 도맡았던 엄마가 어느 날부터 몸이 아파지면서 일수를 직접 걷지 못하는 날이 늘었고, 자신이 어릴 때부터 똑 부러지는 면이 있었기 때문인지 엄마가 믿고 그 일을 시켰다고 말이다. 어린 시절부터 돈을 알게 되면서 안 좋은 영향이 있었다고는 했지만, 선생님은 그런 기억 모두가 자신의 일부라고 끌어안고 있었다.

그 이야기에 잊고 있었던 엄마의 은밀한 심부름이 불쑥 떠오른 것이다. 강연이 끝난 밤에 나는 엄마, 담배, 술, 심부름을 곱씹었다. 엄마는 새벽 1시에도 내가 수박이 먹고 싶다고 하면 망설임 없이 30분 거리의 24시간 마트에 다녀오는 사람이었다. 아침에 내가 동태찌개가 먹고 싶다고 하면 저녁 식탁에는 꼭 동태찌개가 나왔다. 가족들이 원하는 반찬, 간식, 가구, 옷은 무엇이건 자신의 발로 돌아다니며 기어코 마련해주었다. 그런 엄마가 유일하게 스스로 사지 못했던 물건은 술과 담배였다. 만약 누군가 엄마가 내게 시킨 심부름을 들으면 역시 "쯧쯧" 소리가 나올지 모르겠다. 아마 그 시절 내가 느꼈던 감정도 쯧쯧, 정도였는지 모른다. 혀를 차는 소리 안에는 이런 말이 담겨 있겠지. '어떻게 엄마가 어린 딸에게 그런 심부름을 시켜?' 아니, 그보다는 이런 의미일지 모른다. '어떻게 엄마라는 사람이 술과 담배를 해?'

돌이켜보면, 그 시절 나는 엄마와의 싸움에서 충분히 이길 수 있었다. 방문을 걸어 잠그고 못 들은 척 안 가면 그만이었다. 끝내 투덜대며 집 밖으로 발걸음을 옮겼던 이유는 단지 등 떠밀려서가 아니라 엄마의 삶에 공감했기 때문이었다. 열네 살 나에게도 낙이 없다는 엄마의 말은 무척 설득력 있게 들렸다. 엄마는 에너지 넘치고 외향적인 사람이었다. 사람들과 어울릴 때 가장 밝게 빛나고, 무슨 일이든 다른 사람들과 함께하는 걸 좋아했다.

버스 정류장에서 만난 낯선 사람, 거리에서 나물 파는 할머니, 아파트 경비 아저씨와도 금세 친구가 되는 사람이었다. 친척들이 모인 자리에서도 분위기 메이커는 항상 엄마였다. 그런 엄마가 스무 살부터 집에서 육아와 돌봄 노동, 가사 노동으로만 시간을 보냈으니 엄마에게도 해소되지 않는 에너지를 풀 방법이 필요한 건 당연했다. 아빠는 젊고 매력적인 엄마가 잠시라도 집 밖에 나가는 걸 불안해했고, 다른 사람을 집에 초대하는 것도 싫어했다. 학교 끝나고 집에 돌아왔을 때, 어두운 방에 누워서 멍하니 천장을 바라보는 엄마의 모습을 보는 건 술 취한 엄마의 모습을 보는 것보다 더 괴로운 일이었다. 그 모습을 가까이에서 지켜봤던 나는 엄마에게 담배와 술이 작은 위안이 되길 바랐다. 주로 '어머니'의 낙은 가족을 돌보는 일이라고 하지만, 글쎄. 엄마에게 낙이 아빠나 나, 동생이길 바라는 건 모성에 대한 지나친 환상이 아닐까 싶다.

잊고 있던 기억을 꺼내준 최현숙 선생님은 강연 끝에 이런 이야기를 남겼다. "내 이야기를 쓰려고 하면 자꾸 나를 갉아먹는 느낌이 들어서……, 몇 번 쓰려고 노력하다가 그만뒀어요. 그런데 요양보호사를 하면서 만난 할머니들이 주절주절 자신이 살아온 이야기를 하는데, 그 이야기가 자꾸 내 머리채를 잡는 거예요. 이 이야기들이 묻히면 안 된다. 이분들의 이야기를 기록해야 한다. 그런 마음이 들었어요. 그때부터 글을 쓰기 시작했어요."

선생님이 글을 쓰게 된 계기를 들으면서 나는 오래전부터 갖고 있던 의문에 답이 되는 실마리가 잡히는 느낌이었다. 글을 쓰고부터 나는 자주 엄마의 이야기를 썼다. 정확하게 말하면, 쓰게 되었다. 내 삶에 영향을 미친 무수한 인연들 사이에서도 자꾸 엄마의 얼굴이 튀어나왔다. 이유가 뭘까 궁금했는데, 내가 가장 옹호하고 싶은 사람이 엄마이기 때문이지 않을까 싶다. 너무 쉽게 심판당하는 사람. 심판대 앞에서 끝내 자신의 존재를 미안해하는 사람. 온종일 어두운 방에서 멍하니 누워 있던, 스스로 담배와 술도 사러 가지 못하던, 이혼한 뒤 형제들에게도 '쯧쯧' 소리를 듣게 된 엄마의 모습이 자꾸 내 머리채를 잡는다.

그렇다고 엄마가 언제나 내가 지켜줘야 할 약한 존재는 아니었다. 내가 자라는 동안 엄마가 들려준 다양한 사람들의 이야기는 내게 타인을 입체적으로 바라볼 수 있는 조심스러운 태도를 길러주었다. 중학생 무렵, 엄마가 노래방 도우미 일을 하는 지인의 사연을 들려준 적이 있다. 이야기 끝에 엄마는 내게 당부했다. "승은아, 그곳에서 일하는 사람들 나쁜 사람들이 아니야. 똑같이 평범하고 좋은 사람들이야. 그러진 않겠지만, 절대 이상하게 보고 그러면 안 돼. 알았지?" 어떤 사람을 함부로 불쌍하게 봐서는 안 된다는 것, 학력이나 직업으로 사람을 평가해선 안 된다는 것, 타인은 항상 내 상상보다 훨씬 복잡하고 다채로운 존재라는 사실을 나는 엄마를 통해 배웠다. 그렇게 엄마가 길러준 이해의 시선이 이후에 내가 엄마를 옹호할 토대가 되었을지 엄마는 알았을까?

이성복 시인은 "모든 미친 것들에게, 미치지 않으면 안 될 사연 하나씩 찾아주는 게 시"라고 했다. 나는 그 사연 하나를 덧붙이고 싶어서, 쉽게 미쳤다고 손가락질할 수 있는 존재는 없다는 사실을 말하고 싶어서 글을 쓴다. 자신의 삶을 고구마 줄기 캐듯 이리저리 뽑아내는 최현숙 선생님처럼, 선생님이 만난 노인들, 내가 만난 엄마, 그리고 나처럼, 사람은 누구나 끝없이 이어져 나오는 고구마 줄기만큼의 이야기보따리를 안고 각자의 이유로 나름의 선택을 하며 산다.

내 이야기를 쓰려고 앉았는데, 만약 누군가의 얼굴이 자꾸 떠오른다면 그 사람의 사연이 나를 끌어당기는 것이다. 그럴 땐, 의미가 무엇이든 그 사람과 긴밀하게 연결되어 있는 내 존재를 인정하는 수밖에 없다. '혐오 시대'라는 말에 실감하며 세상에 진저리쳐질 때면 나는 글을 읽는다. 타인의 존재를 옹호하는 사람들의 글을 읽으며 다시 내 몫의 옹호를 쓴다. 엄마가 알려준 옹호의 쓰기다.

내 이야기를 쓰려고 앉았는데
만약 누군가의 얼굴이 자꾸 떠오른다면,
그 사람의 사연이
나를 끌어당기는 것이다.

얼굴을 지우는 말들

말들

: 무해한 글쓰기를 위한 고민

●

　내 친구는 젠더 퀴어genderqueer이다. 남성이나 여성이라는 성별이분법은 친구를 담을 수 없다. 친구는 목울대와 굵은 목소리를 가졌고, 하늘하늘한 원피스를 좋아하고, 중년 남성에게 로맨틱한 끌림을 느낀다. 친구와 거리를 걷고 카페에서 대화를 나눌 때면 평소에는 느끼지 못한 기류가 흐른다. 친구와 종로의 한 빈대떡집에 갔을 때다. 육십 대로 보이던 사장님은 친구를 보자마자 "남자 아니에요? 왜 남자가 치마를 입고 있어요? 왜 그래요? 참, 신기하네. 하하"라며 크게 웃었다. 친구는 익숙한 듯 "네"라고 말하고 다른 말을 더하지 않았다. 그곳에 있는 두 시간 동안 사장님은 우리 테이블을 주시하면서 종업원들에게 속닥거렸다.

"저기 좀 봐, 신기하지." 나는 성별과 옷차림이 안 어울린다는 이유로 타인에게 눈총을 받은 적이 없었기에 그 상황이 낯설었다. 비슷한 상황은 반복됐다. 친구는 길을 걷다가 느닷없이 "씨발, 뭐야"라는 욕을 들었고, 술집에서 옆 테이블 사람들에게 "무슨 남자 새끼가 저렇게 입었어"라는 비난을 듣기도 했다. 무례한 태도에 잔뜩 얼굴이 붉어진 나를 달랜 건 친구였다. 흔하게 겪는 일이니 괜찮다고 말하던 친구. 친구는 오랫동안 공황 장애와 불안 장애를 겪고 있다. 하루 두 번 약을 꼬박꼬박 챙겨 먹지만, 새벽마다 불면증에 시달린다.

부산의 작은 책방에서 시네마 토크를 진행할 때였다. 질의응답 시간에 한 청년이 울먹이는 얼굴로 손을 들었다. 자신을 젠더 퀴어라고 밝힌 청년은 공중화장실을 이용하기 힘든 건 기본이고, 병원에 가거나 휴대폰을 개통할 때도 성별을 기입하는 문화가 숨 막힌다고 했다. 성별 표지판 중 무엇에도 속하지 않는 자신의 존재가 그때마다 비정상으로 느껴진다며 갑갑한 심정을 호소했다. 그는 끝내 울음을 터뜨렸고, 꽤 오랜 시간 동안 눈물은 멈추지 않았다. 부산에서 만난 그의 눈물과 친구의 아픔을 마주한 이후 공중화장실에 붙어 있는 파란색과 빨간색의 남녀 구분 표지판이 거슬렸고, 툭하면 남녀 성별을 표기하는 각종 서류 문화가 거북하게 느껴졌다. 세상에는 오로지 두 개의 성만 있다

당신이 글을 쓰면 좋겠습니다

고 전제하는 견고한 성별 이분법에 숨이 턱턱 막혔다.

　그 무렵부터 글을 쓸 때 사람의 성별을 어떻게 표기할지, 혹은 성별을 표기하는 게 맞을지 고민하기 시작했다. '그'와 '그녀'라는 성별을 내포하는 표현부터, 옷차림이나 몸의 생김새, 목소리만 듣고 '여성', '남성'이라고 단정하는 것도 섣부르다고 느꼈다. 많은 언어는 문법적 젠더를 지니고 있다고 에슐리 마델은 말했다. 영미권에서는 'She'와 'He'가 사람을 성별로 지칭한다는 문제의식이 공유되면서 젠더 구분에서 자유로운 단수형 'They'나 'Ze'로 대명사를 사용하기도 하고, 옥스퍼드 영어사전은 남녀의 성을 가르는 'Mr', 'Mrs', 'Ms' 대신, 'Mx(믹스)'를 공식적으로 채택했다.

　언어는 누군가의 얼굴을 드러내지만, 얼굴을 지우기도 한다. 식당에서 부르는 '이모, 언니, 삼촌'과 같은 호칭도 가족, 성별 중심적 호칭이니 조심하자는 논의가 있고, '낙태'는 아이를 떨어뜨린다는 말로 어원부터 임신중단수술에 대한 가치판단이 들어가 있는 말이라 수정해야 한다. 장애우라는 표현은 당사자의 의사와 상관없이 친구로 부르는 행위이자 장애인이 스스로를 3인칭으로 부르는 꼴이 되기 때문에 '장애인'이 맞다. 습관적으로 쓰는 언어가 얼마나 차별적인지 알게 될수록 타자를 치는 손이 무거워진다.

결혼한 두 친구를 만났다. 셋이 만나면 주로 둘의 결혼, 육아, 시가에 관한 이야기를 듣는다. 그날도 어김없이 A가 입을 뗐다. "내 딸은 벌써부터 의사 표현이 확실해. 치마는 절대 안 입겠대. 바지만 입겠다고 울고불고하는 거야. 내가 어쩌겠어, 들어줘야지. 그래도 자기표현을 잘해서 좋아." 그러자 B가 말했다. "야, 너 그러다가 맘충 되는 거야. 무조건 말 다 들어주면 어떡하니? 적당히 통제도 해야지. 조심해. 맘충 되는 거 한순간이야." 경악한 나는 일단 A의 반응을 살폈고, B에게 '맘충'이라는 말을 사용하지 말라고 한마디 하려고 했다. 그런데 A가 수긍하는 표정을 지으며 "그런가? 알았어. 앞으로는 조심해야겠다"라고 말하는 게 아닌가. 원래 사소한 말도 그냥 넘어가는 법이 없는 나를 문제 삼던 친구들이었고, 바로 다른 화제로 대화가 전환되어서 찜찜하게 넘어갈 수밖에 없었다.

그날 나눈 대화를 통해서 '맘충'이라는 말이 엄마들에게 어떻게 인식되는지 알 수 있었다. 친구들은 '맘충'이 될까 봐 두려워했다. '맘충'이라는 말은 '저렇게 되면 안 된다'는 경각심을 심어주는 언어로 보였다. 여기까지 생각이 이르자 비슷한 경험이 떠올랐다. 이십 대 중반, 같은 대학을 나온 동기들이 취직한 지 얼마 안 된 때다. 오랜만에 만난 친구들은 할부로 샀다며 고가의 명품 가방을 어깨에 메고 나타났다. 당시 나는 명품의 'ㅁ'자도 모르는 사람이었고, 명품에 대한 이상한 반감도 있던 터라 친구들이 들고 나온 명품 백이 거슬렸다. 기어코 나는 친구들에게 한마디 했다. "월급이 얼마나 된다고 명품 백을 샀어? 그 돈으로 만원짜리 가방을 몇 개 사겠다. 우리가 무슨 된장녀도 아니고." 친구들은 머쓱한 표정을 지으며 이 가방을 평생 들고 다닐 거라고 다짐하듯 말했다.

내 안에 막연하게 자리 잡은 안개 같은 두려움, '된장녀가 되면 안 된다'는 거부감은 비난으로 이어졌다. 내 인식의 기원에는 소비하는 여성을 '된장녀'로 멸시하는 시대의 주술이 녹아 있었다. 나는 '된장녀'의 표본이라고 알려진 이른바 '별다방', 명품 백, 명품 화장품을 극도로 피했다. 보세와 로드샵 화장품, 프랜차이즈가 아닌 개인 카페를 이용하는 나를 자랑스럽게 여기기도 했다. 자본의 논리를 따르지 않고, 개념 있게 소비하는 거라고 믿었기 때문이다. 부끄러운 기억이다.

다시 앞의 이야기로 돌아가서, 친구들에게 '맘충'이라는 말을 들은 얼마 후부터 '노키즈존(어린이 출입금지 구역)'에 대한 사회적 논의에 관심을 가지게 되었다. 연령에 따라 출입을 제한하는 차별을 없애야 한다는 문제의식이 공유되었고, 대부분의 진상 손님은 중년 남성인데 왜 중년 남성은 제한하지 않느냐는 문제 제기로까지 이어졌다. 내 경험으로도 종업원에게 반말하고,

돈을 던지듯 건네고, 큰 소리로 통화하며 민폐를 끼치는 사람은 대부분 중년 남성이었다. 중년 남성은 자본을 가진 '소비자'이지만, 아동과 엄마는 상대적으로 자본이 없고 '맘충'이라는 표현에서 알 수 있듯 민폐 캐릭터라는 사회적 편견까지 더해져 '노키즈존'이 탄생하게 되었다. 돌이켜보니, 내가 자주 다니던 분위기 좋은 찜질방과 청포도 주스가 맛있는 카페도 노키즈존이라는 팻말을 당당하게 걸어놓은 곳이었다. 그 논의를 알아차리기 전까지 나는 노키즈존에 대한 경각심이 없었다. 오히려 시끄럽게 울거나 떠드는 아이들이 없어서 편하다고 생각했다. 음식점에서 아르바이트할 때나 식당을 이용하며 나를 불편하게 했던 존재는 연령과 성별에 상관없이 다양했지만, 어쩐지 나는 까다로운 엄마와 시끄러운 아이를 치워야 할 대상으로 인식하고 있었다. A는 '맘충'이라는 말을 듣고 자신의 태도를 단속했고, 나는 '노키즈존'에 대한 사회적 논의를 접하고 나서야 내가 노키즈존에 대해 별다른 문제의식이 없었다는 것을 알았다. 친구들이 '맘충'이라는 단어를 쓰는 것을 듣고 놀랐지만, 내 안에 그런 인식이 없던 것은 아니었다.

　박근혜 탄핵 촛불집회 때, '병신년'이라는 말을 사용하지 말자는 요구에도 "뭘 그런 걸 가지고 딴지냐"고 격노하던 반응을 떠올리면, 사소하게 쓰이는 언어의 차별성을 인지하는 일이 얼

　당신이 글을 쓰면 좋겠습니다

마나 어려운지 체감한다. 친구 K가 이와 관련된 경험을 들려준 적이 있다. 고등학교에 다닐 때 '병신'이라는 언어의 사용 여부를 토론했는데, 몇몇 친구들은 표현의 자유를 침해하지 말라고 주장했다. 몇 시간 동안 격론이 이어지던 중에 갑자기 한 친구가 "우리 언니가 장애인이에요. 그 말 안 쓰면 안 될까요"라고 말하며 울음을 터뜨렸다. K는 그 일이 두고두고 기억에 남는다면서 이후 사소한 언어부터 바꿔나가려고 노력하는 중이라고 했다. 아마 토론에 참여한 학생들은 그 자리에 장애인이나 장애인과 관계 맺는 사람이 없을 거라고 굳게 믿었을 거다.

'걸레, 김치녀, 맘충, 김여사, 보슬아치' 같은 여성혐오 표현과 '중2병, 급식충, 등골브레이커'와 같은 청소년 비하 표현, '암 걸리겠다, 장애인이냐'와 같은 질병과 장애 비하 표현, '똥꼬충, 젠신병자'와 같은 성소수자 비하 표현은 소수자를 한 덩어리로 뭉쳐서 멸시하는 용도로 기능한다. 언어는 또다시 인식과 문화를 형성하고, 제도적 차별의 기반이 된다. 동성애자를 향한 차별은 군형법 제92조의6처럼 군대 내 동성애자 처벌로 이어지고, 장애인에 대한 편견은 장애인을 사회 밖 수용 시설로 밀어낸다.

생각 없이 쓰는 언어가 실재하는 존재를 어떻게 지우는지 알아차린 사람은 쉽게 말을 뱉지 않는다. 나는 이런 태도가 글을 쓸 때도 배어 있어야 한다고 생각한다. 크게 보면 문자 언어도 일부만 사용할 수 있는 특권이지만, 적어도 글을 통해 불특정 다수에게 말을 걸 때는 시대의 감수성에 섬세하게 다가가는 서사와 표현을 고민해야 한다고 생각한다.

내 표현이 누구에게 향하는지, 누구의 얼굴을 지우는지, 그 표현으로 누가 사회적 공간에서 밀려나는지 살펴야 한다. 그렇지 않으면 편견에 휩싸여 소중한 존재에게 "그러다가 너 맘충 돼"라거나 "너 된장녀 같아"라고 말하는 무지한 폭력을 행사할 수 있으니까. 비문이나 맞춤법은 수정하면 그만이지만, 차별적인 언어는 누군가의 상처를 찌르고 눈물샘을 건드린다.

: 글 쓰는 일이 버겁게 느껴질 때면

●

　강원도 화천군 하남면에 위치한 산과 강 사이, 논과 밭 사이
에 자리한 오래된 집에는 97세 노인이 홀로 살고 있다. 나의 할
머니 김현숙 권사님이다. 할머니의 하루는 기도로 시작된다. 여
섯 자녀와 그들의 배우자, 그 사이에서 태어난 손주들, 손주의
손주들까지 대략 40여 명 가족들의 건강과 행복을 위해 기도하
고 나면, 할머니는 아침으로 국물에 충분히 불린 밥알을 후루룩
넘긴다. 적적할 땐 기독교 방송을 보고, 자식들과 전화로 안부
인사를 나눈다. 컨디션이 좋을 때는 유모차에 몸을 지탱해 평생
일군 밭과 마을 회관, 교회를 둘러본다.

　할머니의 중요한 일과 중 하나는 글쓰기다. 오랜만에 하남면

에 놀러 가면 할머니는 "얘, 뭐 좀 더 찾아 먹어"라며 내 배를 잔뜩 불린 뒤, 졸음이 쏟아질 때쯤 은근슬쩍 묻곤 했다. "야야 성은아, 이것 좀 볼래?" 그럼 나는 "할머니, 제 이름은 승은이에요!"라고 답하는데, 내 대답과 상관없이 할머니는 장롱 구석 고이 모셔 놓은 상자 하나를 주섬주섬 들고 온다. 나는 기대에 찬 눈빛으로 할머니의 보물 상자를 기다린다. 수십 번을 반복해도 질리지 않는 순간이다.

미소를 지으며 내 앞에 앉은 할머니는 갓난아기를 다루듯 상자에서 조심조심 노트 한 권을 꺼낸다. 할머니가 쓰는 노트는 장마다 네모 칸이 그려진 한자 노트다. 노트 안에는 골뱅이 모양의 글자가 가득 적혀 있다. 할머니만의 언어다. 할머니는 이 글자를 하나님이 준 선물이라고 말한다. "나는 어릴 때부터 시집오고 일만 해서 글을 하나도 배우지 못했잖아. 그런데 우리 주님이 나한테 글을 쓰라고 어느 날 갑자기 글을 알려준 거야. 그때부터 할머니는 꼬박꼬박 글 쓴다?" 은근한 자랑과 뿌듯함이 섞인 목소리를 들으며 나는 자세히 글자를 살펴본다.

얼핏 일어와 중국어가 섞인 것처럼 보이는 동그랗게 엉킨 글자들. 마당에 잡초 하나 나는 꼴을 못 보는 깔끔한 성격답게 할머니는 네모 칸 정 가운데에 모심듯 차곡차곡 글자를 심어 놓았다. 심지어 글자가 다 다르게 생겼지만, 전체적으로 일관성 있어

당신이 글을 쓰면 좋겠습니다

서 나는 이 글이 정말 할머니가 하나님에게 받은 선물인가 싶기도 하다. 할머니의 노트에는 각각의 사연이 있다. 이건 너희 엄마랑 아빠 힘들 때 쓴 거, 이건 너희 자매 위한 기도하면서 쓴 거, 이건 다른 형제들 잘되라고 쓴 거. 할머니의 쓰기 사랑을 잘 아는 가족들은 언제부턴가 할머니에게 한자 노트와 펜을 선물했다.

각 노트에 담긴 사연을 하나하나 보고 듣고 난 다음에는 본격적인 한글 쓰기 시간이다. 할머니는 마른 가지처럼 건조하게 갈라진 손으로 다부지게 펜을 잡고 꼭꼭 눌러가며 종이에 자기 이름을 적는다. 김현숙. 할머니의 이름. 그다음은 할머니의 자식들 이름을 적을 차례다. 첫째 정충근부터 막내 정인근까지. 그럴 때면 할머니에게는 오로지 쓰는 순간만 존재하는 것 같다. 삐뚤삐뚤하지만 정성 어린 할머니의 글씨를 내가 가만히 보고 있으면, 할머니는 꼭 한마디를 보탠다. "할머니 숫자도 쓸 수 있다?"

나는 할머니에게 '쓴다'는 일이 어떤 의미일지 궁금했다. 무엇보다 노트에 담긴 할머니의 이야기가 궁금했다. 비록 노트에 적힌 언어를 나는 알아볼 수 없지만, 할머니가 그 글자를 하나하나 적으면서 느꼈을 마음을 상상해보곤 했다. 아주아주 옛날 열여섯에 시집와서 평생 땅과 호흡하며 농사짓고, 할아버지와 육 남매를 먹여 살린 할머니. 자식들은 결혼해서 도시로 떠나고, 20년 전 할아버지를 먼저 하늘로 보낸 뒤 홀로 넓은 집에 남아 있는 할머니. 양말 하나도 허투루 신지 않는 멋쟁이 할머니. 그런 할머니의 글은 내가 알아보지 못해도 분명 멋진 이야기로 가득하지 않을까 상상한다. 혹은 힘들게 살아왔던 지난 시간을 누구도 알아보지 못하는 글자로 하나하나 꺼내보진 않으셨을까. 어쩌면 매일의 기도처럼, 자식 걱정으로 가득할지도 모르겠다.

"나는 부모님 배 밖에 태어나서는 어려서 자랄 적에는 일곱 살부터 삼 삼는 것을 아버지께서 가르치시더니 여나무 살 되니까 이제는 김매는 것을 가르쳐주시더군요. 글이라는 것은 국문조차도 못 배우게 하시고 그저 삼 삼고 여름에는 김매고 그것밖에 안 가르쳐주셔서 지금 팔십이 넘으니 부모님이 원망스럽게 생각이 됩니다."

얼마 전 나의 할머니와 같은 나이, 97세에 책을 출간한 이옥남 할머니의 글을 읽었다. 제목은 《아흔일곱 번의 봄 여름 가을 겨울》. 내 할머니와 같이 평생 시골에서 농사짓고 살아온 이옥남 할머니의 글은 자연 살이와 자식 걱정, 상실에 대한 슬픔과 소소한 행복이 모두 담겨 있다. 오늘은 어떤 새의 소리를 들었고, 오늘은 어떤 음식을 먹었고, 오늘은 날씨가 어떤지, 오늘은 누구에게 연락이 왔고, 오늘은 또 누구의 죽음 소식을 들었는지. 나는 이 책을 읽는 내내 할머니를 떠올렸다.

"며느리가 용돈을 오만 원 주고 증손녀 둘이 다 공책과 연필

당신이 글을 쓰면 좋겠습니다

두 개나 사 왔네. 너무 오래 살다 보니 증손녀한테 선물을 다 받아보는구나." 공책과 연필을 선물 받은 날에 할머니가 느꼈을 기쁨. "친구 할매 양동옥은 그새 저세상으로 가고 없네. 하룻밤 새친구 한 명 떠나가고 이제는 정말 나 하나 외로이 홀로 다니게 되었네. 될 수 있으면 나 친구 뒤를 따라서 갔으면 싶다." 할머니에게 들었던 주위 사람들의 죽음. 입버릇처럼 말씀하시던 너무 오래 살았다는 할머니의 한탄. "딸을 보내고 텅 빈 방에서 나 혼자 누우니 천장만 쳐다보다가 이제 펜을 든다. 밖에는 비가 오고 조용한 빈방에는 똑딱똑딱 시계 소리밖에 안 들리네." 시계 초침 소리를 들으며 글을 쓸 할머니의 매일.

농사짓고, 자식을 키우던 꾸준함으로 글 쓰는 사람. 작가는 쓴 사람이 아니라 쓰는 사람, 완성형이 아닌 진행형 명사라고 한다. 그 긴 시간 동안 할머니를 그토록 당당하게 지탱해 준 힘은 매일의 꾸준함에서 왔을까. 글을 배우고 싶어서 아버지 몰래 부엌 아궁이 앞에 재를 긁어내서 글자를 연습했다는 이옥남 할머니의 글을 읽으며, 나는 지금 글을 쓸 수 있는 권리가 얼마나 많은 침묵을 거쳐 내 앞에 당도했는지 생각한다. 읽고 쓰는 일이 그토록 간절한 바람일 수 있다는 걸 자각하면 차오르는 슬픔만큼 쓰고 싶은 욕구가 올라온다.

가끔 글 쓰는 일이 버겁게 느껴질 때면 나는 할머니 집의 보물 상자를 떠올린다. 오늘도 모심듯 글자를 한 획 한 획 적을 할머니를 떠올린다. 그저 쓸 수 있는 것만으로도 기쁨을 느끼고, 당신의 글을 들려주고 싶어하는 할머니의 마음을 기억하며 지금 내게 주어진 지면을 소중하게 채운다.

남겨진 것
이후

: 애도의 글쓰기

●

은이 메시지를 보낸 건 추운 겨울밤이었어요. SNS에 묵혀 있던 메시지를 제가 발견한 건 다음 해 봄이었고요. 핸드폰 스크롤을 한참 내려야 할 정도로 장문의 메시지였어요. 은은 말했죠. 제 글을 오래전부터 읽어왔다고. 은이 성폭력 피해를 당하고 가해자를 고소하고 긴 공방을 벌이는 동안, 마음이 무너질 때마다 제 글을 읽으며 간신히 끈을 잡았다고 말이에요. 다행스럽고 고마운 마음과 동시에 걱정되어 저 역시 장문의 답장을 보냈어요. 부디 무사하길 바란다고요.

글을 쓰면서 저는 많은 메시지를 받았어요. 그래서 제 일상에는 소소한 일과 하나가 추가됐어요. 적어도 한 달에 한 번은 각종 SNS의 메신저와 메일을 구석구석 확인해요. 깜빡 놓친 누군가의 메시지가 있을까 봐 자세히 확인하곤 해요.

제게 오는 사연은 다양해요. 학교에서 수행평가로 제 책을 읽고 나서 일상에서 느꼈던 불편함이 설명돼서 후련하다는 학생이 있고, 자퇴를 앞두고 어떻게 살아갈지 막막했는데 길이 보이는 것 같아서 안심된다는 청소년도 있어요. 뒤늦게 과거의 그 일이 성폭력이라는 걸 알게 되어서 억울하다 호소하기도 하고, 임신중단수술을 받았던 병원이 어디인지 다급하게 물어보는 메시지도 와요. 10년 전 임신중단수술을 받고 죄책감에 시달렸는데 이제는 죄책감을 덜어내겠다는 다짐을 받기도 하고, 독실한 기독교 집안이라 여태 자신의 성적 지향을 숨겨야 했지만 이제는 수치스럽게 여기지 않겠다는 다짐을 듣기도 해요. 엄마가 알코올중독인데 어떻게 엄마를 이해할 수 있을지 모르겠다는 한숨, 폭력적인 아빠를 평생 미워하게 될 것 같다는 한숨, 그래도 이제는 숨기지 않고 자기 이야기를 쓰겠다는 용기가 도착하기도 해요.

여러 메시지에 하나하나 답하다 보면 가끔은 제가 비밀 라디오 DJ가 된 것 같은 기분이 들어요. 세상 곳곳에서 살아가는 누군가의 이야기가 저에게 직통으로 날아오는 일은 쉽게 경험할 수 없는 일이니까요. 한 번도 만난 적 없는 저를 믿고 이야기를 꺼낼 수 있는 마음이 신기하고 고마워서 저도 최대한 마음을 다해 답장하곤 했어요.

은과 몇 차례 메시지를 주고받던 그해 봄, 은은 저에게 꼭 만나고 싶다고 말했어요. 그때 저는 무기력한 상태가 지속돼서 구체적으로 약속을 잡을 수 없었어요. 밀려오는 글과 강연 청탁, 그밖에 다른 활동을 감당하지 못해서 지친 상태였기 때문이에요. 미지근한 제 반응에 은과의 메시지도 적당히 마무리되었어요. 그래도 상태가 나아지면 꼭 은을 만나고 싶다고 생각했어요. 은은 매번 제게 진심을 담아 메시지를 보냈고, 화면 속 글자만으로도 신뢰와 애정 그리고 어떤 절박함마저 느껴졌으니까요.

"사랑하는 제 친구 ○○○가 긴 여행을 떠났어요. 부디 꼭 참석해주셔서 함께 배웅해주시면 감사하겠습니다."

SNS에서 누군가의 장례식 소식을 접했어요. 자세히 살피니, 은이었어요. 은의 친구가 은의 계정으로 남긴 글이었어요. 마지막 메시지를 나눈 게 채 반년도 지나지 않았는데, 믿기지 않아 그 글 앞에서 저는 한참 동안 머물렀어요. 마음이 먹먹해져서 온종일 아무것도 할 수가 없었어요. 은과 나눈 메시지를 반복해 읽었어요. 그리고 저는 참 뒤늦게 은의 타임라인에 들어가서 은의 흔적을 더듬었어요.

타임라인에는 은이 성폭력 가해자에게 마침내 사과문을 받았다고 올린 글과 공방이 길어지며 지쳐가던 심정이 기록되어 있었어요. 어느 사진에는 문학대회에서 상을 받아 상장을 들고 활짝 웃고 있는 은의 모습이 있었어요. 은은 시를 썼던 것 같아요. 은이 남긴 짧은 글들이 습작 노트로 보였어요. 대학 교정에서 친구들과 함께 돗자리를 깔고 이야기 나누는 모습도 있었어요. 사진 속 은은 연한 개나리색 셔츠가 참 잘 어울리는 사람이었어요.

저는 은의 부재 앞에서 만약 우리가 만났다면 어땠을까, 하는 감상적이고 바보 같은 생각을 버리려고 노력했어요. 은이 성폭력 피해 때문에 죽었다는 식으로 납작하게 생각하고 싶지 않아서 은의 흔적을 더 더듬었어요. 은은 한순간 피해를 입었지만, 지지 않고 싸우던 사람이었으니까요. 슬퍼했지만, 잘 웃는 사람이기도 했으니까요. 그래도 은, 저는 슬픔을 숨기기 어려웠어요. 은이 쓰지 못한 글들이 아쉬워서, 은이 만나지 못한 많은 인연과 순간이 아쉬워서요.

은과 저는 무슨 사이였을까요. 글로 만나서 글로만 소통한 사이는 무슨 사이라고 불러야 할까요. 저자와 독자? 온라인 친구? 모두 충분하지 않아요. 눈빛과 살로 접촉하지 않았어도 한 존재의 부재가 이토록 크게 느껴지는 걸 보면 만남이라는 건 물리적 접촉만으로 단순하게 설명될 수 없는 거구나 싶어요. 이럴

당신이 글을 쓰면 좋겠습니다

때면 글이라는 게 잔인할 정도로 무겁게 느껴지기도 해요. 글은 혼자 쓰지만, 다채로운 삶을 지고 살아가는 사람들과 관계 맺는 과정이니까요. 주로 상처에서 시작한 글쓰기를 하는 저는 그 과정에서 누군가의 상처와 만나게 되기도 하니까요.

애도하는 일에 여전히 서툰 저는 그날 이후 은을 떠올리면 마음이 비틀거렸어요. 그러다가 고병권 선생님의 글을 읽었어요. 고병권 선생님은 애도가 빈자리를 가꾸는 것이라고 설명해요. "지금 제가 말하고 싶은 것은 사라진 자리로서, 상실된 자리로서 빈자리가 아닙니다. 저는 우리가 만들어내야 하는, 우리가 마련해야 하는 자리로서 빈자리를 말하고 싶습니다. 상실한 자리가 아니라 마련한 자리, 그래서 그가 사라진 자리가 아니라 깃드는 자리를 말하고 싶습니다. 저는 기억한다는 것이 그런 것이라고 생각합니다." (고병권, 《묵묵》 중에서)

마음 한편에 자리한 은의 무게를 이렇게 글로 풀어냅니다. 무거운 손가락으로 은을 기억해요. 사라지지 않고 깃들 수 있는 작은 공간이라도 마련하고 싶어서요. 은을 힘들게 했던 폭력을 조금이라도 사라질 수 있도록 행동하는 게 제가 은의 빈자리를 마련하는 방식일까요. 은이 밑줄 그으며 읽은 이제니 시인의 시구를 곱씹어 읽고, 은과의 대화, 은의 흔적을 떠올리며 질문했어요. 남겨진 것 이후, 우리를 비추는 건 무엇일까요. 제 안에 오래

깃들어주세요, 은.

그냥 사람이라는 말, 그저 사랑이라는 말,

그러니 너는 마음 놓고 울어라.

그러니 너는 마음 놓고 네 자신으로 존재하여라,

두드리면 비춰볼 수 있는 물처럼.

물은 단단한 얼굴을 가지고 있어서,

남겨진 것 이후를 비추고 있었다.

－이제니, 〈남겨진 것 이후에〉 중에서

당신이 글을 쓰면 좋겠습니다

• 후일담

글자들에 안겨 눈물을 흘렸던 시간

그 시간을 기억합니다.

이제 나는 그 시간을 다른 마음들에게 선물해주고 싶습니다.

나의 글이 당신들을 안아주었으면 좋겠습니다.

기회가 되어, 고요한 다독거림이 묻어나는 글을 쓸 수만 있다면

더할 나위 없이 행복할 것 같습니다.

나를 사랑으로 아껴주는 모든 당신들께 감사의 말씀을 드립니

다. 덕분에 글을 쓸 수 있었습니다. 나의 옆에 계셔주셔서 감사

합니다.

다가오는 2019년의 버킷리스트 첫 목록을 새깁니다.

내 이름으로 책 한 권 내기.

2018년 12월 2일, 은은 자신만의 비공개 글방에 이런 글을 남겼
습니다. 은이 마지막까지 믿고 의지하고 사랑한 사람들로부터 은
의 마지막 바람을 이뤄주고 싶다는 연락을 받았습니다. 남겨진 사
람들은 은의 시를 모아 독립출판을 준비하고 있다고 했어요. 그리
고 저에게 은의 글을 담아줄 수 있다면 좋겠다고 했습니다. 은이 꼭
저를 만나고 싶어 했으니, 제 글과 함께 실린다면 분명 기뻐할 거라

고요. 작은 종이 한 조각에 은의 공간을 마련했습니다.

투영

아득하기만 한 밤하늘에도
너는 또렷이 빛나는구나

별자리를 가만가만 잇는
나의 집게손가락

네가 너희가 될 때까지
나는 눈을 한참 끔뻑인다

이렇게
너희 일곱은 북두칠성
이렇게
너희 다섯은 카시오페아

너희에게도 수많은 우연과 인연의 반복이 있었으리라
그 돌풍 안에서 고요히 빛을 내는 너희

당신이 글을 쓰면 좋겠습니다

그날 밤 나는

나에게 주어진

수많은 우연과 인연을

천천히 이어본다

나도 너희처럼 누군가와 영원히 같은 자리에서 또렷이 빛나고

싶었을까

부재

올해 겨울

곁을 내어주던 한 아이가 급히 떠났고

떠난 자리에는 차마 챙기지 못한

담배 세 개비가 얽힌 채로 있었다

한숨이 떨어져 있는 것 같아

흘리고 간 너의 한숨

나는 흐트러진 한숨들을 주우러 나갈 채비를 한다

이내 밝은 빛으로 물들 곳들

구석마다 어둠이 가득하다

어둠이 조각나는 사이

길고양이는 검은 쓰레기를 뒤지면서도 눈치를 보고

나는 시린 발끝을 잔뜩 오므린다

꽤 많은 숨이 단숨에 그쳤다

돌아와 뜨거운 물로 발을 씻고

쪼그려 앉아 발톱을 깎는다

새빨개진 엄지발가락

나는 또다시 발끝을 오므린다

장롱 깊숙이 넣어둔 이불을 꺼낸다

색이 바랬다는 걸 네가 떠난 후에야 알았다

바래진 이불을 품에 가득 안고 누워도

이불에 쓸리는 발끝이 따가워 잠들지 못한 밤

당신이 글을 쓰면 좋겠습니다

아픔이 아픔을
위로한 밤

: 내가 모르던 세계를 알아가기

●

강연이 끝나고 나오는 길, 자리에 함께한 지인이 내 어깨를 토닥이며 말했다. "대중 강연은 특히 힘든 것 같아요. 저라면 하라고 해도 못하겠어요. 정말 고생했어요." 그날은 한 지자체에서 주최한 인권 강연이 있는 날이었다. 여성단체나 인권단체, 작은 책방에서 주최하는 강연과 달리 도서관이나 지자체에서 주최하는 강연은 청중을 가늠하기 어렵다. 책을 안 읽고 온 사람이 대부분이고, 페미니즘에 관심 없는 사람, 반감을 품은 사람도 부지기수다. 질의응답 시간, 한 중년 남성은 "성차별은 없다, 나는 살면서 한 번도 여성을 차별한 적이 없다"는 말을 시작으로 꽤 긴 시간 나를 가르쳤다. "성 역할은 성차별이 아니다. 성에 따라 역할이 있는 건 당연하며 이곳에 있는 기혼 여성들도 다 나처럼 생각할 것이다. 왜 전문직에 남성이 많겠냐. 그것은 차별의 결과가 아니라 남성이 전문직에 많이 진출했기 때문이다. 또, 젠더퀴어인지 동성애자인지 나는 반대하지 않는다. 다만 내 자녀가 그런 사람을 파트너로 데려올 경우에 반대할 수는 있는 것 아니냐. 그게 어떻게 차별이냐. 아무래도 작가님은 극좌인 것 같다. 나는 중도다."

차별은 없다고 단호하게 말하는 목소리에 나는 일순간 얼어버렸다. 단지 의견이 다르기 때문이 아니라 내 이야기를 하나도 수용하지 않으려는 경직된 태도에서 아득한 거리감을 느꼈기 때문이다. 그때 다른 한 분이 말을 이었다. "기독교인도 동성애를 반대하는 건 아니죠. 딱히 싫어하지도 않아요. 다만 동성혼을 요구한다면 그건 사회적으로 논의해야 하는 부분이에요. 그리고 나는 여성이지만, 작가님의 말씀이 이해되지 않아요. 저는 학교 다닐 때 성교육을 받은 적 없거든요? 그래도 성폭력을 당하면 경찰서에 가고 내가 잘못한 게 아니라는 것은 다 알고 있었어요. 이건 사회 구조의 문제가 아니라 개인의 성향 차이일 수 있어요." 강연 중 내가 초등학교 때 받은 순결교육 때문에 성폭력을 당한 뒤 신고하지 못하고 침묵했던 경험을 나눴는데, 그분은 그걸 지적하면서 작가님은 나보다 나이도 어린데 그렇게 생각했다니 신기하다고 했다. 미투 운동에 대해서도, 그렇기 때문에 몇 년이 지난 일을 이제야 이야기하는 사람들을 이해하기 힘들다고 덧붙였다.

애써 마음을 다잡고 하나하나 설명했지만, 도무지 내 이야기가 들어갈 틈은 보이지 않았다. 마음이 허기져서 집에 돌아오자마자 허겁지겁 밥통을 긁어 속을 채웠다. 선뜻 누군가에게 하소연하거나 위로받을 기운도 없는 밤. 가만히 소파에 누워 있다가 T의 글을 찾아 읽었다.

글쓰기 수업에서 만난 T는 오래 우울증을 앓고 있었다. T는 〈모두에게 공평한 불행〉이라는 글에서 친절하고 따뜻한 상담사에게서 느끼는 이질감을 표현했다. T가 페미니스트라는 걸 알게 된 상담 선생님은 말한다. "세상은 직선이 아니라 점선과 곡선으로 이어진 거예요. T는 너무 직선으로만 생각하는 것 같아요. T가 걱정하는 그런 나쁜 일은 사실 아주 적은 확률로 일어나요. 그게 T일 확률은 더 적고요. 안전하기만 한 삶은 행복하지 않아요. 달콤한 블루베리를 따려면 가시덩굴도 지날 줄 알아야 해요." 블루베리와 가시덩굴을 은유하며 생의 아름다움, 가능성을 말하는 상담사의 말을 떠올리며 T는 말한다.

"나와 그분의 다른 현실 세계, 내 집, 내 방에서 강간을 당했을 때 나를 상처 입힌 것은 강간이라는 사건과 강간범이 아니라

주변 사람들의 반응이었다. 그러게 방문을 잘 잠그지 그랬어, 정말 몰랐던 것 맞아? 네가 술 마시고 잠들었으니까 그렇지, 괜히 이 핑계로 또 술 먹으려고 그러지? '그런 일은 일어나지 않아요'라는 상담사의 말과 내 현실의 간극이 나를 상처 입혔다." 내가 T의 글을 찾아 읽은 건, 나와 같은 절망감에 몸부림치는 다른 존재를 만나 위로받고 싶었기 때문이다. 글의 마지막에 T는 고백한다. "차라리 모두 앞에 주어진 공평한 불행을 보고 싶다고 생각했다. 이왕 이런 세상일 거라면, 한쪽에게는 일상이지만 다른 한쪽은 존재하는지도 모르는 불행이 아니라 모두가 상처 입는 공평한 불행을 보고 싶다고. 이런 내가 너무 나쁜 걸까." 사실, 나는 이 부분을 간절하게 읽고 싶었다. 모두에게 공평한 불행이라는 말을.

글을 쓰거나 말을 전달하는 게 무슨 소용이 있을까 회의감이 들 때가 있다. 공통의 감각은 왜 불가능한지, 나는 왜 듣지 않으려는 사람에게 들어달라고 호소해야 하는지, 왜 한쪽의 절규를 다른 쪽은 가볍게 음소거할 수 있는지, 그 권력의 차이는 무엇인지 한없이 묻다보면 어떤 답도 내리지 못해 주저앉곤 한다. 답 없는 질문 앞에서 화살은 어김없이 나에게 향한다. 내 설명이 부족해서, 말재주가 없어서, 글에 설득력이 부족해서, 결국 내가 모자라서 전달에 실패한 건 아닐까. 오랜 시간 나를 탓하다보면,

당신이 글을 쓰면 좋겠습니다

조금 더 대중적인 글을 쓰라고 조언하던 얼굴들이 떠오른다. 좋은 의미로 해석하면 많은 사람에게 닿을 수 있는 글을 쓰라는 말이기도 하지만, 대부분 '많은 사람들이 보고 들었던, 그래서 편하게 공감할 만한 글을 쓰라'는 요구였다. 조금 파고들면 내 글이 직선의 편향된 세계만 보여주기 때문에 설득력 없으니 블루베리와 가시덤불 같은 더 곡선의 세계를 쓰라는 말이었다. 결국, 애초에 내 입장과 위치에서 나오는 글은 대중적이지 않다는 지적이다.

대중적인 글은 무엇일까. 표준국어대사전에서 대중을 검색하면, '수많은 사람의 무리'라는 뜻이 나온다. 정확하게 말하면, 대중은 많은 사람을 지칭하지만 모든 사람을 포함하는 말은 아니다.

김원영 작가의 책《실격당한 자들을 위한 변론》의 한 장면. 중학교 1학년 도덕 수업 시간, 일본에서 휠체어가 탑승 가능한 버스를 본 선생님이 그 일화를 들려주며 학생들에게 묻는다. "우리나라에서는 너희가 버스랑 지하철을 못 타잖아. 이게 당연한 걸까?" 그러자 학생들은 "장애인이니까 못 타죠"라고 답한다. 선생님은 다시 묻는다. "버스는 대중교통이잖아. 장애인은 대중이 아니야?" 이 일화를 본 뒤, 나에게 대중이라는 말은 너무 쉽게 삭제되는 사람들을 떠올리게 하는 말이 되었다.

대중적인 글이 '수많은 사람의 무리'가 편하게 읽을 수 있는 글이라면, 페미니즘을 비롯해 소수자의 권리를 드러내는 대부분의 이야기는 대중적이지 않다. 일상의 차별과 그 차별을 만들고 강화하는 구조를 드러내는 글이 어떻게 편하게 읽힐 수 있을까. 내가 먹고 싸고 자고 다니고 생활하는 일상이 촘촘한 차별과 배제, 폭력과 긴밀하게 연결되어 있다는 사실을 알게 된다면 누가 편하게 받아들일 수 있을까. "책은 관념을 깨는 도끼다"라는 은유적인 말은 쉽게 받아들이지만, 책이 내가 누려왔던 권력을 지적할 때 기존 관념을 깨려는 사람은 얼마나 있을까. 강연에서 나를 가르쳤던 중년 남성에게 자본주의사회에서 남성에게 부여된 생계 부양 의무를 이야기했다면 아마 그는 자신의 처지를 연민하며 '성 역할이 문제'라고 공감했을지 모르겠다. 하지만 그 인권 강연에서 자신이 누려왔던 권력과 직면하고 나서는, 그는 문제를 문제로 받아들이려고 하지 않았다. 다양하게 교차하는 차별이 내 생활과 밀접하게 연결되어 있을 때 우리는 불편함을 느낀다. 그리고 불편함은 쉽게 그 말이 틀렸다는 판단으로 이어지기도 한다.

김원영 작가는 앞의 일화를 소개하며 말했다. "특정한 세계관은 내밀하고 조용히 세상에 퍼져가다 어느 시점에 이르면 권리의 언어로 결정되어 사람들의 말에 담긴다. 말은 흐르고 흘러

당신이 글을 쓰면 좋겠습니다

눈앞에 등장하고, 몸에 감촉되는 '물질'이 된다." 지금 눈앞의 사람이 나를 비난하더라도, 주저앉아 내 탓만 할 일은 아니라고 다시 나를 다독인다. 당장 이해받지 못하더라도, 내 말과 글도 내밀하고 조용하게 세상에 퍼지는 세계관의 한 조각이 되어서 누군가의 마음에 닿을 테니까. 나는 다른 방식의 대중적인 글을 쓰고 싶다. '대중'의 사전적 의미처럼, 더 많은 존재가 대중의 범위에 포함되는 데 손가락 한 마디만큼이라도 힘이 되는 글. 단 한 사람이라도 자신의 세계를 깨고 나올 수 있는 작은 문을 마련하는 글.

다시 T의 글을 생각한다. T의 말처럼 차라리 모두에게 공평한 고통이 주어진다면 쉽게 지워지는 고통은 없어질까. T의 자책처럼, 내 생각 역시 나쁜 생각일까. 내가 모르던 세계를 알아가는 과정은 기꺼이 상처받겠다는 다짐과 다르지 않다. 내 세계가 타자가 경험하는 폭력과 긴밀하게 연결되어 있다는 사실을 알아버렸을 때 느끼는 정직한 절망에서부터 우리는 서로의 차이를 삭제하지 않고 다시 시작할 수 있으니까.

다시 질문이 돌아온다. 어떻게 해야 우리는 경험하지 못한 타자의 세계를 경험할 수 있을까. 답 없는 질문의 도돌이표. 그래도 확실하게 말할 수 있는 건 적어도 그 밤 T의 글이 나를 위로했다는 점이다. 대중적이지 않은 T의 글이 소외된 나를 위로

했고 T의 절망이 내 슬픔을 어루만졌다. 나는 딱 그만큼의 글을 쓰고 싶다.

당연한 게 아닌데,
나는 왜

: 집필 노동자가 양보할 수 없는 것

●

입금 알림 문자가 떴다. 226,000원. 눈을 의심했다. 분명 세금을 포함해서 37만 원을 받기로 했는데, 왜 돈이 비었지? 담당자에게 메일을 보냈다.

"선생님, 지난 강연료가 226,000원 입금되어서요. 확인 부탁드립니다."

바로 전화가 걸려왔다. 담당자는 단체에서 직급이 가장 낮은 직원이었다. 전화를 받자마자 죄송하다는 목소리가 들렸다. 수화기 너머로 안절부절 못하는 모습이 그려질 정도로 떨리는 목소리였다. 예산이 변경된 걸 미리 말씀드렸어야 했는데 그러지 못했다고. 시청에서 지원금을 받아 운영하는 사업인데, 강연 직전에 시청 직원들이 사회자의 역할은 2부 진행만 하는 거니까 두 시간이 아닌 한 시간을 기준으로 해서 금액을 깎았다고. 바뀐 걸 미리 알렸어야 했는데 정신이 없어서 그러지 못했다고, 너무 죄송하다는 말이 메아리처럼 반복되었다.

이 일이 있기 며칠 전 나는 춘천의 한 단체에서 주최한 성소수자 강연에서 사회를 맡았다. 1부는 40분 동안 강연자가 성소수자 인권을 주제로 하는 강연, 2부는 70분의 패널 대담으로 구성되어 있었다. 2부를 이끄는 건 내 몫이었고, 나는 단체의 요청으로 지역 활동가 세 명을 섭외했다. 강연 일주일 전부터 패널들과 연락을 주고받으며 대담을 준비했다. 처음 나를 섭외할 때, 주최 측에서는 37만 원을 제시했다. 들어가는 노동과 이동 시간에 비해 큰 금액은 아니었지만, 의미 있는 자리이기에 알았다고 했다. 그런데 강연이 끝나고서야 금액이 깎인 걸 알게 된 거다. 평소 같으면 그냥 넘어갔을 텐데, 이번에는 그러지 못했다.

"선생님, 선생님이 죄송할 일이 아니라는 건 알아요. 시청 쪽과 조직의 윗선에서 저에게 죄송할 일이지요. 그래도 속상한 마음에 말씀드리면…… 사회를 한 시간 봤다고 하셨는데, 저는 강연 날 1부부터 두 시간 내내 자리를 지켜야 했고, 패널 섭외, 대담 준비, 이동 시간까지 따지면 실제 노동 시간은 훨씬 길어지거든요. 그렇게 치면 애초에 제시한 금액도 부족하지 않을까요?

당신이 글을 쓰면 좋겠습니다

시간 책정 방식이 잘못되었다고 생각해요. 이참에 말씀드리면 패널들에게 지급되는 인건비 8만 원도 너무하다고 생각했어요. 그리고 저는 프리랜서라 고정적인 수입이 없잖아요. 말씀해주신 금액을 기준으로 한 달 가계를 계획하는데, 이렇게 비어버리면…… 정말 곤란한데…….”

하지만 나와 통화하는 직원이 무슨 잘못이 있으며, 어떤 힘이 있을까. 말해봤자 무슨 소용일까 싶으면서도 밟혔으니 꿈틀거리기라도 하자는 심정으로 하소연했다. 나에게 미안했는지 담당자는 다음 달에 또 다른 강연에 꼭 나를 사회자로 초대하겠다고 말했다. 나는 그 말이 마음에 걸려 적당히 대화를 마무리하며 전화를 끊었다. 다음 강연에 나를 불러준다고 해도 내가 못 받은 보수를 보장해주겠다는 말은 아니었다. 무엇보다 나를 건드린 건 나를 ‘불러준다’, ‘써준다’고 생각하는 태도, 그 태도였다. 멍하니 있다가 눈물이 찔끔 나왔다. 그간 비슷한 경험이 반복되며 누적된 설움이 터져버렸다.

당신의 글을 실어주겠다는 호의, 당신을 인터뷰해주겠다는 호의, 당신을 강연자로 불러주겠다는 호의. 그 ‘호의’의 이면에는 정확한 위계 관계가 있다. 그때 나는 동등한 파트너가 아니라 호의를 받는 존재가 된다. 내 작업과 노동에 대한 정당한 대가를 보장받기 어려운 이유도 이 위계에서 비롯된다.

글로는 밥 벌어먹기 힘들다고 한다. 그래서 글 쓰는 사람 가운데 적지 않은 이들은 말하는 사람이 되기도 한다. 책을 매개로 북토크를 하거나 글쓰기 수업을 열거나 비슷한 분야의 행사를 다닌다. 쓰는 일과 말하는 일은 언뜻 비슷해 보이지만, 다른 감각이 필요한 일이다. 북토크를 진행하는 경우에도 쓴 글을 줄줄 읽을 수는 없으니, 대부분은 책의 내용과 관련된 다른 이야기를 따로 준비한다. 상상 속 독자에게 언어를 다듬으며 메시지를 전달하는 집필 노동과 눈앞의 청중에게 짧은 시간 안에 맥락을 소거하지 않으며 말하는 노동에는 각기 다른 힘이 쓰인다. 그런데 누군가는 책 한 권도 썼는데 두 시간 동안 책에 대해 말하는 게 뭐 힘든 일이냐고 말한다. 당신이 와서 얼굴을 비추면 책이 더 팔릴 텐데, 우리가 배려해주는 거 아니냐고. '그 정도야 식은 죽 먹기지?'라는 식이다. 그래서 강연료를 애초에 제시하지 않거나, 물어봐도 교통비 정도를 제안하는 경우도 있다.

"승은 님 글 쓰는 생활은 어때요? 글만으로도 생활이 유지되나요?"

그루가 나에게 물었다. 그루는 시민단체에서 활동하고 있지만, 앞으로 글 쓰는 사람으로 살고 싶어하는 사람이다. 나는 그루에게 다른 말을 하고 싶었지만 흔한 답을 할 수밖에 없었다. "글쎄요. 글을 아무리 써도 생계가 유지되진 않아요. 저는 운이 좋아서 글을 매개로 강연을 다니는데, 그게 어려운 작가의 경우에는 글과 상관없는 노동을 겸하게 되더라고요." 내 말에 그루는 얕은 한숨을 쉬었다. 글로는 밥 벌어먹기 힘들다는 말, 그러니까 부업이나 취미로 써야 한다는 말. 수백 번 듣고, 수백 번 생각하고, 나 역시 수백 번 뱉은 말인데 그날따라 입이 쉽게 떨어지지 않았다.

내 집필 노동의 역사를 돌아봤다. 나는 첫 연재를 한 여성주의 매체에 했다. 격주로 원고지 24매 분량의 글을 보내면서 받은 원고료는 3만 원이었다. 그것도 처음에는 2만 원이었다가 나중에 1만 원이 추가된 금액이었다. 이후 또 다른 매체에서 연재할 때는 원고지 12매에 5만 원을 받았다. 그나마 나아진 조건이 원고지 18매 정도에 10만 원이었다. 원고 청탁을 했던 어느 대학의 학보사에서는 원고를 보내고 두 달이 지나고서야 원고료를 입금했다. 그때 나는 괜히 미운털 박혀서 다시 나를 써주지 않을까 봐 돈 얘기를 꺼내지 못하는 사람이었다.

출판을 해도 상황은 비슷하다. 13,000원 책 한 권을 팔아도 나에게 주어지는 인세는 10퍼센트인 1,300원. 그것도 출판사마다 기준이 달라서 쇄를 찍을 때마다 인세를 보내는 게 아니라 분기별로 정리해서 뒤늦게 주는 경우도 있다. 게다가 출판 시장이 어려워지면서 1쇄도 겨우 나가는 경우가 많으니, 추가적으로 인세를 받는 경우도 쇄를 더 찍을 때나 해당하는 상황이다. 공저의 경우에는 애초에 2~30만 원 정도의 계약금을 받는데, 쇄를 더 찍어도 떨어지는 금액이 없다(물론, 그렇게 하지 않는 출판사도 있겠지만). 얼마 전, G는 공저를 출간하며 원고료 20만 원을 받았다. 자신의 삶을 통째로 갈아넣으며 1년 동안 원고를 붙잡고 뒤 엎으며 집필한 노동의 대가치고 금액이 너무 초라했다. G는 그 돈으로 뭘 해야 할지 몰라 통장에 넣어두고 쓰지 않고 있다며 쓸 쓸한 웃음을 지었다.

춘천 행사가 끝나고, 나는 패널들과 함께 뒤풀이를 했다. 주 최 측에서는 패널들에게 8만 원의 보수를 주겠다고 약속한 상 태였다. 낯선 사람들 앞에서 처음으로 자신의 성적 지향을 커 밍아웃한 엉망이 웃으면서 말했다. "시에서 다른 지원 사업에 는 1억씩 막 지원하기도 하더라고요. 그런 사람들은 뻔하죠. 줄 잘 서고, 남성이고, 이성애자고, 비장애인이고, 학력도 조금 갖 춰진…… 될 사람들은 타고난 걸까요? 나는 제 정체성을 8만 원 받고 팔았는데……."

8만 원에 정체성을 팔았다는 이야기가 가슴에 콕 박혔다. 나 는 왜 당연히 집필로 밥 벌어먹기 힘들다고 생각했을까. 왜 우리 의 서사를 드러내는 일은 자기만족에서 그치는 거라고 폄하했을

까. 왜 그걸 당연하다고 생각했을까. 사실, 당연하면 안 되는 일

아닌가요?

3부

매혹적인
글쓰기를 위한
안내

©bundo kim

●

교장, 교수, 공무원인 엄마의 오빠들을 떠올리면 하얗고 고운 손이 떠오른다. 그중 유일하게 까무잡잡하고 거친 손이 있었다. 둘째 삼촌의 손이다. 삼촌은 중학교를 졸업한 뒤 농사일을 시작했고, 할아버지가 돌아가시고 홀로 남은 할머니 근처에서 평생을 살았다. 어린 시절 외가에 가면 말끔한 차림의 삼촌들 사이에서 유난히 까만 피부에 키가 작고, 후줄근한 옷을 입은 삼촌의 모습이 눈에 들어왔다. 식구들이 둘러앉아 대화하는 자리에서도 삼촌은 입을 다물고 있거나 조용히 밖으로 나가곤 했다. 대부분 주제가 부동산과 자녀 교육 얘기였기에 식구들이 의도하지 않았어도 삼촌은 대화에서 배제되었다.

둘째 삼촌은 집안 어른 중 유일하게 훈계가 아닌 질문을 건네는 사람이었다. 나와 동생 승희를 보면 꼭 사탕을 쥐여주며 물었다. "요즘은 어떻게 지내니? 밥은 잘 먹고 다녀? 이따가 저 앞 강둑에 놀러 갈까?" 내가 학교를 자퇴했을 때도 "난 널 믿어. 남들 생각 말고 네가 옳다고 생각하는 대로 살아"라고 말해준 유일한 어른이기도 했다. 내 책상 아래에 자리한 오래된 추억 상자에는 삼촌에게 받은 선물이 있다. 반듯하게 말린 은행잎, 시냇가에서 주운 돌멩이 같은 것들. 그중에 부드럽고 단단한 호두 두 알이 있다. 항상 미간을 찌푸리고 다니던 청소년 시절의 나에게 삼촌이 건넨 선물이다. 삼촌은 우울할 때마다 호두 두 알을 손안에서 슥슥 굴려보라고 했다. 스윽스윽, 딱딱. 부드러운 마찰음이 잔뜩 구겨진 마음을 풀어주었다. 나는 그 호두 두 알을 쥐고 청소년기를 통과했다.

내 경험을 쓰기 시작했을 때, 가정폭력에 관한 글 다음으로 내가 선택한 주제는 삼촌이었다. 삼촌을 향한 애틋한 마음을 표현하고 싶어서 삼촌과의 일화를 생생하게 적어나갔다. 그런데 처음 생각과 다르게 내용이 점점 삼촌에 대한 안타까운 마음으로 향했다. 왜 삼촌은 항상 가족들 사이에서 배제되고 소외되는지 화가 났다. 글 속에서 나는 방향을 잃었다. 왜 삼촌 이야기를 쓰고 싶었는지, 글을 통해서 하고 싶은 이야기가 무엇인지 갈피

당신이 글을 쓰면 좋겠습니다

를 잡지 못하다가 마감 시간에 쫓겨 급하게 결론을 지었다. "나는 가난하지만 누구보다 선한 둘째 삼촌을 사랑한다."

"정말 삼촌을 사랑한다고 생각해요?"

합평 시간, 수업을 지도하는 작가님이 내 글을 읽고 물었다. 당시에는 글에 대한 방어기제가 작동해서 그렇다고 답했다. 순간의 위기는 모면했지만, 작가님의 질문은 오랫동안 나를 따라다녔다. 나는 삼촌을 사랑했을까? 내 글에서 삼촌은 어떤 모습으로 그려졌을까. 가끔 할머니 집에 갈 때 빼고는 삼촌을 볼 일도 없고, 따로 연락도 안 하는 내가 삼촌을 사랑하는 걸까. 그게 아니라면 나는 왜 삼촌에게 마음이 쓰일까. 왜 가난하지만 사랑한다는 식의 문장을 썼을까. 부유하게 사는 다른 가족과 삼촌 사이의 이질감을 만든 건 무엇일까. 혹시 내가 학벌과 직업이라는 잣대로 둘째 삼촌을 안쓰럽게 바라보고 있던 건 아니었을까. 가족들과 어울려야만 행복한 건 아닌데, 가족에서 소외되어 보인다고 삼촌이 불행하리라 섣부르게 판단한 건 아니었을까. 질문할수록 내가 적당한 결말을 위해 두루뭉술하게 생각을 봉합했다는 점과 삼촌에게 느낀 감정이 사랑보다 연민에 가까울 수 있다는 사실을 인정할 수밖에 없었다.

글이 막힐 때면 익숙한 방식으로 위기를 모면하는 나를 발견한다. 익숙한 단어, 문장, 논리, 그리고 익숙한 감정으로. 나는 삼촌의 입체적인 모습을 누구보다 잘 알고 있다고 자신했으면서도 막상 글이 막히니 익숙한 방식으로 글을 썼다. 학력과 재력, 가족과의 친밀함 여부로 행복의 유무를 가늠하고, 가난한 사람이 선하다는 편견을 기반으로 삼촌을 기록했다. 부유하고 이기적인 가족이 아닌 가난하지만 착한 삼촌을 내가 진정 사랑한다고 쓰는 게 그럴듯하다고 느꼈기 때문이다. 내 고정된 시선은 삼촌의 존재를 불행한 약자 혹은 피해자이기에 선하다고 연민하는 납작한 글을 낳을 수밖에 없었다.

합평 시간마다 나는 주로 글쓴이의 강점을 찾는 데 에너지를 쏟는 편인데, 남은 에너지는 고정감정을 의심하는 데 쓴다. 글쓴이가 왜 그와 같은 감정을 느꼈는지 살핀다. 성폭력 피해 원인을 자기 탓으로 돌리거나, 이혼을 부끄럽게 여기거나, 경제적으로 독립하지 못해 수치심을 느끼거나, 질병을 자기 관리 부족으로 여기는 낡고 견고한 감정들. 이런 고정감정들을 차근차근 짚어가며 질문하는 시간을 갖는다.

낡은 고정감정 중에 가장 익숙하고 위험한 감정은 '동정심'이었다. 누군가의 고통을 불쌍하게 여기는 태도로는 세상 무엇도 바꿀 수 없었기에 다른 종류의 낯선 감정을 찾아야 했다. 발달 장애 동생과 함께 살아가는 일상을 책과 영화로 기록한 장혜영 작가는 자신의 동생을 쉽게 '불행한 장애인'이라고 평가하는

당신이 글을 쓰면 좋겠습니다

시선을 거부하며 말한다. 소수자의 문제를 불행이 아닌 불평등의 문제로 봐달라고. 불행한 장애인을 행복하게 해주자는 식의 시혜적인 태도가 아닌, 내가 누리는 많은 것을 왜 어떤 사람은 똑같이 누릴 수 없는지 묻자고. 개인의 행복과 불행에 초점을 두는 게 아니라 시민사회 구성원 모두의 평등에 초점을 두고 장애인 문제에 접근해야 한다는 말이었다. 쉬운 동정이나 연민의 유혹을 거부하고 불의에 저항하는 분노로 연대하자는 작가의 말 앞에서 익숙한 고정감정으로 쓰인 내 글이 부끄러웠다.

글쓰기는 직사광선이 내리쬐는 맑은 길을 가로지르는 과정이 아니라 뿌옇게 흐린 길을 더듬으며 내 위치와 감정의 실체를 알아가는 과정이다. 관성적으로 쉬운 길로 가려고 할 때마다 잠시 제동을 걸어 일부러 길 잃기를 선택하는 게 쓰기의 과정 아닐까. 내 경험을 다른 방식으로 바라보거나 느낄 수 없는지 이리저리 각도를 바꾸며 살피고, 첫 판단을 버리고 낯선 시선을 탐색해가면서.

만약 다시 삼촌에 대해 쓴다면 나는 어떻게 글을 마무리할까? 먼저 나는 삼촌을 안쓰럽게 바라봤던 내 감정에 질문을 던질 것이다. 그리고 삼촌의 존재가 나에게 던진 질문을 이어가고 싶다. 가족과 화목하게 지내지 않아도, 학력이 낮아도, 가지런하게 외모를 꾸미지 않아도 자신만의 곧은 가치관을 가질 수 있다는 사실을 알려준 사람. 나에게 '다른' 이야기를 들려준 유일한 어른이었던 한 사람의 이야기를 호두 두 알처럼 단단한 언어로 풀고 싶다.

●

"제가 해병대 나왔다고 했잖아요? 그때는 정말 재밌었어요. 아, 하루는 비가 엄청 많이 내렸거든요. 비 오면 다음 날 땅에 지렁이가 올라오잖아요. 오후에 삽질하다가 제가 지렁이를 들고 소리쳤어요. 이거 먹을 사람? 그러니까 후임들이 망설이지도 않고 '저요, 저요'라고 달려드는 거예요. 하하하."

분명 소개팅 자리였는데, 그는 만난 지 한 시간 만에 이런 말을 늘어놓고 있었다. 취한 상태는 아니었다. 테이블 위에는 맥주 500씨씨 한 잔이 전부였으니까. 내가 마음에 안 들어서 추태 부리나 싶었는데, 알고 보니 그렇지도 않았다. 그의 말은 오히려 자기 어필에 가까웠다. 껄껄대는 소리를 들으면서 나는 미소조차 짓지 않았고, 물론 그 후임들이 지렁이를 먹었는지 안 먹었는지도 묻지 않았다. 심드렁한 내 태도에 서운했는지 의기소침한 얼굴로 그가 물었다. "뭐 불편한 거 있으세요?" 나도 물었다. "지금 가혹 행위를 자랑이라고 말씀하시는 거예요?"

비슷한 당혹감을 느낀 적은 여러 번 있었다. 이십 대 중반, 나보다 다섯 살 많은 사람과 소위 '썸'을 타고 있었다. 다섯 번쯤 만났을 때, 그가 두툼한 물건을 들고 나왔다. 군 시절 앨범이었다. 그때부터 그는 자신의 영웅담을 쏟아내기 시작했다. 군대에서 자신이 얼마나 권력이 있었고, 생활이 얼마나 고됐는지, 휴가 나와서 거리에서 마주치는 사람들에게 "눈 깔아"라고 위협했던 과거와 심지어 학창 시절 자신이 지역에서 잘나가는 일진이었다는 사실까지 구구절절 말했다. 겸허한 성찰이면 모를까, 폭력을 자랑스러운 훈장 정도로 여기는 태도에 절망했다. 아, 왜 지난 네 번의 만남에서 눈치채지 못했을까. 내 둔한 안목을 원망하며 미련 없이 그와의 관계를 정리했다.

누구나 타인에게 인정을 요구하며 셀 수 없이 많은 자랑을 하고, 그만큼 누군가의 자랑을 들으며 산다. 어떤 자랑을 들으면 진심으로 그가 매력적이고 아름답게 보이지만, 어떤 자랑을 들을 때면 이게 자랑인지 아리송하거나 심지어 불쾌해지기도 한다. 가령, 자기가 얼마나 많은 여성을 '따먹었는지' 공공연하게 말하고 다니던 어떤 선배나 원나잇 한 여자들의 성기 사진을 수집한다던 어떤 애의 자랑처럼.

'남자다움'을 폭력성이나 우월성쯤으로 해석하고 수행하는 사람들은 경악스럽지만, 새롭지는 않다. 워낙 뻔하고 흔한 레퍼토리이기 때문이다. 법철학자 마사 누스바움의 말처럼 익숙한 자기 서사는 고정관념을 전제한다. "자기 삶을 익숙한 줄거리 형식에 끼워 넣으려 마음먹고 있으면 자신의 이야기를 제대로 듣지 못하게 된다. 그리고 젠더에 기초한 기대들은 우리의 관심을 더욱 왜곡한다. 남성들에게는 영웅적 서사를 요구하고 여성들에게는 사랑과 애착의 서사를 요구하는 것이다." (마사 누스바움, 《지혜롭게 나이 든다는 것》 중에서)

폭력은 어떻게 트로피가 되었을까? '군대는 나와야 사람 되지', '사회생활은 원래 그래'와 같은 말이 허용되는 문화에서 폭력은 폭력이 아니게 된다. 이때 폭력은 문제 상황이 아니라 자연, 본성, 심지어 자격으로 기능하기 때문이다. 이러한 폭력 문화에서 고통 또한 고통이 아니게 된다. 내가 왕년에 어떤 사람이었는데, 라는 거들먹거림은 피해자의 고통을 밟고 서 있다. 오히려 피해자의 고통이 클수록 가해자의 존재감이 커지는 기괴한 모습이다. 또한 이런 전시에는 배제되는 사람이 꼭 존재한다. 남자들이 모이면 군대 얘기는 빠지지 않는다는 흔한 말 이면에는 여러 이유로 군대를 통과하지 않은 개인과 집단에 대한 배제가 담겨 있다. 더불어 '군 생활의 빡셈' 정도에 따라 위계가 나뉘는데, 오죽하면 '우리 때에 비하면 지금은 천국이야'라는 말이 군대 이야기에서 빠지지 않을 정도다. 자신이 얼마나 고강도의 폭력과 부정의를 견디고 그것에 참여했는지로 남성성을 인정받는 것. 자주 봐왔지만, 여전히 기묘하다.

살면서 내게 군대 얘기를 가장 많이 들려준 사람은 아빠였다. 아빠의 자랑 역시 비슷한 레퍼토리로 흘렀다. 아빠가 군대에서 꽤 무서운 사람이었다는 영웅담, 집에서 손 하나 까닥하지 않아도 모든 걸 다 해주는 엄마를 주위 사람들이 무척 부러워해서 우리 집은 천국이라고 불렸다는 자랑 같은 것. 그때마다 나와 동생은 아빠의 말을 끊고 반박했다. "아빠 지금 설마 폭력이나 게으름을 자랑하는 거야……? 엄마가 밥할 때 한 번이라도 함께했어? 사랑하는 사람을 막 대하고 부려먹는 게 무슨 자랑이야."

신기한 점은 우리의 반박에 아빠가 점점 수긍하고 있다는 점이다. 두 딸이 페미니스트가 되고부터 야금야금 관련 책을 읽은 아빠는 조금씩 업데이트되고 있다. 가사 노동을 맡는 양이 늘고, 명령이 아닌 소통을 하려 하고, 말하기보다 들으려는 노력이 보인다. 무엇보다 가장 큰 변화는 폭력을 가부장이나 군인의 역할이 아니라 폭력 그 자체로 인지하게 된 점이다. 제대로 인식하는

당신이 글을 쓰면 좋겠습니다

게 변화의 시작이니까. 그런 아빠의 모습이 신기해서 물었다.

"아빠, 이렇게 변할 수 있는 걸 옛날에는 왜 그랬어?"

"나는 그렇게 하는 게 당연하다고 배웠어. 옛날에 내 동기 중에는 자기 아들이 엄마한테 반항한다고 반쯤 죽여 놓았다고 당당하게 떠들던 애들이 있었어. 그렇게 하지 않으면 오히려 바보 취급했지. 폭력적일수록 인정받고. 그러니까 아빠도 그랬지 뭐. 사실 나도 군대가 잘 맞지 않았어. 원래 꿈은 작은 책방을 운영하는 거였어."

아빠가 책방을 꿈꿨다니. 눈이 번쩍 뜨여서 그날 밤늦게까지 아빠의 '다른' 이야기를 들었다. 그 이야기 속에서 아빠는 누군가를 억압하거나 폭력을 휘두르는 사람이 아닌, 책과 사람을 좋아하고 주위를 돌보며 성실하게 살아가는 책방지기였다. 나는 과거 아빠의 '잘나가던' 이야기보다 소소한 일상으로 가득한 이야기가 훨씬 매력적으로 들렸다.

그리고 바라게 되었다. 뻔한 자랑이 아닌 다른 식의 자랑, 즉 다른 서사가 듣고 싶다고. 그 서사는 어떻게 가능할까? 누스바움은 말한다. "당신이 아주 자유롭게, 비전통적이고 엉망진창인 (모든 의미에서) 이야기를 들려줄 준비가 됐을 경우에만 서사를 구축하는 작업을 하라."(《지혜롭게 나이 든다는 것》 중에서) 고정관념을 해체하고, 폭력을 폭력으로 인지하고, 다정과 섬세함과 연대와 돌봄을 자랑으로 삼으면 누구나 지루하거나 폭력적이지 않은 이야기를 들려주는 매혹적인 이야기꾼이 될 수 있다. 예순을 바라보는 아빠도 다시 시작하는 중이니, 누구나 가능한 모습일지 모른다.

●

　요즘에는 아침에 눈 뜨는 일이 즐겁다. 기다리는 메일이 있기 때문이다. 눈을 뜨자마자 멍멍이 화장실을 치우고, 사료와 물을 채우고, 핸드폰을 확인한 다음에 메일함을 열면 간밤에 도착한 '일간 이슬아'가 있다. 글이 나를 기다리는 건지 내가 글을 기다리는 건지 헷갈리지만, 설레는 마음으로 하루치의 글을 꼭꼭 씹어 읽는다. 나에게 이슬아 작가는 호흡 같은 글을 쓰는 사람이다. 언뜻 익숙해 보이는 일상 속 인물과 공간, 감정에 숨을 불어넣어 고유한 존재로, 고유한 감정으로 보이도록 표현한다. 나는 그 힘이 어디에서 나올까 생각하다가 진솔한 태도라는 작은 단서를 찾았다.

소파 맞은편에는 접수와 수납이 이루어지는 카운터가 있다. 접수 카드에 나의 인적 사항을 적고 아픈 곳이나 검사받고 싶은 항목을 적는 동안 간호사는 나에게 마지막 생리 시작일을 묻는다. 내가 날짜를 답하면 다음으로 이어지는 그녀의 질문은 이것이다.

가장 최근에 관계하신 게 언제죠?

이 질문을 처음 들었던 날 나는 너무 당황하고 말았다. 정직하게 대답하려면 오늘 아침이라고 말해야 했는데 조금 부끄러워서 "어젯밤이요……"라고 대답했다. 이제와 생각해보니 오늘 아침에 한 거나 어젯밤에 한 거나 아주 최근이라는 점은 똑같은데 왜 그렇게 말했나 모르겠다. 쫄보는 거짓말의 스케일도 이렇게 작은 거다.

-이슬아, 《일간 이슬아 수필집》 중에서

산부인과에서 경험한 사소한 에피소드인데, 나는 작가의 부끄러움을 읽자마자 과거의 내 모습이 떠올라 이불을 발로 찼다. 그냥 하는 말이 아니다. 부끄러우면 정말 이불을 발로 차게 된다. 면역력이 뚝뚝 떨어지던 시기에 예정일이 한참 지나도 생리를 하지 않아 산부인과를 찾은 날, 진료실에 들어가자마자 50대 정도 되어 보이는 선생님이 인자한 미소로 물었다.

"생리를 안 한다고 했죠? 언제 마지막으로 $(#*스를 했어요?"

"아……? (임신 가능성 때문에 섹스 날을 물어보는 건가) 저 어젯밤이요."

"네? 아……, 아니, 아니. 생리요. 생리 언제 마지막으로 했어요?"

"아……, 저 두 달 정도 됐어요……."

오 마이 갓. 나는 왜 멘스menstruation를 섹스로 들었을까? 묻지도 않은 섹스 라이프를 드러낸 꼴이었다. 잊고 있던 그때의 상황이 작가의 글을 통해 생생하게 떠올랐다. 진솔한 글은 단 몇 문장만으로도 잊었던 기억을 되살리는 마법을 부린다.

글쓰기 수업에서도 너의 솔직함이 나의 솔직함을 부르는 마법이 일어난다. 포항의 글쓰기 수업에서 만난 오즈는 글 쓰는 게 너무 어렵다고 호소하던 사람이다. 4주 동안 딱 한 번 짧은 글만 쓰고, 수업에도 몇 번 빠졌다. 그런 오즈가 다섯 번째 수업에 '자위'라는 대단한 제목의 글을 발표했다. 그날 읽고 모인 책은 홍승희 작가의 《붉은 선》이었다. 이 책은 자위, 섹스, 성노동 등 다양한 섹슈얼리티 경험을 진솔하게 풀어낸 에세이다. 오즈는 책을 읽고 나니까 자위 정도는 용기도 아니라는 생각이 들었다며 호탕하게 웃었다. 그날 책방에 둘러앉은 사람들은 오즈와 홍승희 작가가 부린 마법으로 자위와 오르가슴, 클리토리스에 관한 진솔한 이야기를 늦은 밤까지 이어갔다.

솔직함의 사전적 의미는 '거짓이 없고 진실함'이다. 어떤 작가가 거짓 하나 없이 진실만을 쓸 수 있겠느냐는 의문과 더불어 과연 객관적인 진실이 존재하는가, 라는 의문이 든다. 하지만 오래 묵혀둔 비밀이 타인의 솔직함 앞에서 비밀이 아니게 되기도 하는 것처럼, 어쩌면 솔직함이란 각자가 가진 경험을 불러내는 용기의 도미노가 아닐까 싶다. 누구에게 보이기 위해 자랑스럽게 드러내는 트로피가 아닌, 먼지 쌓인 구석에서 쿨쿨 잠자고 있던 상자를 꺼내 조심스레 열어보는 일과 같은 말일 수도 있겠다.

다른 종류의 솔직함도 있다. 글을 통해 '나'의 모순 혹은 한계를 드러내는 솔직함이다. 영화관 아르바이트생이었던 새싹은 한 장애여성이 정해진 휠체어 좌석(맨 앞쪽 A열)이 아닌, 뒤쪽에서 영화를 보고 싶다고 요구하던 상황에서 느낀 심정을 〈이상한 나라의 영화관〉이라는 글에서 이렇게 표현했다.

나는 고민이 들었다. 내가 직접 그를 부축하기에는 신체의 크기나 힘이 달려 위험할 것이고, 남자 직원이 보조한다면 불쾌하지는 않을지. 또 나는 어쩔 수 없이 일하는 사람의 입장이라, 가뜩이나 인력이 부족한 상황에 동료들이 힘들어지지는 않을지도 걱정되었다. […] 동료들은 다른 사람을 안아서 옮기는 일을 해보지 않은 사람이 대다수였다. 이상하게 생겨 먹은 상영관을 설계한 사람보다

당신이 글을 쓰면 좋겠습니다

당장 앞에 있는 사람을 비난하는 일이 가장 편리했을 것이다. 나 역시 내가 직접 다른 사람을 안아서 옮겨야 하는 상황을 가정하는 것만으로 힘이 들었지만, 동료들이 그들을 욕하는 것을 볼 때는 더 크게 불편한 마음이 들었다. 정말 그들의 잘못인가 싶어서.

새싹의 글에는 일하는 노동자로서 글쓴이와 동료들, 장애여성의 상황과 입장이 섬세하게 드러나 있었다. 새싹은 영화관의 장애인 수용 정책이 얼마나 허술한지 밝히며, 왜 우리의 한숨이 구조가 아닌 서로를 향하게 되는지 묻는다. 당시 즉각적으로 느꼈던 번거로운 감정을 솔직히 고백하면서도 그것이 왜 부정적인 감정이 되었으며 왜 눈앞에 있는 상대에게 향했는지 질문하며 그다음 이야기를 이어간 것이다. 이 부분이 나는 솔직함의 핵심이라고 생각한다.

나의 한계를 드러내면서 '나는 원래 이런 사람이다'라고 선언하고 끝난다면 그때의 솔직함은 아집에 머무를 수 있다. 만약 새싹이 '장애인 전용 좌석을 이용하지 않고, 무리한 요구를 하는 장애인이 불편했다. 부족한 인력 때문에 영화관 비정규직 노동자가 얼마나 힘든데'라고 끝냈다면, 아무리 솔직한 글이라고 해도 과연 좋은 글이라고 할 수 있을까. '장애인을 보면 불쌍한 감정을 숨길 수 없다', '나는 성소수자를 반대하지 않지만, 내 지인

중에는 없길 바란다', '차별하면 안 되는 걸 알지만, 그렇게 하기 어렵다'는 식의 태도는 솔직함이라기보다 지금의 인식에서 나아가지 않고 손 놓겠다는 포기에 가깝다.

아동문학가 이오덕은《이오덕의 글쓰기》에서 정직함에 대한 오해를 날카롭게 지적한다. "정직하게만 썼으면 그만인가? 정직은 그 자체가 목적이 될 수 없다. 정직은 진실을 얻기 위함이다. 정직은 중요한 덕목이요, 진실에 이르는 가장 요긴한 수단이기는 하지만, 정직을 위한 정직이 되어서는 안 된다."

정직을 위한 정직이 되어서는 안 된다. 같은 말로, 솔직함을 위한 솔직함이 되어서는 안 된다. 그럼 글쓰기에 필요한 솔직함이란 무엇일까. 내가 만든 글쓰기 사전에서 나는 솔직함을 이렇게 정의한다.

솔직하게 쓰다 [동사]

1. 부지런하게 나를 개방하는 일

2. 용기의 도미노에 참여하는 일

3. 우연, 타자, 한계를 받아들이는 일

4. 한계에서부터 다시 무엇인가 되어가는 일

슬픔에
마침표 찍지 말아요

: 내 안의 선생님 죽이기

슬픔에 압도당하지 않아야 한다는 힘겨운 결의 속에
너무나 많은 슬픔이 배어 있다.
-사라 아메드

●

글을 마무리하기 막막할 때마다 서두르지 않으려고 노력한
다. 방심하면 쉽게 유혹에 빠지기 때문이다. 일명 깔끔한 봉합의
유혹인데, 어떤 에피소드나 생각도 교훈적이거나 해피엔딩으
로 끝맺음하려는 관성이다. 나는 언제부터 '오늘도 맑음'에 길들
여졌을까? 책장 구석에 방치된 손때 묻은 다홍색 일기장에 힌트
가 있다. 신도초등학교 3학년 2반 2학기 일기장을 펼치면, 삐뚤
빼뚤한 내 글씨 위에 빨간 색연필 흔적이 있다. 아침마다 반장은
일기를 걷었고, 선생님은 교탁에서 글을 읽으며 A+부터 C까지
점수를 매기고 피드백을 남겼다.

밥이 얼마나 중요한지 알게 되었다. 이제 군것질 안 해서 건강한 승은이가 되고 말 것이다.

- 꼭 먹고 싶거든 엄마한테 말씀드려서 만들어 먹도록 하세요. A+

내일 부모님께 선물 드릴 게 문제다. 빨리 내일이 돼서 부모님을 기쁘게 해드릴 거다.

- 평소에도 부모님께 효도 많이 하세요. A+

우리 선생님께선 맨날 웃으시며 우리에게 좋은 경험을 하게 해주시고 독서를 잘 가르쳐주셔서 우리들이 훌륭하고 튼튼한 어린이가 되길 빌고 있는 것 같다. 아! 선생님 사랑해요.

- I like you. very very much! A+

훈훈한 교훈과 훈화의 반복. 게다가 점수는 모두 A+! 나는 쓰기가 아니라 선생님에게 좋은 점수 받는 법을 익혔던 것 같다. 마무리는 누가 봐도 불편하지 않고 훈훈한 자기반성과 다짐이면 되는 거였다. 나는 궁금해졌다. 만약 선생님이 다른 피드백을 해주었다면 어땠을까? '밥이 중요하다는 걸 알게 됐군요. 승은이가 먹는 매끼 식사가 누군가의 노동을 통해 가능하다는 것을 알고 있나요?' '효도란 무엇일까요? 우리는 왜 꼭 효도를 해야 할까요?' 선생님의 피드백이 달랐다면, 미처 내가 닿지 못했던 생각에 다다를 수 있었을까. 생각을 봉합하지 않고 질문하는 법

당신이 글을 쓰면 좋겠습니다

을 익힐 수 있었을까. 그랬다면 거칠게 흔들렸던 청소년기를 조금은 단단하게 버틸 힘을 기를 수 있지 않았을까, 하는 부질없는 상상도 해본다.

내가 처음 글을 배운 학교는 질문보다 정답이, 슬픔보다 행복이, 모호한 결말보다 깔끔한 엔딩이 환영받는 곳이었다. 게다가 '아이'라는 위치는 더욱이 고통이나 슬픔을 표현해서는 안 되는 존재로 여겨졌다. 어른의 슬픔도 이제 그만하라고 지겨워하는 시대에 천진난만함의 대명사가 슬픔을 표현하는 건 분명 모두가 원하지 않는 방향이었다. 함께 글을 쓰는 동료들도 나와 같은 어려움을 호소했다. 글을 마무리하려고 하면 내 안의 선생님이 나타나서 자꾸 글을 교훈적으로 봉합하려고 한다는 것이다.

C도 같은 어려움을 느끼는 동료였다. 고모의 죽음을 아버지에게 전해들은 날, C는 고모를 기억하며 글을 썼다. 고모는 조현병 진단을 받은 스무 살 이후 평생을 병원에 갇혀 있었다. C는 고모의 존재는 알았지만 얼굴 한 번 보지 못했다. 부모님이나 할머니, 주위 친척 모두 고모의 존재를 금기처럼 여겼다. C는 한 사람이 장애를 이유로 어떻게 가족과 사회에서 지워지는지를 섬세하게 기록했다. 글의 끝에 C는 고모에게 편지를 썼다.

"고모, 내가 당신을 얼마나 사랑했는지 꼭 전하고 싶어요."

나는 C에게 피드백을 남겼다.

"글에 등장하는 인물들을 입체적으로 쓰려고 노력한 흔적이 느껴져요. 그런 점이 글을 단단하게 만드는 것 같아요. 이번 글을 마무리하기 어려웠다고 했죠? 마무리에서 고모에게 전달하는 메시지가 특별히 이질적으로 보이진 않지만, 다른 말을 했다면 어땠을까 싶었어요. C의 글에는 가족 구성원 중 한 명으로서 갖게 된 죄책감이 잘 느껴져요. 프리모 레비가 말했던 생존자의 수치심, 남은 사람들의 죄책감 같은 것이요. 저는 그 부분을 조금 더 끌고 가면 글의 메시지가 묵직해지지 않을까 싶었어요."

내 피드백에 C는 연민하거나 손쉽게 사랑하지 않으면서 이야기를 끌어안는 마무리가 정말 어려운 것 같다며 조금 더 고민해보겠다는 답장을 남겼다. 그리고 며칠 뒤 C에게서 퇴고한 글을 받았다.

"'스무 살이 되면 고모를 만나게 해줄게.' 어릴 때 할머니와 한 그 약속은, 이제는 지켜질 수 없는 약속이 되었다. 나는 스무 살이 되었는데, 스무 살이 지나 지금은 스물네 살이나 되었는데. 시간을 되돌릴 수 있다면, 나는 어린 시절로 돌아가 할머니와 아버지를 설득해 고모를 뵈러 갔을 것이다. 장애를 지닌 게 뭐 어떠냐고 말이다. 하지만 이런 소박한 바람은 이제 이루어질 수 없다는 걸 나는 안다. 고모는 세상을 떠났고, 나는 영영 고모를 볼 수 없게 되었다."

당신이 글을 쓰면 좋겠습니다

영영 고모를 볼 수 없게 되었다는 담담한 서술이 오히려 큰 여운을 가져온다. 고모를 사랑한다에서 끝난 처음 글의 마무리와 대조된다. 마침표를 출입문 삼아 나는 가만히 C의 자리로 걸어 들어 갔다. 그 자리에서 나는 실루엣으로나마 얼굴 없는 고모를 마주보았다. C가 느낀 무력감과 죄책감이 몸에 퍼졌다.

경험을 해석한다는 말은 모든 경험에 이름표를 붙이거나 의미를 부여해야 한다는 말은 아니다. 살아가는 일이 그렇듯 뚜렷하게 정해진 답이나 결말은 없다. 우리는 다만 시간과 사건의 끝없는 연속성 안에 존재하고, 순간을 이야기라는 방식으로 품을 수 있을 뿐이다. 그러니까 글도 서둘러 끝낼 필요 없다. 유독 마무리하기 힘든 글 앞에서는 잠깐 멈추는 게 좋다. 급하면 익숙한 길로 빠지니까. 한 가지 이정표만 기억하면 된다. 익숙한 방법으로 쉽게 닫지 말고, 차라리 마침표를 열어두자고.

글을 마무리하기 막막할 때마다
서두르지 않으려 노력한다.
방심하면 쉽게 유혹에 빠지기 때문이다.
일명 깔끔한 봉합의 유혹.
교훈이나 해피엔딩으로 끝맺음하려는 관성.

평범함이라는 함정에
빠지지 않기

: '글감 있는 삶을 살라'에 담긴 의미

●

"승은 씨는 살면서 다양한 경험을 했으니까 쓸 거리가 많을 것 같아요. 학교도 그만뒀고, 연애도 많이 했고, 직업도 평범하지 않았잖아요. 다르게 살았기 때문에 더 글감도 많고 글에 힘이 있지 않을까요? 저는 너무 평범하게 살았어요. 평범한 가정에서 자랐고 남들처럼 학교 졸업하고 직장에 다니는데 제가 쓸 거리가 있을까 싶어요."

수업이 끝난 비 오는 밤, 모처럼 동료들과 뒤풀이를 했다. 차가운 막걸리잔을 부딪치며 이런저런 이야기를 나누는데, 평소 글쓰기에 열정을 보이던 라니가 불쑥 물었다. 라니의 말에 자리에 앉은 모두가 공감한다는 듯 고개를 끄덕였다. 자신이 너무 평범하게 느껴져서 글감을 찾기 어렵다는 말은 워크숍을 하다 보면 종종 듣는 고민이다. 나 역시 비슷한 감정을 느끼며 글쓰기를 주저했었기 때문인지 무의식중에 고개를 끄덕이고 있었다.

글이 써지는 삶을 살라는 말이 있다. 언뜻 맞는 말 같지만, 잘못 해석할 경우 '쓸' 만한 인생은 따로 있다는 오해를 낳기 쉬운 말이기도 하다. 어릴 때 읽었던 책을 기억해 보면 우리는 애초에 저자의 조건을 학습하며 자랐는지 모른다. 위인전, 자기계발서, 장애 '극복기'와 같이 극적인 시련과 도전이 있고 감동을 주는 누군가의 이야기는 역설적으로 아무나 저자가 될 수 없다는 메시지를 건네는 듯하다. 이렇게 학습된 저자의 조건은 이에 부합하지 않은 사람들의 삶을 평범하다고 오해하게 만든다. 평범한 삶은 서사도 빈곤하고 질문을 낳기 어렵다는 편견이다.

라니의 말처럼 나의 몇몇 일탈이 글감의 원천이 되었던 건 맞다. 부모님의 이혼, 고등학교 자퇴, 사회운동, 협동조합 등의 경험은 어떤 면에서 글을 쓸 때 힘이 되기도 했다. 시련이 준 상처와 슬픔이 내 서사에 힘을 실어준 것도 사실이다. 그렇지만 특별한 경험은 한정적일 수밖에 없기에 글감으로써는 곧 고갈될 수밖에 없다. 그래서 한정된 기억을 다 뽑고 난 뒤에 나는 이제 어떻게 살아야 글이 나오려나, 오래 고민했다. 오죽하면 다른 사람들처럼 결혼을 해야 육아와 시가, 결혼 생활이 맞물려 글감이 더 풍성해지지 않을까, 하는 생각까지 했을 정도다. 이제 다 털어냈으니 쓸 게 없다고 허탈하게 마음을 쓸어내린 적도 있었다.

더는 쓸 것이 없다고 믿었던 내게도 아직 쓸거리가 가득하다는 사실을 알려준 건 우연히 집어든 책에서 읽은 사소한 대화였다. 황정은 작가의 소설 《계속해보겠습니다》에 나오는 나나와 소라의 대화는 '요강'으로 시작한다.

모세 씨네 집엔 요강이 있어.

요강을 사용할 정도의 환자도 없고 변기도 멀쩡한데 요강이 있어.

나나의 말에 소라가 묻는다. "왜?" 나나는 답한다. "그냥 쓰는 거래. 옛날부터 그냥 그것을 그렇게 쓰신대. 그것을 본인이 비우느냐고 물으니까 아니래. 아버지가 요강을 사용하고 어머니가 요강을 비운대. 아무렇지도 않게. 아무렇지도 않은 일이라고 여기니까 아무렇지 않게 대답했겠지? […] 나나가 이상하게 생각하는 것은, 말하자면 포인트는, 아버지가 요강을 사용한 뒤 손수 비우지 않고 남의 손을 사용해서 비운다는 거였어. 몇 걸음만 걸으면 멀쩡한 화장실이 두 개나 있는 집인데 놋그릇에 똥이나 오줌을 눈 다음에 남에게 그 그릇을 치우라고 넘긴다는 건 이상하지 않아?"

그리고 나나는 질문을 잇는다. "아들인 모세 씨는 왜 요강은 한 번도 이상하게 여기지 않았을까? 세 사람 사이에는 어떤 흐름이 있는 걸까?"

붙박이처럼 존재했던 요강을 낯설게 보고 이야기를 계속하는 두 사람의 대화는 일상적이지만 평범하지 않은 질문을 던진다. 요강에 관해 물었을 뿐인데 어느새 요강은 아빠, 엄마, 아들 모세의 관계를 꿰뚫는 매개가 되었다.

자기 서사를 쓰는 일은 자서전처럼 모든 일대기를 쓰는 일이라기보다, 내 기억과 일상을 낯설게 보고 기록하는 일이다. 권태에 눌리지 않고 감각을 열어 지금을 살아갈 때, 과거와 지금의 경험에서 글감은 자연스레 떠오르는 게 아닐까. 그 뒤로 수업 첫 시간마다 사람들에게 미션을 주었다. "쓸거리가 없다고 느껴질 때는 힘을 빼고 주위의 사소하고 일상적인 것을 둘러보세요. 예를 들어서 '가족'에 대해 쓰고 싶다면 아침 식사 장면을 떠올리거나 거실 소파를 주로 차지하는 사람은 누구인지, 엄마 하면 떠오르는 물건이 뭔지, 아빠에게 자주 들었던 말이 뭔지, 가족들 간에 자주 오가는 대화는 주로 어떤 내용인지처럼 내가 일상적으로 마주했던 순간들을 떠올려 보는 거예요."

일주일 동안 열심히 글감을 고민한 사람들은 확실히 일상적이고 사소한 장면에서부터 글을 시작한다. 아빠와 오빠는 소파에서 텔레비전을 보는 주말 아침에 딸인 자신에게만 청소하자고 요구하는 엄마의 목소리를 떠올리거나, 어릴 때 숨죽여 들었던 아빠의 발소리를 떠올리며 가족 내 성차별과 폭력을 말한다. 글감을 찾기 어렵다고 호소하던 라니도 가장 가까운 곳에서 글감을 찾아 매주 글을 썼다. 자신이 그토록 다이어트에 열심이었던 이유를 질문하다가 "70킬로그램일 때의 나보다 58킬로그램인 내가 옷을 소비하기에 좋은 몸이었다. 70킬로그램일 때처럼 충분히 돈이 있는데도 직원들의 눈총을 받으며 돌아볼 필요가 없었다"며 자본과 성차별의 교차점을 찾아냈고, 혼자 살며 느꼈던 불편함을 돌아보며 질문을 이었다. "연결되고 싶은 욕구, 친밀한 관계를 갖고 싶은 욕구보다 앞서는 것은 안전에 대한 욕구다. 성적 대상으로 보이지 않으려고 더 화장을 옅게 했다. 쉬운 여자가 아니라는 것을 온몸으로 표현하려고 애썼다. […] 스스로 매력적이라고 여기는 옷차림을 포기하고 안전을 얻는 것, 성적인 대상으로 보이지 않으려 다른 사람의 시선을 빌어 나를 검열하며 사는 걸 언제까지 해야 하는지 모르겠다."

무엇을 쓸지 모르겠다고 혼란스러워하다가도 뚝딱(하지만 오래 걸렸을) 글 한 편을 완성하는 모습을 보면, 나는 그 사람이 지고 있을 무수한 이야기보따리를 상상하게 된다. 아무렇지 않게 지나쳤던 순간을 복기해서 곰곰이 따져보면 세상에 글감 아닌 게 어디 있나 싶다. 각자만의 맥락과 시선의 다양성을 보면 세상에 '평범한' 사람이 어디 있나 싶기도 하다.

다시 나나와 소라의 대화로 돌아가서, 나나가 요강에 대한 의문을 털어놓자 소라가 말한다.

> "아무리 생각하고 들여다보아도 모르겠다, 싶은 것은 애초에 생기기를, 모르게 되어 있도록 생겼는지도 몰라. 불가사의한 구멍 같은 것. 미스터리 홀. 그게 그 집안의 경우엔 요강인 거지. […] 도저히 모르겠다고 생각하니까 그런 게 그 자리에 있는 거잖아. 아무도 제대로 생각해주지 않으니까, 그런 게 거기 있는 거고, 여전히 그렇게 하고 있는 거잖아. 그게 뭔지는 몰라도 그게 뭔지, 제대로 생각해야지, 제대로."

나는 '글이 나오는 삶을 살라'는 말은 평범하게 살지 말라는 말보다는 '일상에서 글을 길을 수 있는 안목을 기르라'에 더 가까운 말이라고 생각한다. 아주 사소한 대화에서도 시대를 엿볼 수 있고, 사소한 감정에서도 구조를 읽을 수 있다. 말 한마디, 습관이나 감정 하나를 사소하게 넘기지 않는 부지런함과 지나치지 않고 제대로 생각하는 힘을 기른다면, 누구나 '평범함'이라는 함정에 빠지지 않고 이야기를 길어낼 수 있다.

당신이 글을 쓰면 좋겠습니다

감히 '우리'라고
말할 수 있는 시간

: 안전한 글쓰기 공동체 만들기

●

"안전한 글쓰기 공동체는 어떻게 만들 수 있나요? 제 주위에는 모임이 없어서요."

질문을 들을 때마다 속 시원하게 답하고 싶은데, 내 대답은 모호하기만 하다. "저도 잘은 모르지만 중요한 건 모임을 만든 사람의 역할이 1이면 구성원의 역할이 9라는 거예요." 책임을 회피하기 위해서가 아니라 정말 그렇기 때문에 이 말밖에 할 수가 없다. 수업을 진행하는 사람은 가이드라인을 제공할 수 있지만, 공동체가 유지되기 위해서는 한 사람이 아닌 여러 사람의 품이 필요하니까. 유일하게 확신할 수 있는 한마디만 더 추가하곤한다. "글쓰기 공동체를 일구기 위해서는 잘 쓰는 열 사람보다 잘 읽는 한 사람이 중요해요."

　가만히 있어도 이마에 땀이 맺히던 여름 밤, 서울의 한 북토크에 갔다. 저녁 7시에 시작한 강연은 밤 11시까지 장장 네 시간 동안 이어졌다. 애초 계획은 두 시간이었는데 시간이 훌쩍 넘어 버렸다. 40여 명이 꽉 찬 강연장에서 중간에 이탈한 사람은 한 명도 없었다. 모두가 지치지 않고 고개를 끄덕이며 작가의 말에 집중했다. 강연이 끝날 때쯤, 시간을 보고 깜짝 놀란 작가가 말했다. "저는 북토크 내용이 매번 바뀌어요. 만약 여러분이 이렇게까지 저를 수용한다는 느낌이 들지 않았다면 오늘 준비한 부분만 말하고 갔겠죠. 그런데 너무 잘 들어주니까 믿음이 생기는 거예요. 내 치부, 치부라고 생각한 것들을 말해도 되겠다 싶은 믿음이. 여러분이 아니었다면 오늘 제가 한 얘기들을 절대 꺼내지 못했을 거예요." 작가의 깊은 이야기를 끌어낸 듣는 이의 수용과 믿음, 고요하게 치열했던 네 시간. 나는 그 시간에 밑줄을 그었다.

　쓰는 이의 뼛속 깊은 이야기를 끌어내는 힘은 잘 읽고 듣는 공동체에 있다. '나는 어떻게 잘 읽는 사람이 될 것인가'에 대한 고민이 필요한 이유다. 게다가 글을 잘 쓰기 위해서 잘 읽어야 한다는 사실은 많은 작가가 말하는 쓰기의 비법이기도 하다. 좋은 문장과 좋은 사유를 읽으며 곱씹다 보면 어느새 내 몸에 글이 배고, 세상을 보는 관점을 길러낼 수 있고, 같은 내용을 보다 정확하게 전달하는 방식을 익힐 수 있으니까.

　내가 생각하는 잘 읽는 법은 두 가지다. 하나, 누구의 글을 읽을지 선택하기. 책장을 보면 그 사람의 세계를 엿볼 수 있다고 한다. 그만큼 우리는 읽으며 경험하는 세계에 영향을 받는다. 누구에게 영향을 받을 것인가. 어떤 글을 읽을지에 대한 선택은 앞으로 내가 어떤 위치에서 어떤 글을 쓸 것인가로 연결되는 글의 서문과도 같다. 소나기처럼 무수하게 글이 쏟아지는 SNS 한복판에서 마음에 브레이크를 건 문장이 있다. "먼지의 말은 아무도 듣지 않는다." 대학에서 부당해고를 당한 뒤, 몇 년째 시간 강사 처우 개선 운동을 하는 채효정 선생님의 글이었다. 이 한 문장을 내놓기까지 얼마나 긴 시간 동안 들어줄 사람을 기다리며 외쳐 왔을지, 나로서는 감히 상상할 수도 없었다. "누구의 글을 읽을 것인가를 고민해야 해요. 사실 많은 소수자는 들어줄 사람이 없잖아요." 은유 작가에게도 같은 말을 들었다. 경쟁과 성취가 최고의 가치로 여겨지는 사회에서 타자를 누르고 나를 뽐내는 글은 쉽게 찾아볼 수 있다. 반면 서로를 돌보며 사회의 기준에 질문하는 글은 상대적으로 눈에 띄지 않는다. 익숙한 싸움의 논리가 아닌, 세상과 타자를 돌보는 글쓰기를 위해서는 먼지처럼 허공을 떠돌다 조용히 사라지는 외침을 찾아 읽는 부지런함이 필요하다. 돌봄의 독서가 돌봄의 쓰기를 부르니까.

둘, 어떻게 글을 읽을 것인가. 글을 읽자마자 '그래서 결론은? 요지는? 하고 싶은 말은?' 같은 판단이 아닌, 행간에 스며든 망설임과 고민과 침묵을 예리하게 파악하는 일. 삶을 통째로 꺼내놓은 글 앞에서 공감과 더불어 필요한 부분을 조심스레 제안하는 과정은, 쉬워 보여도 막상 실천하기 까다롭다. 나는 글쓰기 수업을 진행할 때마다 '잘 읽는 법 체화하기'를 목표로 삼는다. 그래서 정한 몇 가지 규칙이 있다. 태어날 때 누군가 지어준 이름 대신 자기가 불리고 싶은 이름 정하기. 나이, 학력, 직업, 성별, 성적 지향을 묻지 않기. 기존의 호칭과 역할은 제쳐두고, 그 자리에는 함께 쓰고 읽는 사람이라는 정체성만 남겨둔다. 첫 시간에는 이오덕 선생님의 글쓰기 수업 지침을 참고해 몇 가지 사항을 공지한다. 독서와 필사 습관 다지기. 매주 한 편의 글을 완성해서 정해진 매체에 올리기. 다른 사람의 글에 피드백 남기기. 책을 읽을 때 감응한 부분, 글쓴이가 메시지를 전달한 방식에서 참고할 부분 공유하기.

특히 합평 방식은 목소리에 힘을 주어 꼼꼼하게 공지한다. 글에 드러난 글쓴이의 생각이나 삶의 태도가 어떤지, 나와 연결되는 부분이 있는지 살피고 나누기. 공감하거나 감동하거나 내가 새롭게 알게 된 상황이나 관점이 있다면 무엇인지 나누기. 마

당신이 글을 쓰면 좋겠습니다

음을 건드리는 문장, 문단, 사유 나누기. 글쓴이가 말하고자 하는 바가 더 잘 전달되기 위해서 어떤 부분이 보충되면 좋을지 이야기하기. 한 명의 발언이 길어지면 정해진 시간에 모든 사람이 골고루 의견을 나누기 어려우므로 발언 시간을 조절하기.

글을 훑어 읽고 적당히 '좋아요' 버튼을 누르는 대신, 적극적으로 글을 읽으면서 느낀 점과 궁금한 점을 입으로 뱉는 과정은 읽기의 감각을 변주한다. 짧은 분량이더라도 그 글을 쓰기 위해 시간을 들였을 글쓴이의 망설임을 가늠하면서 문자, 여백, 감정 하나하나에 섬세해져본다. 한 사람이 삶으로 써낸 글을 글쓴이의 눈앞에서 읽고 그 감상을 표현하기란 여간 어려운 일이 아니어서, 그 어려운 일을 통과해야 기를 수 있는 시선이 있다. 사회적 맥락과 글쓴이의 맥락을 입체적으로 들여다보는 눈 같은.

대학 학보사에서 꾸준히 글을 써온 마음은 마지막 시간에 합평 문화에 대해 말했다. "저는 여태껏 합평은 무조건 서로의 글을 냉정하게 비판하는 거라고 생각했어요. 다른 말로 하면 글을 신랄하게 까는 거? 그런데 여기서는 표현 자체가 다르더라고요. 일단 글쓴이의 심정을 공감하면서 표현하고, 그다음에 보충되었으면 하는 부분을 '저는 이 부분이 왜 이렇게 되었는지 궁금했어요. 조금 더 추가되면 더 잘 와 닿을 것 같아요'라고 조심스럽게 말하는 방식이잖아요. 서로를 존중하면서 나아가는 방법을 배운 것 같아요."

꾸준히 글을 써온 소영은 수업을 통해서 읽기의 중요성을 배웠다고 했다. "저는 지난 몇 년간 계속 글을 써왔어요. 언제부턴가 관성적으로 글을 쓰는 것 같아 새로운 자극을 받고 싶어서 수업에 왔어요. 초반에는 기존처럼 틀에 갇혀서 고민했어요. 뭘 쓸지, 내 글을 사람들은 어떻게 볼지, 그런 것들이요. 그런데 점점 다른 사람의 글을 더 유심히 읽게 됐던 것 같아요. 댓글을 남기거나 합평하는 것도 어려웠는데, 조심스럽게 누군가의 글에 개입하는 적극성도 배웠어요. 다른 사람의 글을 통해서 제 글에 배었던 관성에서 벗어날 수 있었어요."

6주 내내 꾸준히 글을 썼지만, 합평 시간만 되면 말수가 적어졌던 나물은 마지막 시간에 고백했다. "저는 합평 시간이 정말 어렵더라고요. 사람들 글에 어떻게 반응해야 할지 막막해서 말이 안 나왔어요. 그래도 누가 제 글을 읽어주는 게 어떤 느낌인지 알 것 같아서……. 앞으로 잘 표현하고 싶어졌어요. 다들 제 이야기를 잘 들어주셔서 감사해요. 정말 감사했어요."

세 사람의 고백처럼, 잘 듣는 이와 함께하는 합평 시간은 진솔하게 글을 쓸 용기를 준다. 우리는 대부분 사회가 정상이라고 규정한 역할과 도덕, 윤리라는 보이지 않는 선을 이탈한 다채로운 존재이지만, '그대로의 너의 이야기를 들려줘. 나는 너의 이야기를 들을 준비가 되어 있어'라는 태도를 접해본 기억이 많지 않으니까.

원칙은 같아도 매 기수마다 참여하는 사람이 다르기에 모임이 언제나 평탄하지는 않다. 서툰 위로, 서툰 표정, 서툰 조언으로 상처를 주고받기도 한다. 이럴 바엔 차라리 혼자 쓰는 게 낫지 싶은 순간도 있다. 그래도 다음 날이면 아무래도 함께 쓰는 게 조금 더 낫다는 생각을 한다. 감히 '우리'라 말할 수 있는 시간의 잔상 때문이다. 한 사람을 끝내 쓰는 사람으로 이끄는 힘. 누군가의 이야기를 끌어내는 '우리'의 힘을 실감하면서 나는 그 잔상을 믿기로 했다.

●

글을 읽다가 사랑에 빠진 적 있나요? 저는 글이 마음을 어루만질 때, 나를 새로운 세계로 이끌어 줄 때, 그리고 닮고 싶을 때 사랑에 빠져요. 예전에는 정리되지 않은 응어리를 시원하게 해소해주는 작가에게 마음을 뺏겼다면, 요즘에는 새로운 세계를 알려주면서 나를 질문하게 하는 작가의 목소리에 귀 기울여요. 사랑에 빠진 사람이 그렇듯 글 쓰는 작가의 모습을 상상하고, 단어와 여백 하나에도 집중해요. 외우고 싶은 문장은 손으로 꾹꾹 눌러 쓰면서 마음에 새겨요.

사랑하면 닮는다는 말이 있어요. 그런 의미에서 제가 쓰는 모든 글은 제가 사랑한 흔적이에요. 내 존재 역시 내가 사랑한 누군가의 자국인 것처럼요. 시선 하나, 문체 하나, 문장을 배열하는 방식과 쉼표 하나도. 유명한 맛집의 비밀 레시피처럼, 저에게도 글이 써지는 비밀 레시피가 있어요. 나를 자극하는 글을 가까이 두기. 사실 비밀이라기 민망할 정도로 보편적인 방법이지만, 경험을 우려낸 목록이니 나름 비밀 레시피라 해두고 싶어요.

글이 써지는 비밀 레시피를 공개한다면 위와 같은 거창한 서두로 시작하고 싶었다. 이 레시피는 얼핏 싱거운 비법일 수 있겠으나 나에게는 꽤 든든한 처방이니까.

내가 쓰고 싶은, 써야 하는 글에 따라 레시피는 조금씩 변형된다. 내 글이 무거워질 때, 분위기를 전환시키고 싶을 때면 이슬아, 황부농, 올리버 색스의 수필집을 읽는다. 이슬아 작가는 애정으로 글을 쓰는 법을 아는 작가다. 매일 쓰는 성실함으로 완성한 두꺼운 《월간 이슬아 수필집》을 무작위로 한 페이지만 펼쳐도 너무 뜨겁거나 차갑지 않은 작가의 은은한 온도를 느낄 수 있다. 그 온도에 젖어 나도 자연스럽게 나와 타인을 돌보는 담백한 글이 쓰고 싶어진다. 이후북스의 책방지기인 황부농 작가는 바쁜 책방 일정에도 매일 글을 쓰는 사람이다. 힘 빼고 쓰기의 정석을 보여주는 솔직 담백한 쓰기는 나를 무장해제한다. 쓰는 글이 점점 산으로 가고 어깨에 힘이 들어갈 때 부농님의 책을 읽으면 사뭇 진지한 내 모습이 우스꽝스럽게 보일 정도다. 올리버 색스는 장애학, 아픈 사람 서사로도 유명하다. 그중에서도 작가가 죽기 전에 쓴 《고맙습니다》에는 작가 특유의 진지한 유머가 녹아 있다. "아쉬운 점은 너무 많은 시간을 낭비했다는 (그리고 지금도 낭비하고 있다는) 사실이다. 여든 살이 되고서도 스무 살 때와 마찬가지로 지독하게 수줍음을 탄다는 것도 아쉽다."

경험을 경유해서 사회에 질문할 때면 은유, 최현숙, 김원영 작가의 글을 찾아 읽는다. 은유 작가의 글은 사적인 영역에 국한되지 않고, 어떻게 자기 서사로 사유의 지평을 넓힐 수 있는지 알려준다. 내 레시피에 은유 작가가 포함된 계기는 〈자신이 한 일을 모르는 사람들〉이라는 칼럼이었다. 공중화장실에서 한 청소년이 홀로 아기를 낳아 음식물 쓰레기통에 버리고 간 '신생아 쓰레기 사건'이 알려졌을 때, 각종 언론과 여론은 출산한 청소년을 매정하다며 뭇매질로 일관했다. 작가는 화장실에서 홀로 출산할 수밖에 없었던 청소년의 상황을 자신의 출산 경험에 빗대어 보여줬다. 배 위로 트럭이 세 대쯤 지나가는 산통을 홀로 공중화장실에서 견디고, 탯줄을 직접 끊고, 피와 양수, 배설물 등을 직접 처리하고, 출산 직후 뼈가 벌어져 걷기도 힘든 몸으로 기름때와 핏덩이가 묻은 아기를 수건에 싸서 버리는 과정. 읽는 것만으로도 고통이 생생하게 다가오는 글이었다. 작가는 왜 그가 그럴 수밖에 없었는지를 다룬 후, 상대 남성과 가족, 사회는 어디에서 뭘 했는지 책임을 묻는다. 그 뒤로 나는 은유 작가의 글을 찾아 읽으며 자기 서사가 어떻게 '자기'를 넘을 수 있는지 힌트를 얻곤 했다.

구술생애사 작업으로 알려진 최현숙 작가는 발과 귀가 말과 글이 되도록 연결하는 사람이다. 타인의 자리로 걸어 들어가고, 적극적으로 말 걸고, 구조와 개인의 경계에서 말을 재해석한다. 타인의 입에서 나오는 날것의 말에 작가의 예리한 성찰이 더해진 구술생애사 작업은 한 사람의 이야기가 어떻게 역사가 될 수 있는지 보여준다. 최현숙 작가는 서명 글귀에 "낮고 낡은 곳에서 부터 신나는 마당을 함께"하자고 적는다. 요양보호사로 일하면서 만난 할머니들, 어버이연합으로만 알려진 할아버지들의 생애, 시골 깡촌 노인들의 사투리까지 하나하나 배워가며 듣고 기록하려는 작가의 노력과 꼭 맞는 글귀다. 특히, '천박함'에 대한 작가의 시선을 나는 두고두고 찾아 읽는다. "여유 없는 사람들은 천박할 수밖에 없고, 나는 그 점을 말과 글로 옹호한다. 상대가 천박해서 불편하다면 내 소갈머리를 살펴야 한다. 천박을 옹호하려는 내 말과 글이 고상한 단어들을 버리지 못하는 이유는 내 삶과 언어의 치명적인 한계다. 내가 그 사람들보다 덜 천박하다면 내 삶의 여유에서 비롯된 '배운 년'의 체면과 껍데기 때문이다." 낡고 낮은 곳에서부터 시작하고야 마는 작가의 삶과 글쓰기를 나는 닮고 싶다.

김원영 작가는 변호사로서 '성공한 장애인'이라는 딱지를 거부하고, 자기 서사를 부지런한 사유와 고민으로 이어간다. 2010년 처음 출간한 《나는 차가운 희망보다 뜨거운 욕망이고 싶다》에서도 작가는 자신의 서사를 솔직하게 드러냈다. 8년 뒤 나온 책 《실격당한 자들을 위한 변론》은 긴 시간 동안 무르익은 작가의 고민을 엿볼 수 있다. 첫 책이 '나'에서 시작했다면, 두 번째 책에서는 주체가 '실격당한 자들'로 확장되었다고 느꼈다. 나는 시간의 흐름만큼 축적된 고민의 흔적에 감탄하면서, 그 부지런함이 고마워서 한 글자도 놓치지 않으려고 촉각을 곤두세워서 읽었다. 작가는 서사의 편집권에 대해 이렇게 말한다. "서사는 잘 쓰인 놀라운 문학작품이 아니라 자신에게 찾아온 어떤 상황을 자기만의 시각으로 바라보고, 그것을 자기 삶에 결부시켜 구체적으로 받아들인 결과다. 자기 서사를 존중하고 고려하는 것이 중요한 이유는 각 개인의 고유성을 보여주기 때문이지, 개개인의 뛰어난 예술성을 드러내는 지표라서가 아니다." 내 피해를 증언할 때, 세상이 선과 악 이분법으로 보일 때면 나는 그의 글을 찾아 읽는다. 게다가 김원영 작가는 유머도 (내 기준에서는) 완벽하다. 책의 앞머리에서 작가는 휠체어를 1.8초에 한 번씩 규칙적으로 밀어야 우아해 보인다는 글을 썼는데, 실제 북토크에서 왜 1.8초에 한 번씩 밀어야 우아해 보이는지를 보여줬다. 한 번은 0.1초, 한 번은 3초, 한 번은 1.8초를 예시로 들어서. 정말 1.8초가 가장 우아했다! 이처럼 타인을 깎아내리지 않고 구사하는 세련된 유머는 어떻게 가능한지 그의 주변을 맴돌며 배우고 싶다.

습관처럼 입에 붙은 문장이 지루하게 느껴질 때면 문학을 찾아 읽는다. 문학 작품들을 읽으면, 내 글이 얼마나 게으른 표현으로 점철되어 있는지 알 수 있다. 최승자, 진은영, 김소연, 김혜순, 배수아, 황정은, 존 쿳시, 실비아 플라스, 오드리 로드……. 애정하는 많은 작가의 글에서 집요하게 현상의 이면을 파고들어 정확한 단어와 문장으로 표현하는 끈기를 배운다. 특히 시구는 필사 노트에 적어두었다가 습관처럼 다시 꺼내어 읽는다. 긴 글이 읽히지 않을 때, 한 문장의 힘을 실감하고 싶을 때를 대비해서. 훔치고 싶은 시구 중 내가 가장 자주 인용하는 문장은 진은영 작가의 〈별은 물고기〉의 한 문장이다. "목이 베인 그 여자, 아가미 얻었네." 사회에서 내몰려 목이 베인 여자가 하늘을 나는 물고기가 되는 내용은, 글을 쓰고 세상에 내놓을 때마다 목이 베이는 걸 두려워하지 않는 용기가 된다.

다음은 디테일을 위한 공부 목록이다. 얼마 전 한 편집자께 들은 조언. "결국 꾸준히 글을 쓰기 위해서는 디테일이 전부인 것 같아요. 표현의 디테일도 포함되는 말이지만, 세계로 파고드는 섬세하고 깊은 시선이요." 아무리 경험이 풍부하고 문체가 정갈해도 세계 속에 내가 자리한 위치를 알지 못하고 세상에 대한 질문이 얕으면 언제든 미끄러질 수 있다. 많은 퀴어 페미니즘, 장애학, 사회학 학자들의 연구물은 디테일을 살리기 위해 빼놓을 수 없는 목록이다. 임옥희, 정희진, 권김현영, 루인, 한채윤, 나영, 나영정, 손희정, 전혜은, 도균, 김도현, 조한진희를 비롯한 국내 연구자·활동가와 주디스 버틀러, 게일 루빈, 실비아 페데리치, 수전 웬델을 비롯한 많은 해외 연구자들. 내 경험에만 갇히지 않고 다르게 세상을 보고 질문을 발전시켜올 수 있었던 건 이들의 끈질긴 고민과 사유 그리고 기록 덕분이었다.

글이 쉽게 쓰일 때면 최은영 작가의 《내게 무해한 사람》을 찾아 읽는다. 특히 마지막 〈작가의 말〉에 실린 진심을 되새긴다. "내 마음이라고, 내 자유랍시고 쓴 글로 실제로 존재하는 사람들을 소외시키고 그들에게 상처를 줄까 봐 두려웠다. 어떤 글도, 어떤 예술도 사람보다 앞설 순 없다는 것을 알면서도, 내가 지닌 어떤 무디고 어리석은 점으로 인해 사람을 해치고 있는 것은 아닐지 겁이 났다. 나쁜 어른, 나쁜 작가가 되는 것처럼 쉬운 일은 없다는 생각을 종종 한다. 쉽게 말고 어렵게, 편하게 말고 불편하게 글을 쓰는 사람이 되고 싶다."

당신이 글을 쓰면 좋겠습니다

막상 레시피를 공개하려고 글을 시작했는데, 수많은 애정 목록을 다 적지 못해 아쉽다. 당장 생각나는 작가만 해도 아니 에르노, 신유진, 명인, 류은숙, 이서희, 리베카 솔닛, 록산 게이……, 자꾸 떠올라서 글을 마치기 겁난다. 그만큼 나는 내가 스치고 부딪친 수많은 누군가의 사유와 언어에 빚졌다. 세상의 모든 글은 콜라보이자 타인의 흔적이다. 사랑하는 작가를 만날 수 있는 건 운명적인 상대를 만나는 것만큼, 때론 그보다 더 큰 기쁨이다. 아마 앞으로도 나는 누군가의 삶과 글을 사랑하게 되겠지. 그만큼 레시피 목록도 늘어나겠지. 누군가의 글에 빚지면서 글을 쓰겠지. 살아가는 일이 그렇듯 서로에게 기대어.

●

쓰는 사람에게 방을 선택하는 일은 중요한 고민이다. 글을 담을 자기만의 방. 글방을 마련하면 손님(독자)이 와서 언제든 내가 차린 글을 맛볼 수 있다. 읽히기 위해, 독자와 꾸준히 만날 수 있는 공간을 마련하기 위해, 차곡차곡 쌓이는 글을 통해 관점의 흐름을 파악할 수 있도록 방을 마련해야 한다. 무엇보다 소수자의 삶과 기록이 여전히 '없음'으로 여겨지는 시대에 각자의 자리에서 기록한 글을 아카이빙하는 건 중요한 실천이기도 하다.

요즘은 글을 공유할 수 있는 플랫폼이 많아져서 그만큼 선택도 어려워졌다. 아직 글을 공유하는 확실한 방이 없다면, 여러 매체를 경험하고 잘 맞는 방을 찾아보라고 권유하는 편이다. 어디에 공유하느냐에 따라 글을 쓰는 습관이나 방향도 조금씩 달라지기 때문이다. 나는 소소하고 짧은 일상 글은 인스타그램, 연재나 홍보 글은 페이스북, 내밀한 이야기는 블로그, 차마 올리지 못한 글은 노트북 폴더에 담는다. 블로그의 초록 방은 카테고리별로 글을 저장할 수 있어서 아카이빙에 적합하다면 페이스북의 파란 방은 시간 순으로 쭉 저장되어서 정갈하게 정리하기는 어렵다. 반면 초록 방은 이웃이 적어서 반응이 느리게 돌아오지만, 파란 방은 친구가 많아 즉각적으로 반응이 오는 편이다.

글을 쓰고 처음 3년 정도는 파란 방을 주로 이용했다. 파란 방에 꾸준히 글을 쓰면서 많은 독자를 만났고, 그만큼 많은 작가의 글을 읽었고, 책 계약이나 연재와 같은 여러 기회를 접할 수 있었다. 특히 파란 방에서 받았던 '좋아요'와 댓글은 내 글이 타인에게 읽힌다는 사실을 직관적으로 확인할 수 있는 척도였다. 그때부터 혼자만의 세계에 빠지지 않고 독자를 상상하며 쓰는 습관을 들이게 되었다. '쓰기'에서 '읽히기'로 관점이 확장되면 독백이 아닌 모두에게 말하기가 되므로 디테일을 살리게 되고, 주장에 대한 근거를 세밀하게 다듬어가면서 조금 더 친절한 글을 쓸 수 있다.

특히 도움받은 부분은 글의 도입이었다. 무수한 게시물이 파도처럼 넘나드는 곳에서 한 사람이라도 시간을 들여 글을 읽도록 유도하려면 제목이나 첫 문장에서 눈길을 잡아야 한다. 독자의 눈은 실시간으로 글을 훑고, 손가락은 그보다 빠르게 스크롤을 내릴 수 있기 때문이다. 음식을 예쁜 그릇에 담거나 깨와 파슬리를 뿌려 먹음직하게 만들 듯, 같은 문장도 살짝 변형하면 읽는 맛을 살릴 수 있다. "나는 강원도 춘천에서 2녀 중 장녀로 태어났다. 엄마는 내가 장녀라며 항상 첫째의 역할을 요구했다"보다는 "나는 장녀로 키워졌다. 태어난 순서대로 나는 언니, 승희는 동생 역할을 맡았다"와 같은 표현이 글에 대한 기대감을 높인다. 간결하되 이 글을 통해 무슨 말을 할지 드러내어 호기심을 불러일으키는 문장이면 좋다. 인상적인 대화로 글을 시작하는 방식도 몰입에 도움이 된다. "어디 여자가 길거리에서 담배를 피워?"로 글을 시작하면, 처음부터 시동이 걸린 독자들과 어깨동무하고 글 속으로 빠져들 수 있다. 물론, 무조건 자극적인 제목을 뽑는 뉴스 기사처럼 시작은 창대했으나 끝은 흐지부지한 글이 되지 않도록 노력해야 하지만 말이다.

글을 대표하는 한 문장이 필요하다는 고민도 파란 방에 글을 공유하면서 생겼다. 파란 세상에는 글 공유 기능이 있는데, 가끔은 글만 퍼가는 게 아니라 내 글 중에 곱씹고 싶은 문장을 옮겨 적는 경우가 있다. 그럴 때 독자가 많이 곱씹는 문장은 내가 생각한 주제 문장이거나 내가 미처 생각하지 못한 부분이기도 했

당신이 글을 쓰면 좋겠습니다

다. 타인이 내 글의 어떤 부분을 되새김질하는지 눈으로 확인하면, 글을 쓸 때마다 한 문장 한 문장에 정성이 들어가고 전달하고자 하는 메시지를 더욱 깊이 생각하게 된다.

파란 방은 다양한 글의 기술을 익히게 해주었지만, 그만큼 어려움도 안겼다. 가장 큰 그림자는 집착이었다. 글을 읽었다는 확인, 글에 대한 인정 표시인 '좋아요'가 늘어나면서 언제부턴가 집착이 생겼다. 정성스럽게 쓴 글에 반응이 적을 때면 온종일 숫자에 연연하느라 우울해지곤 했다. 심한 날은 글은 물론 나라는 인간까지 별로인 것만 같은 망상에 시달렸다. 나는 의연하다, 나는 의연하다 주문을 외워도 하루에도 몇 번씩 페이스북을 엿보게 되었다. 게다가 '좋아요'는 힘이 세서, 많이 받을수록 글 노출 빈도도 높아진다. 읽힐수록 더 많이 읽히는 빈익빈 부익부 현상이다.

사람들이 반응하는 글이 어떤 글인지 예측이 되면서 점차 '될' 글만 쓰게 된 것도 부작용 중 하나였다. 모호하고 배회하는 열린 결말보다 이슈와 관련된 사이다 발언이, 복잡다단한 감정보다는 분노와 슬픔이 더 주목받았다. 사안에 진심으로 마음이 동해서 쓴 글도 있지만, 가끔은 시류에 따라야 할 것 같아서 일부러 관심을 갖고 쓴 글도 있다. 한참 파란 방에 글을 쓰던 때를 되돌아보면 내 글은 점점 단호해졌고, 글 속의 나는 호랑이 선생님이 되어 있었다. 지난 연애를 기록한 글에서는 나를 힘들게 했던 전 애인을 혼냈고, 누군가 작은 말실수라도 하면 '당신은 혐오자야'라며 공격적으로 글을 썼다. 혼내는 위치에 서는 건 통쾌했지만, 그 위치를 지키려면 나는 순수하고 무결한 존재가 되어야 했다. 잘 혼내기 위해서는 깨끗해야 했기에 어떤 때는 경험에 담긴 다양한 맥락을 누락하기도 했다. 그토록 경계한 순수한 피해자와 악마 가해자의 구도 속으로 내가 자처해서 들어간 것이다.

그 구도의 연장선에 피해와 가해의 경계가 있었다. 자기반성과 성찰이 필요한 사건도 있었지만, 종종 '다름'이 '틀림'과 '빻음'으로 둔갑하기도 했다. 모두가 피해자고 모두가 가해자고 모두가 심판자가 될 때, SNS의 빠른 전개 속도는 유보보다 개입을 재촉하는 것만 같았다. 나는 쉽게 판사의 위치를 선점했고, 정의에 따른다는 명분으로 조리돌림에 가담한 적도 있었다. 한 사람이 악마가 되어버리는 데 걸리는 시간은 길지 않았다. 비판과 비난, 피해와 가해의 경계가 모호해지는 상황, 그 모든 흐름을 경험하면서 두려움이 생겼다. 삐끗하는 순간 나 역시 언제든 쫓겨날 수 있겠구나. 사회학자 엄기호는 이와 같은 상황을 빗대어 말했다. "비참 간에 경쟁을 하게 하고, 비참을 해결하려는 의견 간에 경쟁하게 한다. 그리고 그 '경쟁'을 구경하게 한다. 따라서 공론장은 사실상 싸움을 구경하는 콜로세움이 되었다."

그 외에도 파란 세상에 형성된 관계망에 나도 참여해야 할 것만 같은 강박, 누가 내 글에 '좋아요'를 누르지 않으면 나를 싫어하는 건 아닌가 하는 염려, 아무개와 아무개의 사이가 좋지 않은데 둘 다에게 호감을 표현하면 안 될 것 같은 망설임이 생겨났다. 즉각적인 소식으로 내가 모르는 부분을 배우거나 최근 이슈를 알게 되어서 좋은 만큼, 다양한 고민과 감정이 나를 찔렀다.

모든 일이 그렇듯 위의 부작용은 내 경험을 공유한 것일 뿐이다. 파란 세상에도 '좋아요'에 연연하지 않고 우직하게 자기만의 방을 지키는 많은 작가가 있다. 언제든 떠날 수 있는 임시거처가 아니라 안전하게 뿌리 내리는 공간으로 말이다. 주어진 매체가 어쩔 수 없는 방향으로 사람들을 이끌어도, 어떻게 활용할지는 각자의 몫에 따라 달라질 수 있다.

어쨌든 나는 고민이 커지면서 한동안 파란 방에 손을 놓았다. 어느 순간 그곳은 방이 아닌 광장처럼 느껴졌고, 소심한 나는 글 외에 많은 걸 신경 쓰게 되는 환경을 견딜 자신이 없었기 때문이다. 소식이 뜸해지면서 종종 이런 조언을 들었다. 작가가 되려면 SNS에 글을 올리는 정도는 해내야 하지 않겠느냐고, 왜 주어진 자원을 활용하지 못하느냐고. 사실 나는 SNS를 통해 글이 알려지면서 책까지 냈고, 최근에는 나와 같은 경로로 데뷔하는 작가가 늘었기 때문에 쉽게 SNS를 놓기 어려운 것도 사실이다. 수업을 진행할 때도 혼자 읽기 아쉬운 글을 만났을 때, 나 역시 상대에게 적극적으로 자신을 홍보하라고 조언한 적도 있다. 그러면서도 정말 그게 전부일까 고민하길 반복했다.

매일 성실하게 쓰는 사람인 A도 비슷한 고민을 호소했다. A는 오랫동안 인스타그램을 하면서 같은 감정을 느꼈다고 했다. 그럴 때마다 주위에서 "네 작품에 네가 떳떳해야지. 글도 공유 못하면 어떻게 작가가 되겠느냐"는 호통을 들었고, 그럴수록 글은 물론 자신에 대한 믿음이 떨어졌다고 했다.

각자의 문체, 시선, 고민이 고유한 것처럼 사람마다 방을 마련하는 방식은 다르다. SNS 활용을 고민하던 A는 꾸준히 글을 모아서 직접 독립출판물을 출간하는 방식을 선택했다. 짤막한 글로 위로를 전하는 B는 인스타그램에서 카드 문구를 제작해 독자를 만난다. 세상에 하고 싶은 이야기가 많은 C는 글을 쓰다가 이제는 영상에서 직접 말하겠다며 유튜브 크리에이터를 준비 중이고, 모르는 사람에게 글을 공유하기가 어렵다던 D는 네이버 카페에서 소수 정예 멤버들과 꾸준히 글을 공유하고, 가끔 작은 낭독회를 연다. 이슬아 작가는 직접 구독자들을 모집해 매일 한 편의 글을 메일로 보낸다. 각자의 성향과 선택에 따라 다양한 이야기 방이 존재하는 것이다.

호랑이 선생님이나 순결한 피해자가 아닌, 허접한 내 모습으

당신이 글을 쓰면 좋겠습니다

로 하고 싶은 이야기를 꿋꿋하게 하고 싶어 몇 달 전부터는 블로그에 꾸준히 글을 올리고 있다. 내가 조금 더 단단해지고, 글을 주고받는 기쁨과 위안 그 자체만으로 충분하게 되었을 때, 어느 곳에서든 당신을 만날 수 있으리라 생각한다. 그땐 조금 더 잔잔하고 진솔한 글을 맛있게 대접하고 싶다.

우리, 각자의 방에서 만나요.

: 글이 도저히 써지지 않을 때

나는 압니다. 당신이 없다면,
나는 '나'를 말할 때마다
무無로 향하는 컴컴한 돌계단을 한 칸씩 밟아 내려가겠지요.
-심보선 〈'나'라는 말〉

●

몇 해 전 겨울, 나는 하루하루를 꾸역꾸역 살아내고 있었다. 밀린 일을 수습하느라 어지러울 정도로 일상이 바닥으로 고꾸라졌다. 망연자실한 눈빛과 어두운 낯빛 때문인지 그해 겨울에는 유독 많은 위로와 응원을 들었다. 괜찮아, 이미 잘해왔잖아. 일 벌이는 것도 능력이다? 조금만 더 힘내면 금방 겨울이 지나갈 거야. 우리 힘내자! 기운을 돋우는 말들. 그 따뜻한 마음속에서도 땅을 파고 웅덩이로 들어가는 내 삽질은 멈추지 않았다.

어떤 말도 들어오지 않던 내 귀를 찌르는 격려가 있었으니 그것은 나처럼 자주 일을 벌이고 땅굴을 파던 친구 가피의 말이었다. "언니 괜찮아요. 우리는 어차피 다 망하는걸요." 무심한 듯

　당신이 글을 쓰면 좋겠습니다

가볍지 않은 가피의 말에 어리둥절한 것도 잠시, 어느새 나는 땅굴에서 조금씩 올라오고 있었다. 어차피 망한다는데 여기서 더 자책하면 뭐가 달라진단 말인가. 자포자기, 다른 말로는 받아들임. 받아들이니 몸이 한껏 가벼워졌다. 가벼워진 몸으로 하나둘 일을 처리했다. 그 뒤로 과부하에 걸려 곤두박질칠 때마다 주문처럼 가피의 말을 떠올리곤 했다. "지치지 말고 힘내지 말아요."

매번 계획 세우기와 좌절을 무한 반복하는 나에게는 가피의 주문이 필요한 순간이 잦다. 건강한 채식 식단으로 밥 차려 먹기, 야식 안 먹기, 운동 한 가지 꾸준히 배우기, 매일 청소기 돌리기, 하루에 두 번 이상 멍멍이와 산책하기, 연락 밀리지 않고 제때 답장하기, 매일 글 한 편 쓰기. 어떤 계획은 열흘이 넘도록 지켜지기도 했지만, 대부분 금방 틀어졌다. 올해의 계획도 그랬다. 매일 글 한 편을 완성하는 부지런한 집필 노동자가 되겠다는 포부는 사라지고 자책만 남았다. 오늘도 안 썼네, 어제도 안 썼네, 그제도 안 썼네, 일주일 전에도 나는 안 쓰고 있었네. 포부가 클수록 자괴감의 크기도 크다.

지키지 못한 계획 앞에서 넘어질 때마다 평소 리듬마저 깨져버리는 건 어딘지 이상하고 위험하다. 알면서도 무한 반복하는 사람이 바로 나. 이런 성향을 알기 때문인지 담당 편집자님은 내가 "저 매일매일 꾸준히 쓸 거예요. 꼭 주기적으로 원고 보내드리겠습니다!"라고 말하자 "매일 쓰는 것도 좋지만, 하고 싶은 말이 올라올 때 쓰시는 것도 괜찮아요"라고 격려해주셨다. 아마 편집자님이 제시한 여백이 없었다면, 지난 2주 동안 글을 제대로 쓰지 않은 걸 자책하느라 앞으로 2주를 더 허비할 터였다.

얼마 전 나처럼 집필 노동자인 동생 승희와 이야기를 나눴다.

"언니, 나 요즘 글이 너무 안 써져. 내가 무슨 글을 써야 할지 모르겠어."

"그럼 안 써도 돼. 안 써질 때는 억지로 쓰지 말아야지."

"그럴까? 근데 이대로는 아무것도 못 쓰게 될까 봐 걱정이야. 하고 싶은 이야기가 이렇게 없는 거 괜찮을까. 나 너무 나태한 거 아닐까."

"아니야, 사실 나도 그래……."

"나는 망했어. 새벽 4시에 일어나서 매일 글 쓰려고 했는데. 요즘에는 내가 정말 하고 싶은 얘기가 뭔지도 모르겠어."

"나도 그래. 나도 잘 계획하고 잘 망치잖아. 새벽 4시는 꼭 안 지켜도 돼……. 근데 다 망쳐도 하나는 지키려고 해. 하고 싶은 말이라는 건 가만히 있다고 내면에서 올라오는 게 아니라 책이나 사람, 영화 같은 어떤 접점에서 만들어지는 것 같거든. 승희도 당장 쓰지 않더라도 외부와의 접점은 계속 유지하면 좋겠어. 그럼 나중에라도 쓰고 싶은 글이 생기지 않을까?"

내 문제일 때는 안 보이더니만, 승희와 대화하다 보니 뿌옇던 시야가 투명해졌다. 모든 걸 내려놓아도 내 삶에서 포기할 수 없는 단 한 가지가 있다면 바로 나와 세상의 접점이라는 것. '나'라는 주어에 집중하다보면 과한 힘이 들어가 지쳐버리거나, 무기력해진다. '나 지금 뭐하는 거지. 망한 거 아닐까. 그럼 내가 진정 원하는 건 뭐지. 나는 누구지.' 이렇게 익숙한 사고회로에 사로잡히면, 지금의 일상과 주위 관계를 모두 부정하고 어디론가 사라지고 싶은 마음이 불쑥 올라온다. '나'는 진공에서 존재할 수 없고, 관계와 시간 속에 놓인 연속적인 존재인데. 철 지난 멘토가 떠들던 진정한 나를 찾는 꿈을 내려놓고 일상의 마주침에 집중하는 것만으로도 내 삶은 충분했는데. 조금 틀어지면 어때. 하루는 다시 시작되는걸. 나는 어쩌다가 태어났고 정신 차리니 지금의 내가 되었을 뿐이다. 그러니까 지금 내가 놓인 시대와 상황에 반응하면서 그때그때 살아가면 되는 거였다. 쓰는 일도 마찬가지다.

내 말에 승희는 자신이 충분히 접점을 갖고 살고 있다고 했다. 내가 보기엔 사람도 거의 안 만나고 책도 안 읽는 집순이가 어떤 접점이 있을까 궁금했는데, 대답이 예상 밖이었다.

"나는 매일 꿈 꿔. 꿈이 너무 재미있어."

승희는 자신의 꿈을 외부와의 접점으로 인식하고 있었다. 나는 자신감이 떨어진 오랜 동료 승희에게 꾸준히 써온 꿈 일기를 퇴고해서 독립출판물로 내면 어떻겠느냐고 제안했다. 승희는 자기가 할 수 있는 말이 생겼다는 생각에 앞으로 꿈을 더 자주 꿀 수 있도록 수면 시간을 늘리겠다고 다짐했다. 조금 이상한 전개라고 생각했지만, 모처럼 밝은 승희의 표정에 그냥 넘어가기로 했다.

글을 썼던 사람, 쓰는 사람, 앞으로 쓸 사람 모두 걱정하고 고민한다. 계획처럼 안 될 때 좌절하고, 내가 어떤 글을 쓸 수 있을지 막막해서 좌절하고, 글자 하나 눈에 안 들어오는 날 좌절한다. 근데 뭐 다른 방법이 있을까? 안 써질 때는 안 쓰는 수밖에.

어차피 망한다는 말은 힘 빼기의 기술과도 연결되어 있다. 내 동거인 우주는 박수(박사 수료생을 줄여 붙인 별명)다. 박수 우주는 자기가 왜 이렇게 논문 쓰기를 미루는지 분석해서 나름의 답을 찾아냈다. 논문을 빨리 써서 졸업하는 대학원생 대부분은 자기가 할 수 있는 범위에서 글을 써내지만, 자기처럼 몇 년 동안 박수나 석수로 남아 있는 사람 중에는 위대한 걸작을 내려고 어깨에 힘주다가 하나도 못 쓰는 경우가 꽤 많다고. 우주는 정확한 진단을 하고도 위대한 논문을 쓰겠다는 욕심을 버리지 못해 3년째 박수다.

아마 나를 괴롭히는 부분도 마찬가지이지 않을까. 사회에 엄

당신이 글을 쓰면 좋겠습니다

청나게 도움 되는 글을 쓰고 싶다는 욕심, 욕심에 비해 빈약해 보이기만 하는 내 사유와 문장들. 그 괴리를 인정하고 싶지 않아 어깨에 힘을 팍 주다가도 이내 좌절하고 포기하게 된다. 무한 반복하는 좌절과 읽기와 쓰기의 굴레 속에서 한 번에 몰아치지 않고 차곡차곡 해나가는 힘을 기르고 싶다. 승희가 자신의 꿈에서 접점을 찾겠다는 신박한 아이디어를 냈듯, 나 역시 책과 영화, 만남, 우연한 접촉에서 생겨날 이야기들을 써내고 싶다.

지금 내 노트북 옆에는 며칠 전에 집 앞 도서관에서 빌린 여섯 권의 책이 달콤한 간식처럼 나를 유혹하고 있다. 책이라는 미지의 세계를 여행하며 만들어질 이야기를 기대하면서, 마감을 앞둔 원고는 아주 잠시 미루기로 한다. '나'라는 주어에 힘을 빼기 위해서.

욕심에 비해
빈약해 보이기만 하는
내 사유와 문장들.
무한 반복하는 좌절과
읽기와 쓰기의 굴레 속에서
차곡차곡 해나가는
힘을 기르고 싶다.

초보 집필 노동자의
일상

: 규칙적 쓰기에 관하여

●

처음 내가 쓴 글로 돈을 번 건 4년 전, 여성주의 저널 〈일다〉 기고를 통해서였다. 그때 나는 원고지 25매 분량의 글을 쓰고 10만 원의 고료를 받았다. 받은 원고료 중 5만 원으로 멀티비타민과 오메가3를 구입했고, 나머지 5만 원으로 좋아하는 사람들과 함께 야식을 먹었다. 글로 돈을 벌었다는 생각에 들떴지만, 앞으로도 글 밥을 먹을 거라는 기대는 하지 않았다.

쓰는 사람으로 나를 소개한 지 3년째. 책 인세를 비롯해 원고료를 받는 경험이 쌓여가지만, 집필을 통해 생계를 유지할 수 있냐고 누가 물으면 내 대답은 여전히 '아니오'다. 월 2회 연재처가 있고 몇 권의 책 계약이 있어서 매일 조금이라도 글을 읽고 쓰는데, 그 과정이 딱히 돈으로 연결되진 않는다. 변함없이 가난한 내 주머니 사정만큼 한결같은 건 글로 돈을 벌 때 느끼는 마음이다. 원고 청탁 메일이 오면 여전히 설렌다. 내가 당장 쓸 수 있는 상황인지 쓸 수 있는 주제인지 고민하기도 전에 나에게 지면을 맡겨주는 사람에게 고마운 마음이 먼저 들기 때문이다. 그렇다고 섣부르게 결정해서는 안 된다. 덥석 받았다가 원고료를 제대로 챙겨 받지 못하거나, 피드백 하나 없이 원고가 날아가거나, 주제에 대한 고민이 부족해서 글을 완성하지 못할 위험이 있기 때문이다.

어디선가 작가가 되기 위한 세 가지 장치로 '돈, 독자, 마감'의 삼박자가 필요하다는 말을 들었다. 내 경우에는 독자와 마감이 크게 작용하는 것 같다. 돈이 필요 없다는 건 아니지만, 글을 쓸 때는 '돈값을 해야지'라는 느낌보다는 누구와 어떤 말을 나누고 싶은지가 주 관심사다 보니 그렇다. 아무래도 아빠의 말처럼, 내가 아직 현실감각이 없는 탓일지도 모르겠다.

많은 프리랜서가 그렇듯, 집필 노동자도 특별한 경우가 아니고서야 출퇴근 시간이 정해져 있지 않다. 더불어 고정적인 월급도 없다. 출판계 불황 시대에 내 책이 누구나의 집에 하나쯤은 있을 법한 베스트셀러가 될 거라는 꿈은 애초에 꾸지 않았다. 아니다, 꿈도 꾸지 못했다. 책값의 10퍼센트인 인세로 먹고살 수

당신이 글을 쓰면 좋겠습니다

있다는 희망은 저기 마음 한구석 어딘가에 희미하게 자리 잡고 있다. 차라리 책을 매개로 한 강연이나 정기 강좌 같은 일이 수입이 되는 편이다. 내 경우에는 몸이 자주 아파서 고정적인 시간표를 잘 지키지 못하고, 한곳에 오래 붙어 있으면 정신이 산만해지는 편이어서 프리랜서의 시간표가 잘 맞는 편이다. 그렇다고 생각했다.

그런데 집필 노동 3년 차였던 작년 한 해를 보내면서 이 일의 고충을 실감하게 되었다. 글이라는 게 아무리 오래 붙잡고 있어도 결과물로 제대로 나오지 않으면 결국 '노동 안 함'이 되어버리고, 출퇴근이 없으니까 나처럼 '미리미리' 강박과 완벽주의 기질이 있는 사람은 무척 소진되기 쉽다. 게다가 한 번 책을 통해서 내 이야기를 쏟아내고 난 다음에는 나에 대한 이야기를 쓰기가 너무 지겨워서 모니터만 봐도 졸음이 쏟아졌다. 이제 다른 걸 써보자 싶어 타인과 세상에 대한 이야기를 쓰려고 몇 번 시도했는데, 역시나 실패. 상대의 입장에 주제넘게 이입해서 그와 나의 경계를 허물어버리거나 넘치는 감정을 조절하지 못하기도 했고, 무엇보다 내가 나 이외의 타인에게 섬세하게 다가갈 수 있는 언어와 노력이 부족하기 때문이기도 했다.

꾸준히 '좋은' 글을 쓰길 바라는 욕심에 비해 소재는 떨어져가고, 능력이 부족한 건가? 싶은 생각이 드는데, 어떻게 남은 마감들을 감당하고 살아야 한단 말인가. 그런 고민 탓에 밤낮없이 울적하게 보낸 날들이 이어졌다. 그럴 때마다 이 말을 떠올렸다. "마감이 있어서 힘들지만, 마감을 겨우겨우 하나하나 넘기면서 비로소 작가가 되는 거 아닐까요?" 분홍색 모자가 잘 어울리는 부농 님의 말이다. 어떻게 생각해보면 당연한 말인데, 그 당연함이 단단하게 중심을 잡아준다.

모든 노동이 그렇듯 집필 노동도 진절머리 날 때가 있고 도망치고 싶을 때도 있다. 한 달 내내 노트북을 붙잡고 있어도 좀처럼 진도가 나가지 않고, 글이라는 건 어떻게 하면 느는 건지 매뉴얼이라도 있으면 좋겠고, 한없이 정체된 것 같은 내가 미울 때도 있다. 그런 날, 울며 겨자 먹기로 쓴다고 해도 그 고개 하나 넘기고 또 넘기는 과정이 쓰는 사람으로 오래오래 남을 수 있는 유일한 방법이라는 말, 요령 없이 정직한 부농 님표 쓴 말을 삼키기로 한다.

2019년에는 나만의 출퇴근 규칙을 세웠다. 집에서 걸어서 한 시간 거리인 스터디 카페에 아침 9시까지 출근해서 저녁 6시까지 읽고 쓰는 시간을 확보하기로. 단순한 규칙이지만 성실하게 쓸 공간과 시간을 마련하면서도 잘 쉴 시간도 보장할 수 있어서 나에겐 꼭 필요했다. 작년에는 하루 종일 주어진 각종 역할을 소화하고, 밤이면 축 늘어져 거실 소파에 누워서 "아, 마감 어떡

해, 마감……, 글 써야 하는데……"라는 말을 반복하며 노는 것
도 쉬는 것도 일하는 것도 아닌 어정쩡한 상태를 반복했다면, 이
제는 정해진 시간 안에 일하고 그 외의 시간엔 딱 쉴 수 있으니
내 푸념도 줄고, 동거인들도 덜 피곤해졌다. 지금도 나는 6시 퇴
근을 앞두고 글을 쓰고 있다. 점심에는 집에서 싸온 도시락을 먹
었다. 마음은 말랑하게, 일상을 규칙적으로 살아가는 노동자가
되고 싶다.

• 후일담

이 글을 쓰고 6개월이 지난 지금, 나는 다시 규칙과 거리가 먼 사
람이 되었다. 나와 같은 집필 노동자인 진송 님에게 고충을 털어놓
자 이런 대답이 돌아왔다. "저도 그래요. 오히려 시간이 넘치면 안
하게 되고……. 그래서 오후 2시 이전에는 꼭 집에서 빠져나와 카
페에 앉아 있으려고 해요. 2시 이후에 나가려고 하면 그날 하루는
이미 글쓰기가 어렵게 되어버리거든요." 단순한 규칙으로 글을 쓸
환경을 만들 수 있다는 사실을 되새기며, 나는 실패할 확률이 높은
계획을 다시 세웠다. '규칙적인 집필 노동자가 되자.'

성실한 퇴고와
박수 소리

: 함께 퇴고하기

●

"와, 이 글은 퇴고를 많이 한 것 같은데요?"

내 말에 모두가 뿌듯한 표정을 지으며 박수를 쳤다. 짝짝짝. "역시, 글은 수정하면 나아지나 봐요!" "저희 계속 합평하면서 퇴고했거든요. 칭찬받으니 우리가 다 뿌듯해요!" 작은 공간에 박수 소리가 가득 찼다.

강동구에 위치한 똥꼬다락방은 사면이 책으로 둘러싸인 어린이 도서관이다. 성인 여덟 명이 둘러앉으면 꽉 차는 아담한 공간에서 나는 월요일 아침부터 글쓰기 모임을 했다. 몽실몽실 글쓰기 모임은 기혼 여성들이 한 달에 두 번 모여서 자신의 서사를 쓰는 집필 공동체다. 지난여름, 나는 몽실몽실 모임에서 글쓰기

당신이 글을 쓰면 좋겠습니다

강연을 했고 그 계기로 인연을 맺었다. 며칠 전 그간 쓴 글을 모아 문집을 낼 거라는 소식을 들었다. 문집을 내기 전에 원고 피드백을 받고 싶다는 연락을 받아 오랜만에 다시 만난 자리였다.

모두가 열심히 쓰고, 읽고, 합평하고, 퇴고한 만큼 글은 섬세하고 단정하게 정리되어 있었다. 주제 의식이 뚜렷했고, 문장과 문단의 짜임새가 촘촘했고, 상황이 생생하게 눈에 그려지는 글이었다. 메시지가 묵직해서 읽고 난 뒤에 쉽게 입을 뗄 수 없는 글도 있었다. 세 시간의 합평 시간이 끝나고, 모임지기 은순 샘이 말했다. "요즘 조금 정체기였거든요. 글을 계속 고치니까 힘이 빠지고……. 그런데 정말 글은 고치면 나아지나 봐요. 우리가 해냈다는 걸 인정받은 것 같아서 기뻐요." 나도 고개를 끄덕이며 답했다. "정말요. 글 읽는데, 함께 애써서 합평하고 퇴고한 티가 확 나더라고요. 퇴고 정말 힘들죠? 저도 매번 그래요……. 정말 고생하셨어요. 문집이 예쁘게 잘 나와서 많은 사람에게 읽히면 좋겠어요."

같은 글을 읽고 또 읽으며 오래 고민한 흔적 앞에서 모두가 뿌듯해지는 순간이었다. 초고를 쓰는 일이 드넓은 사막을 횡단하는 종류의 막막함이라면, 퇴고는 산처럼 쌓인 흙더미를 옮기기 위해 호미 한 자루를 쥐고 있는 종류의 막막함이다. 만약 내가 왜 이 글을 쓰는지 모르겠고, 자신 없는 주제라면 초고를 쓰는 일조차 턱 막혀버린다. 나는 초고가 막힐 때마다 '원래 모든 초고는 다 쓰레기랬어'라는 생각으로 손가락이 움직이는 대로 써버린다. 문제는 그다음이다. 어떻게든 분량은 채웠는데, 막상 글을 고치려 하면 관성이 내 발목을 잡는다. 그새 글자들과 정이 들어버린 건지, 문장이나 단어 하나를 수정하거나 지우거나 위치를 바꾸기가 쉽지 않다. 그래서 내가 자주 들은 조언은 "이 문장(문단)은 다른 글에 양보해……"라는 말이었다. 내가 보기엔 끝내주는 문장인데, 글의 전체적인 맥락에서 툭 튀는 경우도 다반사. 그럴 때면 끝까지 고집을 부리다가 결국 문장을 드래그해서 다른 폴더에 저장해 놓는다. 비록 지금은 못 쓰지만 다른 글에는 꼭 쓰겠다는 심정으로. 그러면 마음이 편안해진다. 퇴고의 첫 단계는 내가 처음 쓴 글과 정 떼기! 단어나 문장, 문단을 바꾸거나 삭제하기를 두려워하지 않는 대담함이 필요하다.

다음은 소리 내서 글 읽기. 눈으로 훑어보지 않고 입으로 읽으면, 읽는 감각이 달라지는 만큼 글도 다르게 읽힌다. 합평 시간이 최고의 퇴고 시간이 되는 이유가 이 때문이다. 사람들 앞에서 내 글을 소리 내어 읽다보면 갑자기 '어? 이거 왜 이렇게 읽히지. 나 왜 이렇게 썼지?' 싶은 순간이 있다. 발표하는 사람이 글을 읽다가 멈칫하는 경우에는 십중팔구 뭔가 어색함을 느꼈기 때문인데, 그럴 때면 머쓱한 웃음소리와 함께 이렇게 말한다. "헤

헤, 퇴고를 더 해야겠네요…….” 그럼 모두가 찡긋 눈웃음을 짓는다. 그 마음 알아요, 라는 공감으로. 굳이 없어도 되는 문단을 읽을 때면 스스로도 지루해져서 하품이 나오기도 한다. 오타나 갑자기 끊긴 문장 정도는 애교다. 글을 소리로 읽으며 문장의 이음새를 파악하고, 각 문장의 리듬을 느끼며 문장 길이와 서술어를 조정하면 어느새 한 편의 글이 조화롭게 완성되어 있다.

A4 용지 한 장도 채우지 못하겠다고 하소연하는 경우도 있다. 그럴 때면 나는 'TMI 기법'을 제안한다. 일명, '투 머치 인포메이션' 기법으로 '굳이 이것까지?'라는 생각이 들 정도로 현미경으로 확대하듯 상황을 세밀하게 적어보는 방법이다. 전후 상황을 뭉개지 않고, 맥락과 장면과 주장을 섬세하게 적으면 글에도 생생한 숨이 붙는다. 반면, 글을 도저히 짧게 못 쓰겠다고 하소연하는 경우도 있다. 그럴 때는 글의 첫 문단, 서두에서 너무 많은 이야기를 먼저 하려고 하진 않았는지 점검한다. 논문 쓰듯 '서론'을 쓰려는 습관이 몸에 밴 경우, 글이 항상 서론-본론-결론의 형태를 갖게 된다. 형식에 얽매이지 않고, 자유롭게 글을 써보길 권장하면 강박처럼 쓰인 문장을 솎아낼 수 있다.

사실, 이렇게 퇴고의 방식을 말하면서도 각자의 성향과 문체와 글의 성격에 따라 매번 처방법이 달라지기 때문에 막막하게 느껴지기도 한다. 이번 몽실몽실 합평 시간에서도 그랬다. 일곱 명이 쓴 글을 합평하는데, 어떤 글을 읽을 때는 "문장이 모두 짧게 느껴져요. 단문으로 탁탁 끊어지는 느낌이라……, 조금 더 문장을 길게 늘려보면 어떨까요?"라는 의견이 나왔고, 바로 다음 글을 읽을 때는 "문장이 모두 길어요. 한 문장이 세 줄이 넘어가면 읽기가 어려워서……" 라는 피드백이 나왔다. 연달아 전혀 다른 피드백을 서로 말하면서 우리는 함께 웃었다. 역시, 퇴고의 길에 정답은 없다! 함께 읽는 것만이 답이로구나, 하는 깨달음의 웃음이었다.

문장 길이, 문단 배치, 형용사 선택. 다양한 부분에서 글을 촘촘하게 퇴고할 수 있지만, 역시 글을 퇴고할 때 가장 중요한 건 글의 개별성과 관점을 점검하는 일이다. 이 글에 '나'의 위치가 잘 드러났는지, 혹시 내 위치 없이 허공에서 평가하거나 메아리치는 글은 아닌지, 내 글이 누구의 입장에서 어떻게 읽힐지, 오해받거나 악용될 여지는 없는지 질문하면서 글의 메시지에 집중한다. 위의 기준도 추상적인 이정표이지만, 형식만이 아닌 내용과 관점에 집중하면 조금 더 고유한 글을 쓸 수 있을 거라고 생각한다.

쓰면 쓸수록 글은 머리가 아닌 엉덩이가 쓴다는 말에 공감하게 된다. 이 글을 두 번 퇴고하는 지금, 나도 자꾸 '이 정도면 됐지' 싶은 마음이 올라온다. 이런 순간이면 가까운 집필 공동체

카톡방에 글을 '턱' 하니 올린다. "모두 제 글을 냉철하게 읽고 피드백해주세요……!" 타인의 시선에서 글이 읽히면 내가 놓친 새로운 부분을 볼 수 있으니까 이 방식은 꽤 좋은 방식이지만, 부작용이라면 주위 사람이 나를 피하게 될 수도 있다는 점. 나중에는 귀찮아서 '좋아 좋아'라는 뻔한 피드백을 받게 될 수도 있다는 점이다(고백하자면, 나도 그런 적이 몇 번 있다).

한 작가는 초고를 쓴 다음에 바로 퇴고하기보다는 산책을 다녀오거나 다른 일상을 살아낸 다음 퇴고를 시작한다고 했다. 빵 반죽을 발효하는 것처럼, 초고도 충분히 발효 시간을 갖고 보아야 조금 더 거리를 두고 글을 수정하게 된다는 말이었다.

자, 이제 나도 본격적으로 퇴고를 해야 하는데……, 자꾸 엉덩이가 들썩들썩한다. 하지만 책이 나온 뒤에 조금이라도 뿌듯하게 박수칠 수 있도록, 미래의 나를 상상하면서 온갖 유혹과 게으름을 뒤로하고 퇴고를 시작한다. 스크롤을 위로 올려서, 다시 처음부터 차근차근.

: 대책 없이 일단 쓰기

●

"언니, 우리 소설 쓸래요?"

마치 함께 소설을 읽자고 말하듯 가피는 가뿐하게 물었다. 평소 소설을 즐겨 읽었지만 '감히' 쓸 생각은 해본 적 없어서 당황하고 있는데, 앞에 있는 가피는 눈을 반짝이며 내 대답을 기다리고 있었다.

"가피, 나도 소설 좋아해서 써보고 싶긴 한데……, 내가 소설을 쓸 수 있을까요?"

"에이, 저도 배운 적도 없고 쓰는 법도 몰라요. 그냥 쓰면 되지 않을까요?"

그냥 어떻게든 될 거라는 가피의 말에 이끌려 생전 처음 소설을 쓰기로 했다. 내가 스물아홉, 가피가 스무 살인 여름이었다. 다른 사람이 제안했다면 웃고 넘겼을 텐데, 가피이기에 그 대책 없는 말을 믿게 되었다. 가피는 대책 따위가 필요 없다는 걸 증명하는 대책 없음의 대가였으니까.

"언니, 우리 노래 만들까요?"

소설을 쓰기 전에 가피는 마치 노래방에 가자는 듯 노래를 만들자고 말하기도 했다. 노래는 자고로 작곡이나 작사를 정식으로 배우거나 음악적 재능이 있는 사람이 만들 수 있는 것 아닌가. 악보를 읽거나 하다못해 기타 코드라도 알아야 가능한 거 아닌가. 복잡한 생각에 빠져서 선뜻 답하지 못하는 나에게 가피는 '그냥 하면 됨'을 증명하듯, 자신이 만든 노래를 들려줬다. 코드 단 두 개, 혹은 세 개로 만든 노래 목록은 음악 앨범을 채울 만큼 준비되어 있었고, 혼자 듣기 아쉬울 만큼 멜로디와 가사가 감미로웠다. 그중 한 곡은 G코드와 C코드로만 만든 노래였다. 제목 〈검은 새〉, 작사·작곡: 가피.

검은 새가 머리 위로 날아오른다
검은 새가 머리 위로 날아오른다
검은 새야, 넌 알고 있니
이 비참함을 이 절망을

끝나지 않는 슬픔을

날아오른 것은 검은 새의 눈물

슬퍼할 수도 없어서 새는 날지요

그 뒤로 가피와 나는 틈틈이 노래를 만들었다. 가피는 내 옆에서 기타 줄을 띵까띵까 튕겼고, 나는 코드에 맞춰 멜로디를 흥얼거리다가 즉석에서 가사를 붙였다. 그렇게 만들어진 곡이 제법 쌓여서 지인들과의 연말 파티에서 우리는 함께 공연을 했다. 촛불집회에서 길거리 공연을 하기도 했다. 팀명은 '하늘을 나는 물고기'. 나는 노래 실력도 형편없고 기타도 가피에게 배운 몇 가지 코드만 겨우 칠 수 있는 정도였지만, 줄글이 아닌 멜로디와 가사로 메시지를 표현하는 재미에 빠져 한동안 나를 '노래하는 사람'으로 소개하기도 했다. 아마 해보지 않았다면 전혀 몰랐을 세계였을 테다.

그때도 가피는 마찬가지였다. 특별히 작곡, 작사, 기타, 노래를 배운 적이 없었고, 관련 학과를 다닌 것도 아니었다. 중학교를 졸업한 뒤 고등학교를 진학하지 않고 쭉 제도권 밖에서 살아온 가피는 자기가 좋아하는 것을 소비하기보다 생산하는 사람이었다. 가피는 그림 그리기를 좋아했는데, 여러 분야에 흥미를 붙여서 어느 날은 드로잉을 하다가 갑자기 아크릴화를 그렸고,

당신이 글을 쓰면 좋겠습니다

어느 날에는 민화를 그리는 식이었다. 어느 날은 그림을 모아서 만화책을 만들었고, 학교 밖 청소년을 위한 잡지를 만들고, 영상을 모아 작은 단편 영화를 만들기도 했다. 가피가 무언가를 창조하는 과정에는 마땅히 거쳐야 한다고 알려진 대학 교육, 학원, 자격증과 같은 '자격'이 필요하지 않았다. 가피는 그저 좋아하는 것을 좋아하는 만큼 표현했다. 자기가 듣고 싶은 노래를 직접 만들고, 보고 싶은 그림을 직접 그리고, 읽고 싶은 글을 직접 쓰는 사람. 나는 가피를 통해서 예술을 창작하는 데 부여된 자격 조건이 정말 필요한 건지 의심하게 되었다.

소설도 마찬가지였다. 가피의 즉흥적인 제안으로 모인 인원은 세 명이었다. 가피와 나와 키티. 세 사람은 매주 목요일 오후 3시에 모였다. 장소는 내가 살던 원룸이었다. 원목 무늬 장판, 빛에 따라 반짝이는 하얀 벽지, 맞은편 건물 때문에 가까스로 빛이 새어드는 작은 창문, 방 한가운데 덩그러니 놓인 4인용 테이블, 티백으로 우려낸 녹차, 키보드를 두드리는 세 사람. 스물아홉 여름을 떠올리면 나는 목요일 오후 3시의 풍경이 떠오른다.

가피의 무작정 써보자는 말에 이끌려 테이블에 둘러앉은 첫 시간. 가피는 준비한 노래를 재생했다. MOT의 '날개'라는 곡이었다. 마이너 코드의 멜로디와 '추락할 것을 알면서도 사랑한 우리'에 관한 가사가 공간을 적셨다. 가피는 그 노래를 함께 들으면서 무작정 글을 써보자고 말했다. 그 뒤로도 글을 쓰기 위한 다양한 장치가 마련되었다. 어느 날은 김사월 노래를 배경음악으로 글을 썼고, 어느 날은 무작위로 뽑은 책 속 한 문장을 토대로 글을 썼다. 처음에는 도대체 소설은 어떻게 쓰는 건지 고민하며 주춤했는데, 나는 차차 다른 내가 되기에 익숙해졌다. 글 속에서 나는 무엇이든 될 수 있었다. 나는 가지를 좋아하고 오래된 자전거를 아끼는 70대 노인이 되기도 했고, 가출한 뒤 길모퉁이에 앉아 지나가는 행인을 냉소적으로 바라보는 청소년이 되기도 했다.

그 시절 가피와 키티와 나는 가난했다. 가피는 일찍부터 자기 앞에 놓인 빚에 짓눌려 있었고, 조현병을 앓았던 키티는 피아노 학원 보조 강사 일을 하면서 겨우 생계를 이어가고 있었다. 카페를 운영하던 나는 매번 월세조차 내지 못해 막막한 상태로 매일을 버티고 있었다. 각자의 이유로 힘든 시기였지만, 함께하는 목요일 오후 3시는 한 계절이 지나도록 계속되었다. 그 시간이 지나고 내게는 단편 소설 몇 개가 남았다. 역시 내 이야기가 아닌 상상 속 타자의 이야기를 쓰는 일이 어렵다는 것도 알게 되었다. 그래도 일단 쓰니까 써졌다. 무엇보다 '하면 되지'라는 대책 없는 태도가 몸에 배었다. 덕분에 나는 '내가 뭘, 나는 아직 준비가 안 됐어'라며 주춤하는 누군가에게 일단 해보자고 손 내밀

수 있게 되었다.

누군가 글을 쓰고 싶다고 말하면, 나는 그냥 함께 써보자고 말한다. 내 말에 상대는 당황한 표정을 짓는다. 예전의 내 모습처럼. 그 머뭇거림 속에는 이런 생각이 있겠지. 나는 글을 써 본 적도 없고, 혼자 보는 일기만 썼고, 일기도 꾸준히 안 썼고, 글쓰기를 배운 적도 없고, 책도 많이 안 읽고……. 안 쓰거나 못 쓸 이유는 끝없이 말할 수 있다. 그럴 때 상대의 손목을 잡고 일단 쓰는 길로 이끄는 거다. 막상 쓰면, 못 쓸 이유가 끼어들 틈이 없을 테니까.

글쓰기 수업에서 만난 현서는 첫 시간에 자신을 '쓰고 싶은 사람이 아니라 계속 쓰는 사람'이라고 소개했다. 낮에는 공무원, 밤에는 글을 쓰고 직접 책을 만드는 사람. 현서에게 딱 맞는 멋진 소개라고 생각했다. 빈 종이 앞에서 망설이는 당신에게 나는 선물하고 싶다. '대책 없음'의 대가 가피의 에너지와 오늘도 글쓰는 사람인 현서의 에너지를. 예술 소비자에 익숙해진 우리가 예술 생산자가 될 수 있는 유일한 길은 '그냥 하는 길'밖에 없으니까.

인용문 출처

028쪽   오드리 로드 지음, 주해연·박미선 옮김,《시스터 아웃사이더》, 후마니
           타스, 2018.

036쪽   이연주,〈가족사진〉일부,《이연주 시 전집》, 최측의농간, 2016.

053쪽   고은강,〈고양이의 노래5〉일부,《너의 아름다움이 온통 글이 될까봐》,
           문학동네, 2017.

091쪽   리베카 솔닛 지음, 김현우 옮김,《멀고도 가까운》, 반비, 2016.

083쪽   너울,《꽃을 던지고 싶다》, 르네상스, 2013.

093쪽   박민정,〈A코에게 보낸 유서〉일부,《아내들의 학교》, 문학동네, 2017.

102쪽   강남규,〈'여성 문인'의 탄생〉, 민혜영 외《글 쓰는 여자는 위험하다》, 들
           녘, 2019.

123쪽   김이듬,〈게릴라성 호우〉일부,《표류하는 흑발》, 민음사, 2017.

126쪽   주디스 버틀러 지음, 양효실 옮김,《불확실한 삶》, 경성대학교출판부,
           2008.

137쪽   이문영,《웅크린 말들》, 후마니타스, 2017.

147쪽   장유승,《쓰레기 고서들의 반란》, 글항아리, 2013.

153쪽   버지니아 울프 지음, 이미애 옮김,《자기만의 방》, 민음사, 2016.

157쪽   존 버거 지음, 김현우 옮김,《우리가 아는 모든 언어》, 열화당, 2017.

178쪽   이옥남,《아흔일곱 번의 봄 여름 가을 겨울》, 양철북, 2018.

185쪽   고병권,《묵묵》, 돌베개, 2018.

186쪽   이제니, 〈남겨진 것 이후에〉 일부, 《그리하여 흘려 쓴 것들》, 문학과지
성사, 2019.

196쪽   김원영, 《실격당한 자들을 위한 변론》, 사계절, 2018.

217쪽   마사 누스바움·솔 레브모어 지음, 안진이 옮김, 《지혜롭게 나이 든다는
것》, 어크로스, 2018.

222쪽   이슬아, 《일간 이슬아 수필집》, 헤엄, 2018.

226쪽   이오덕, 《이오덕의 글쓰기》, 양철북, 2017.

235쪽   황정은, 《계속해보겠습니다》 일부, 창비, 2014.

252쪽   최은영, 〈작가의 말〉 일부, 《내게 무해한 사람》, 문학동네, 2018.

262쪽   심보선, 〈'나'라는 말〉 일부, 《눈앞에 없는 사람》, 문학과지성사, 2011.

당신이 글을 쓰면 좋겠습니다

초판 1쇄 발행 2020년 1월 30일
초판 6쇄 발행 2021년 12월 15일

지은이 홍승은
발행인 김형보
편집 최윤경, 강태영, 이경란, 양다은, 임재희
마케팅 이연실, 김사룡, 이하영
디자인 송은비
경영지원 최윤영

발행처 어크로스출판그룹(주)
출판신고 2018년 12월 20일 제 2018-000339호
주소 서울시 마포구 양화로10길 50 마이빌딩 3층
전화 070-5080-4038(편집) 070-8724-5877(영업)
팩스 02-6085-7676
이메일 across@acrossbook.com

ⓒ 홍승은 2020

ISBN 979-11-90030-32-8 03810

이 도서의 국립중앙도서관 출판예정도서목록(CIP)은 서지정보유통지원시스템 홈페이지
(http://seoji.nl.go.kr)와 국가자료공동목록시스템(http://www.nl.go.kr/kolisnet)에서
이용하실 수 있습니다. (CIP제어번호: CIP2020000239)

만든 사람들
편집 | 이환희
교정 | 백도라지
디자인 | 어나더페이퍼
조판 | 박은진